半个冒险家

周维先自选集

周维先／著

中国书籍出版社
China Book Press

图书在版编目（CIP）数据

半个冒险家 / 周维先著 . —北京 : 中国书籍出版社， 2016.11
ISBN 978-7-5068-5967-7

Ⅰ . ①半… Ⅱ . ①周… Ⅲ . ①电视文学剧本—中国—当代 Ⅳ . ① I235.2

中国版本图书馆 CIP 数据核字（2016）第 279189 号

半个冒险家

周维先　著

图书策划　牛　超　崔付建
责任编辑　牛　超　张　娟
责任印制　孙马飞　马　芝
出版发行　中国书籍出版社
地　　址　北京市丰台区三路居路 97 号（邮编：100073）
电　　话　（010）52257143（总编室）（010）52257140（发行部）
电子邮箱　eo@chinabp.com.cn
经　　销　全国新华书店
印　　刷　三河市华东印刷有限公司
开　　本　650 毫米 ×940 毫米　1/16
字　　数　310 千字
印　　张　22.25
版　　次　2017 年 4 月第 1 版　　2021 年 1 月第 2 次印刷
书　　号　ISBN 978-7-5068-5967-7
定　　价　42.00 元

总 序

汤显祖逝世四百年了。莎士比亚也逝世四百年了。一个是中国戏剧大师。一个是英国艺术巨匠。

夜读“临川四梦”，让我神思悠悠恍然如梦。莎翁又令我亢奋而至于无眠。

莎士比亚写情的执着。汤显祖写爱的顽强。

罗密欧与朱丽叶可以为爱双双赴死，前赴后继死在了一起。杜丽娘却“情不知所起，一往而深。生者可死，死亦可生”。她竟然为了没有得到的爱又重新活了过来，回到一见钟情的地方，寻找那一个必定属于她的人。

是不是棋高一着?

生离死别，缘起缘灭。那缘，是可以超越生死的。

我没有研究过“比较文学”，但是，在虚心拜读之余，还是忍不住把两位大师比较了一下。

六十年了。

在前不见古人后不见来者的苍茫中，我追寻生命的原始。

在精神的王国里，生命不源于神秘莫测的大海、雷电中野性的山林、艳阳下蛮荒的原野。

生命始于爱。

爱生一，一生二，二生三，三生万象。于是有了你，有了我，有了爱和恨的戏剧。

我是爱的儿子。我因爱来到人间，也将为爱绝尘而去。最后归于尘土。

如今，我遥望着故土，遥望着故土上的老树。

老树摇曳着千年的岁月。我摇曳着满头的白发。

大树下，故乡人摇着扇子捧着紫砂，在月下，在风中，絮絮而谈，讲的是古往今来、前世今生……

掬水月在手，弄花香满衣。

——那是我祖祖辈辈繁衍生息的太湖吗？

那里有我的父辈、父辈的父辈……来自生命源头的梦。

那梦很长很长，长到无可言说，美到风华绝代。尽管我已然从白衣飘飘的少年变成了苍颜白发的老者，但是那林林总总多姿多彩的爱之梦，仍然逶迤而来，绵延不绝……

于是，我用爱，用生命，用灵魂，用一个又一个白天和黑夜，把一篇又一篇关于爱的故事写在了流水之上……

2016 年 6 月 22 日草

8 月 26 改于连云港　苍梧

前 言

回味我的电视生涯，不由得想起两位文学顾问：徐慧征大姐和顾尔镡先生。徐大姐做我的文学顾问是因了长篇《半个冒险家》。而顾尔镡为的是中篇《小萝卜头》。他们不仅是我的顾问，更是我的老师。能够有如此人品文品的先行者为我领航，是我一生的荣幸。有人问，如果没有回到江苏，还能出这么多作品吗？我的回答是：不能。故土赋予我的天时、地利、人和，我在哪里都难以找到。虽然像歌中唱的那样：我已是满怀疲惫，归来却空空的行囊。可是在家乡的土地上，我的努力，我的进取，总有那么多贵人相助，使我于百转千回之后找到了沉潜得很深、包裹得很紧的那个自我。当尘封已久的心灵之门轰然打开的那一瞬，我被自己吓了一跳：我怎么会像野马一样渴望奔腾？怎么会像山洪一样不知回头？那酣畅淋漓的宣泄和倾诉，令我歌哭，令我忘情，始而如醉，进而若痴，夜以继日，不能自已。那实在是生命中无与伦比的幸福时光呵！

于是一种新的生存状态应运而生了：我可以倾心倾情，做自己喜欢做的事情，这使我渐渐阳光起来，忘记了老之将至。一次开会时，江苏电视台电视剧部主任陈小杭要我把杨旭的新作《半个冒险家》改成长篇连续剧。我的自信忽然烟消云散了："怎么会找我？"小杭直视着我："你那《陈圆圆》不错。这也是一部有情有史的戏，很适合你。试试看，怎么样？"我陡然觉得小杭的眼睛后面还有眼睛，他看我，竟然比我看自己还要了然。更没想到《陈圆圆》竟然成了我的品牌。当时，小杭邀来几个朋友一起搞《秦淮八艳》系列，哥儿几个谁都不愿染指被写过无数遍的陈圆圆。推来推去，只好抓阄。当我发现一代歌妓陈圆圆攥在我手心里，蓦然间神思恍惚，半天都没回过神来。从吴梅村到野史演义，读了个把月，决定写大爱与小爱的悖论，竟然歪打正着，颇受观众称道。但是说到拍长篇连续剧，在上世纪 90 年代初，还是一件十分奢侈的事情。江苏这样实力雄厚的大台，也只拍过寥寥几部。如果稍有闪失，就会把百万巨资打了水漂。我顿时生出如履薄冰，如临深渊的危机感。为了吃透原作，我先后读了八遍。作了笔记，编了年表，加了眉批，理顺了故事起契的年代，捋清了主要人物的行为逻辑和心理轨迹。然后翻来覆去，挖空心思，寻寻觅觅，捕捉模糊不清的未知数：那个将语言描述向视听艺术转换和对接的最佳视角。我把自己折磨了几个月，仍然举棋不定。还是李惊涛说得入木三分：小说与电视剧，就像隔山对歌的情人，但要想有合卺之喜，难度还大得很。

小说以清末民初修建沪宁铁路为由头，叙述世家子弟施嘉珉如何抢占先机，买地造桥，实施"运河攻略"，淘得第一桶金。

在成为无锡一大暴发户之后，突然收山，为自己构建了一座收藏书画把玩古物的“经纬堂”，重新回到世家子弟的生活中去。是为半个冒险家。这个故事在今天仍然值得玩味。尤其令我动心的是它写活了吴地风情，蕴含着丰富的人生智慧。但电视剧不能照搬小说的叙事形态。我必须重新爬梳，从头打理。正挠头时，杨旭老哥一句“你放心改就是了！”给我吃了一颗定心丸。他的宽容大度，至今仍让我叹服不已。初稿完成后，文学顾问徐慧征不甚满意。在南京林业大学外宾楼，她滔滔不绝，给我讲了几个小时吴文化，使我体悟了人的本性源于水，江南的一切都是水派生出来的。吴文化，说到底，就是水文化。而水文化又孕育了船文化，鱼文化，桥文化，茶文化，丝文化，竹文化，笔文化，紫砂文化，吴歌文化，评弹文化，昆曲文化。它应该成为水乡人的灵魂，全剧的灵魂。徐大姐的点拨，使我豁然开朗，一本大书在我眼前变得分外通透。我决意把“运河攻略”这条主线推到后面做背景，把主要人物如水的命运和情感历程立为主干，时时处处做足吴文化的氛围。对于主人公施嘉珉身边的三个女人，不惜浓墨重彩地开掘、延展并推向极致。发妻季子从相夫教子到痛归扶桑，青楼相好花月明从赎身从良到削发为尼，船娘杜若从单思苦恋到为了救他而付出生命，终令他在失去所有爱他的女人之后，两手空空地回到人生的起点：他曾经十分痛恨并从那里逃之夭夭的“经纬堂”。

我很庆幸能与浑身散发着吴文化气息的罗冠群导演联袂合作。记得，去苏州西山探班遭遇了狂风暴雨。颠来荡去的摆渡船，随时都有倾覆的危险。好在到了剧组有花雕压惊，还有罗冠群浓胜于酒的友情。次日清晨，我才得以在山寺和水榭间流连低回，惊叹于这座比香港还大的太湖岛屿，竟然如此空灵淡定，充满禅意。罗导不负众望，用流畅细腻的视听语言，把吴文化渲染得淋漓酣畅，美轮美奂。成片后，央视和各省卫视先后播映了多年。我和罗导也成了好友。

·目录·

楔 子

合肥“经纬堂”。

深宅大院，一进又一进，古朴、幽深，威严中透着阴沉……

古玩、典籍、立轴、字画，铺天盖地，琳琅满目，显现着文化的重负与辉煌……

这一切，似乎随时都会坍塌下来，倒向正在伏案习字的九岁的少年施嘉珉。

此刻，他正在练苏体字。

一本碑帖“啪”的一声摔在他的字上。

他推开碑帖继续练苏体。

碑帖，“啪”的一声更重地摔在他的字上。

他扔掉碑帖，不管不顾地又练起苏体来。

一只大手抓起他的字撕成碎片。

施嘉珉仰头斜睨那高大的身影，突然把笔掷到窗外，信手一推，龙凤端砚落地，碎成三片，墨汁随之流入黑色方砖的缝隙之中……

“啪！”——那只大手扇过来在他脸颊一侧留下五个指印。

高大的身影后面，在高耸着典刊画轴的四壁间传来三个女人的声音——

大姨太的声音：“六儿聪明过人，可惜呀，就是少管教！”

二姨太的声音：“大少爷下手这么重，四奶奶远在上海过她的快活日子，耳朵可是不短的呀！”

三姨太的声音：“四妹也是的，什么戏文都会唱，怎么就不肯唱《三娘教子》呢？”

那高高的身影举起藤条抽向小施嘉珉。

施嘉珉突然抢过藤条，一头撞倒了高大的大长兄，在不断旋转着的典籍、古玩、字画中，跑过一进又一进院子，跨过一道又一道门槛，逃出了压抑而又辉煌的“经纬堂”……

第一回

上海“雨园”。

三十岁上下的风姿不俗的夏雨，在草坪上飘飘洒洒地舞着京剧水袖。她身后，几个乐师奏着曲牌，目不斜视地望着欲飞欲仙却带着淡淡哀愁的这位颇有身份的少妇……

孙菊仙走进画面：“好，好！信手拈来，自成一家，夏夫人无师也可以自通了！”

夏雨停下来，略显娇喘地：

“不，要有师，才能无师。离开您的点拨，信手拈来就会变成信手胡来了，是不是？孙老板？”

孙菊仙抚掌大笑：“菊仙领教了！菊仙领教了……”

李福臣满头汗水，踉踉跄跄扑进“雨园”。

夏雨：“李福臣？你从哪儿来？”

李福臣：“合肥老家，夏、夏夫人……”

夏雨：“出什么事了吗？”

李福臣：“六公子来没来？”

夏雨："没有哇！嘉珉他怎么啦？"

李福臣："跑啦！我星夜兼程一路追赶，以为六公子会逃到您这儿来……"

夏雨："什么？你竟然没追上一个九岁的孩子？"

李福臣扑通跪下："夏夫人，福臣有罪，有罪……哇！"泪下。

太湖边，暮色中。

少年冯无胆在掏黄鳝，倏然，他掏出一条：

"施嘉珉，你也试试！"

施嘉珉犹犹豫豫地伸手去掏，一声惊叫，他惊喜地攥着一条黄鳝，一转眼，却从手中窜了出去，溅了他一脸泥水。

冯无胆看着这位满脸黄泥的少爷哈哈大笑。

施嘉珉："冯无胆，那小小的黄鳝也有胆吗？不然，它怎敢逃出我的手掌心？"

篝火边。

施嘉珉兴味甚浓地看着冯无胆烧烤知了和蚂蚱。

他们身后是一列镖车的剪影。

冯无胆香滋辣味地吃知了：

"嗯，很香，尝一口？"

施嘉珉摇摇头。

冯无胆硬是把知了塞给他。

施嘉珉咬了一小口，疑疑惑惑地嚼了几口，突然叫道："好香！"大口大口地吃起来。

陈子明走过来。

冯无胆："师叔，吃！"递蚂蚱。

陈子明瞟了施嘉珉一眼：

“来，尝尝陈师叔的绝技。”

从竹篓里摸出一条黄鳝，扔在烧热的铁板上，“嗞啦”一声，黄鳝挣扎扭曲……

施嘉珉在陈子明、冯无胆的笑声中闭上眼睛，不敢再看下去。

太湖，果林。

冯无胆在前，施嘉珉在后，双人一骑在镖队中前进。

施嘉珉搂着冯无胆的腰摇摇晃晃，渐渐睡去……

冯无胆忽有所觉，猛回头，才发觉施嘉珉已滚下马背，躺在果林边却依然睡得十分香甜。

上海“雨园”。

一身风尘的施嘉珉跑进雨园，把藤条摔在夏雨脚边，正要跪下，被夏雨一把搂过来：

“逃出来的？真是娘的好儿子！”

她美丽的眼睛蒙上一层薄薄的泪雾。

她的目光投向站在门口的陈子明、冯无胆。

陈子明施礼：“在下陈子明。”

施嘉珉：“陈师叔，一身好功夫！”

冯无胆：“晚生冯无胆。”施礼。

施嘉珉：“我的好朋友！娘，我总算有朋友了！”

夏雨嫣然一笑。

“那么，请师叔和小朋友在雨园歇息几日再走吧！”

字幕：十五年后。

一艘轮船驶向上海。

外滩遥遥在望……

船舷上，施嘉珉和一身和服的季子相依相偎。

施嘉珉：“哦，上海，那是上海！看见了吗？季子，我们要到家了！”

季子：“嘉珉，那是你的家，你的国家。”她的国语显得艰涩别扭。

施嘉珉把她搂搂紧：“是我的家，就是你的家……季子，你不高兴吗？”

季子抬起眼睛：“高兴，可是又觉得不安……妈妈知道你带着我回来吗？”

施嘉珉摇头，调皮地一笑：

“我要给她一个意外的惊喜！”

外滩。

施嘉珉、季子乘着一辆马车徐徐驶过外滩。

季子睁大眼睛仰望外滩高大雄伟的建筑。

施嘉珉：“上海很美，是吗？”

季子欣喜地点头。

施嘉珉：“喜欢吗？”

季子向他投去一瞥，微微一笑。

施嘉珉：“从今天起，东京只是你的故乡，而上海，中国，才是你的家。懂不懂？”

季子摇摇头，忽又点点头，倚向施嘉珉。

上海“雨园”。

夏雨在草坪上舞剑，三尺龙泉上下左右，红色流苏翩翩翻飞，身段柔韧，不像个年过四旬的中年女人。

冯无胆在一旁静观，赞赏中流露出某种遗憾。

夏雨停下来："冯无胆，怎么样？"

冯无胆："怎么说呢？夏夫人……"

夏雨："还是不满意？你是北京镖行出来的，一招一式都有考究。不然，你那夫子三拱手怎么能降服太湖一霸高一刀？这好比唱戏，你是科班，我是票友，玩玩而已，师父也不必太认真了。"

冯无胆爽然一笑："夫人这么一讲，无胆也就拎清爽了。"

周介卿兴冲冲地走来。

夏雨："介卿，满脸喜气，是不是你那钱庄又发财啦？"

周介卿："后天就要唱堂会啦！我给你送戏装来啦，孙菊仙说明天要来走走戏呐！"

夏雨嫣然一笑：

"跟我搭档，还这么较真？"

周介卿："菊仙说啦，跟红豆馆主配戏，还真不敢懈怠哪！"

夏雨："哦？这是他说的，还是你编出来的？噢，介卿，介绍一下，冯无胆，嘉珉的好朋友，我的师父。"转对冯无胆，"周介卿老板，开了一爿大盛钱庄。"

冯无胆："久仰久仰。"同时施礼。

周介卿："哦———你就是在无锡制服过湖匪高阔成的那位英雄？你的大名早就如雷贯耳啦！"

夏雨："无胆为了救一位给绑了肉票的盐商，跟高一刀结拜个弟兄，想离开无锡避避嫌，介卿，你那里总可以安一个他可以做的差事吧？"

周介卿："像冯壮士这样的好汉，十个也不嫌多。只是……作我的保镖……不知是否委屈了阁下？”

冯无胆：“周老板，做保镖对我，再适合不过了。无胆保你无恙！”

女仆小步趋前：

“夫人，大喜啦！”

夏雨：“你说什么？”

女仆：“少爷从日本回来啦！还带着一个标标致致的日本少奶奶哪！”

“雨园”门口。

男仆把箱笼拎下马车，施嘉珉却已带着季子直奔雨园草坪。

施嘉珉看见夏雨便兴奋起来：

“娘！”

扑上前去，却又在娘面前突然立定。

四目相视。夏雨百感交集。

夏雨：“是你？简直像天上掉下来的！怎么事先也不打个招呼？”

施嘉珉：“这样不是更好吗？娘，这是季子，你的儿媳妇，日本人。”

季子深深一躬：“初次见面，多多关照。”

夏雨打量季子：

“好文静的姑娘，我的嘉珉还真有眼力。”

上前拉住季子的手，亲切地打量着她。

施嘉珉忽然叫道：

“无胆？！”

冯无胆笑着迎上来：“是我，亏你还能认得出！”

两个男人拥在一起。

施嘉珉："你成了一条汉子啦！"

冯无胆："少爷你也更倜傥了！还敢吃烤蚂蚱、铁板烧黄鳝吗？"

施嘉珉："敢，那是真正的野味烧烤。"

夏雨："嘉珉，周介卿周老板。我们施家跟周家是世交，称得上是通家之好了。"

施嘉珉："既是老板，一定很发财喽！"

周介卿："开了爿钱庄，在外滩，请拨冗指教。"

夏雨："好了，嘉珉，你带季子到房间里去歇歇，今晚我们可要好好庆祝一下。雨园有好久没这么热闹过了！介卿，无胆，你们给我带来了喜气……"

周介卿："我是当仁不让，要做座上客的啦！"

冯无胆："周老板，那么，从现在起，我就是你的保镖了。今晚的宴会……"

周介卿："你当然是须臾不能离开我的喽！"笑拍无胆肩膀。

施嘉珉卧室。

施嘉珉端茶给季子："喜欢这个家吗？"

季子点头。

"喜欢我娘吗？"

"她的眼睛很亮。你很像她。"

"来喝一杯碧螺春，是在第一场春雨前，从茶树上摘下来的嫩尖。你看，上面还有细细的茸毛，像你一样，娇嫩极了。喝一口尝尝，它会让你神清气爽……"

季子呷了一口，深深闭上眼睛。

施嘉珉："季子，感觉到太湖的春风扑面而来了吗？听到一叶小舟上船娘在唱吴歌了吗？"

季子睁开眼，不置可否地笑了笑。

施嘉珉在她的笑靥上轻轻吻了一下。

随着敲门声，女仆捧了衣服进来：

"这是夫人的衣服，没穿过，请少奶奶试试。"退下。

穿衣镜前，施嘉珉带季子脱下和服。

只穿着内衣的季子显出窈窕丰盈的身材。施嘉珉紧紧相拥：

"季子，你真美，真好……"

随后，他帮她穿上中国服装。

季子惊异地打量着镜子里令她自己都感到陌生的女人：

"那是我吗？"

施嘉珉点头："一个漂亮的中国女人，中国儿媳妇……"

季子："是吗？嘉珉？我能够？我能……做得好？"说得很吃力，很硬。

施嘉珉："你是个好女人。你会的，会的。"

季子从箱子里找出首饰盒，"啪"地打开，露出一只光彩夺目的钻石戒指：

"樱花……"

施嘉珉："樱花下我第一次吻了你。"

季子："你在抖，抖得很厉害。"

施嘉珉："那是我平生第一次动了真情……所以把传了三代的钻石戒指套在你的无名指上……"

季子："我忽然觉得天和地都在转，转得我晕乎乎的……"

施嘉珉："是吗？你这是头一回给我讲当时的体验……"

季子："嘉珉，当时，我觉得我是世界上最幸福的女人……"

施嘉珉拉起她的手，在无名指上套上那只钻戒。

四目相遇……

施嘉珉：“我一辈子不会忘记那一天，那些樱花……”

季子：“一直到死，是吗？”

两唇相接……

“雨园”餐室。夜。

当施嘉珉挽着换上中式服装的季子走进餐室，立即响起一片惊呼。

季子鞠躬：“晚上好，请多关照！”

周介卿：“喔！东洋美人一转眼成了中国佳丽！”

孙菊仙不由得从座椅上站起来：

“这才是扶桑一枝花，神州安了家呀。嘉珉，你好福气！”

施嘉珉：“孙老板，过誉了。回到上海，我又可以一饱耳福，听您的拿手好戏啦！”

夏雨安排季子坐下，看着她的日本式发髻，啧地笑了出来。

季子：“我很抱歉，是不是我的头发，头发……不是中国的？”说得结结巴巴。

夏雨：“不，日本发式很美。等空下来，你教教我怎么梳的，好吗？”

季子歉然一笑。

周介卿：“哦，六奶奶这只钻戒价值连城，好眼熟啊！”

夏雨：“这只钻戒是老爷给我的，我戴过。”瞟了周介卿一眼，“后来，给了嘉珉，让他送给第一个让他觉得自己是男人的女人……”

周介卿：“好，那必定是一见倾心，于是乎花前月下以身相许喽！哈哈哈……”

冯无胆："钻石是最牢的，戴上它就等于对天盟誓，海誓山盟，永远不能变心的。"

施嘉珉："无胆，多年不见，你居然也对夫妻情爱有了一番见地，是不是结亲了？"

冯无胆："孑然一身，浪迹江湖，何谈结亲？"

夏雨："今天的场面是我盼望了多年的。在座的都是至交好友，让我们一起为了嘉珉、季子回到雨园，痛饮三杯，如何？"

大家一迭声响应，连续干了三杯。

周介卿已微醉，起立，举杯：

"为了施周两家两代人的通家之好，夫人、嘉珉、季子，我们喝一杯！"

夏雨、嘉珉，起立、点头、举起酒杯。

季子起身，深深一躬，双手捧起杯：

"谢谢啦，谢谢啦……"

四人干杯。

冯无胆随之站起来：

"嘉珉，多年不见，你学成归来，又有了季子，让我祝你们夫妻白头偕老、子孙满堂、福寿安康！"顾自先喝了，"来，干，干！"

季子鞠躬，捧杯，"多谢冯先生，多谢啦！"

嘉珉起身，干了，又斟上酒：

"为了你我曾患难与共，再来一杯！"

无胆起立，豪爽地："我干两杯！"一连饮干了两杯。

举座鼓掌。

孙菊仙："真壮士也！好一番豪饮，令人怦然心动。我呢，喝酒不大来是……"

施嘉珉："不能喝就唱一段，能否赏光？"

孙菊仙："那当然可以，不过，我年龄最长，想提个条件，就算倚老卖老吧！我们久居上海，对于东洋文化，十分隔膜。现在，季子小姐跨洋过海到沪上来，是不是唱一曲日本歌让我们先开开眼界？"

季子不大懂孙菊仙的话，直眨巴眼。

施嘉珉在她耳朵咕噜了几句。

季子带着几分羞怯地："真对不起，我很抱歉……"

夏雨："季子是不是累了？要么改天再……"

施嘉珉："不，季子有点怯场，跟大家还不熟识。这样吧，季子，我陪你。唱一支'樱花'，各位可满意？"

大家鼓起掌来，

季子羞怯怯地起身。

施嘉珉俯在她耳边：

"季子，勇敢点，权且把这里当作东京上野驿的樱花树下……"

施嘉珉风味十足地唱起了第一句，大家和着节拍鼓掌。

季子望着嘉珉，也跟着唱起来，音调中洋溢着异域风情和韵致。

施嘉珉翩翩起舞，引起一片欢呼。

季子也忘情地跳了起来：

两人边舞边唱，四目相望，十分投入。

夏雨沉醉地看着儿子和儿媳。

周介卿也开始晃动身子。

冯无胆的眼睛闪闪发光，显得非常兴奋。

孙菊仙开心得前俯后仰：

"太地道了！太漂亮了！嘉珉，我服了！我服了……"

夏雨忽然端起眼前的酒杯，一饮而尽，她眼中似乎掠过一丝伤感的阴影……

周介卿的目光投向夏雨。

歌舞既毕，又是一阵热烈的祝贺。

孙菊仙站起来："好了，这回该轮到我了。嘉珉，你来点。"

施嘉珉："我点啥你唱啥？"

孙菊仙："那自然是啦，我还想在季子小姐面前露露脸哪！"

男佣进来，俯身在夏雨耳边说了些什么。

夏雨起身出去，在门口转身：

"菊仙，你唱，我这就来。"

"雨园"。夜。

施嘉珉、季子在门口送走了客人，并肩而回，忽闻"听雨阁"传来高一阵低一阵的说话声。

施嘉珉："你先回去休息。"径自向"听雨阁"走去。

"听雨阁"。夜。

施嘉珉走进听雨阁，李福臣当即站了起来："六少爷，多年不见了。"

施嘉珉："李福臣？从哪里来？"

李福臣："从湖南老爷任上来。"

施嘉珉："千里迢迢来上海，是来看我娘的吗？"

李福臣："老爷是叫我来看看夫人，带些银两。另外，老爷叫我发了电报到东京……不知六爷可曾收到？"

施嘉珉："没有哇，电报讲些什么？"

李福臣瞟了夏雨一眼：

"不知……当说不当说。"

施嘉珉："电报都能发到东京，有什么不能说的？"

李福臣："老爷听说六爷娶了个日本女人，气得多少个晚上都合不上眼。让我发电报催你回国，命你不要把日本女人带来……"

施嘉珉："可是我把季子带回来了。"

李福臣："带回来可怎么是好？"

施嘉珉："再带回湖南，让日本儿媳拜见做湖南巡抚的老公公啊！"

李福臣："使不得，这可使不得，六爷，你这不是要老爷的命吗？"

施嘉珉："那好，既然施家容不得季子，我明天就带她回日本！"

季子站在楼窗前，远望"听雨阁"，似乎听到了什么。走到梳妆台前，打开发髻，黑发在双肩披散下来……

"听雨阁"。夜。

夏雨："嘉珉，这样吧，先休息几天，老爷子那里还是要去的。你毕竟是他最小的儿子，他还是很惦记你的。"

施嘉珉："他不惦记我，我的日子倒还好过一点。"

李福臣："那、那日本女人该怎么办？"

夏雨："季子先不要带去。"

李福臣："老爷要是问起来呢？"

夏雨："问是一定要问的。福臣，你就不会告诉老爷……"

李福臣："告诉他季子在上海？"

夏雨："唉，你可真实在。你就说没见到日本女人，不就行了吗？"

施嘉珉："娘！那，那季子在施家算个什么？"

夏雨："儿子，先避避锋芒，在雨园住下来，以后，我们再见机行事嘛！"

李福臣："这使得吗？我在老爷面前是个奴才，从来都不敢撒谎的。"

夏雨："那你就为我撒上一次。不是为日本女人。这总可以吧？福臣？"

施嘉珉卧室。夜。

施嘉珉从外面进来，走向梳妆台前的季子。

季子："嘉珉，你不高兴？"

施嘉珉神不守舍地："没有哇？回家了，怎么会不高兴？"

季子："我听见你们说话声音很大、很大……好像在吵架，是为了我吗？"

施嘉珉："你刚到，怎么会？"

季子："我好像听到你们在讲我的名字……"

施嘉珉："那你一定是听错了。老管家从湖南送银子来，要我跟他一起回去看看父亲。"

季子："哦，我还为父亲准备了礼物哪！我们什么时候去那里？"从箱子里找出礼物。

施嘉珉："过几天就走。你留在上海多休息几天，给父亲的礼物，我带去就是了。"

季子失望地坐下：

"为什么不带我去见父亲？为什么？是不是因为……我不是中国人？不能做中国……儿媳？是不是？是不是？"

施嘉珉："不，季子，去湖南，山高路远，要走上千里路，我是怕你太辛苦了。我看你还是抓紧时间学中国话，日后他老人家来上海，不敢相信你是个日本人，好不好？嗯？”亲她。

季子：“可我们日本的规矩，还是应该我先去拜见公公……”兴味索然地脱下中式外衣，摇摇头，“我不懂，我不明白，不明白……”

旁白：六公子跟老爷子话不投机，在湖南敷衍了一阵子，就浪游南北，过他的快乐日子去了。

字幕：天津。

舞台上。

歌舞伎演罢，掌声如潮。

施嘉珉谢幕，俨然一个日本伶人。

后台。

施嘉珉在镜子前抹去歌舞伎妆。

镜子中忽然出现一个颇为倜傥的年轻人：

“你是嘉珉？”

施嘉珉一愣，抬眼看了看镜中人：

“没错，我是施嘉珉。”

“你母亲是大名鼎鼎的红豆馆主？”

施嘉珉已卸完妆，转过脸，审视对方：

“您是……”

“我是寒云馆主，袁克文。”

“哟，是二公子，久仰！幸会！幸会！”

袁克文：“嘉珉，谁跟谁呀，别客套啦！叫我寒云，克文也成，叫二兄弟更近乎，怎么样？”

施嘉珉：“寒云，你好痛快！果然名不虚传！”

袁克文：“我也早听说你老兄受不了老爷子约束，落拓不羁，好唱，好玩儿。我说，你要是看得起我，咱们赶明儿来一出《长生殿》怎么样？”

施嘉珉：“《长生殿》？好哇！寒云你演哪一个呀？”

袁克文：“当然是我的李隆基，你老兄反串杨玉环罗！”

施嘉珉：“好，就这么定了！”

两只手拍在一起，紧紧相握。

天津戏院门前。夜。

戏牌子上写着《长生殿》。

正西门楼上，两块红色牌额分别写着名票袁寒云、名票施嘉珉。

画面衬以开场锣鼓声，如潮的掌声和叫好声……

豫园。

冯无胆在湖心亭“宛在轩茶馆”临窗坐下：

“一壶茶，一客‘蟹壳黄’。”

侍者应声而去，遂又端茶吆喝而来。

冯无胆边喝茶边吃“蟹壳黄”。

忽然，茶客纷纷拥向窗口，只见“绿波池”九曲桥旁，村姑装扮的杨柳青被三个无赖拉住，为首的大个子驼背挥手进逼。

杨柳青边退边讲：

“埃搭是城隍庙，青天白日想做啥？阿要面孔格？”

一个无赖拍拍她肩膀：

“小阿姐，勿要冤枉好人！阿拉七阿哥请侬吃杯茶，哪能嘎勿大方？”

茶馆里。

老茶房俯在冯无胆耳边：

“那是驼背阿七，厉害朋友呀！小姑娘今朝要吃亏了。”

绿波池。

杨柳青已跑上九曲桥，桥的另一头被两个无赖把住了。回头看，阿七笑眯眯地向她踱了过来。

池边桥畔，看热闹的越来越多，有喝彩的，喊脏话的，却没有主持公道的。

杨柳青对步步逼近的阿七：

“你要做啥？我要喊哉！你勿要拎勿清，我要到道台衙门去告你格！”

阿七咧嘴一笑：“阿要吓煞人的？道台衙门有侬格娘舅还是爷叔？那么我伲更是一家人啦，嘻嘻……”说着把手伸向杨柳青又气又急胀得绯红的脸……

一只脏手伸向杨柳青绯红的面颊。杨向后一退，靠在一个无赖怀里。

那无赖：“的的刮刮嫩豆腐，崭！”

冯无胆再也忍耐不住了，他努力平抑胸中怒火，轻轻一跃，站到了宛在轩窗栏上；再跃，竟越过荷花池，稳稳落在九曲桥栏上；三跃，正好落在阿七和杨柳青中间。

楼上池边数百看客个个目瞪口呆，几个无赖也愣在那里，呆呆地看着从天而降的汉子。

有顷，周围才爆发出一片喝彩声。

冯无胆左手握拳，竖起拇指，右手抱拳打拱：“七哥，看在兄弟面上，放过这个小妹妹吧！”

阿七：“这女孩是老兄的什么人？”

冯无胆：“非亲非故，素昧平生。”

阿七：“这么说，你是来管爷们闲事的啰！请教尊姓大名？”

冯无胆：“在下冯无胆，在大盛钱庄当差。”

阿七：“冯无胆？阿七我一向胆小，足下无胆，也敢在上海滩亮相？”

冯无胆胸部剧烈起伏着，还是笑着说：

“人情不会白给。往后七哥有用得着我的地方，兄弟一定报效。”

阿七轻蔑地一挥手：“去去去！我手下有上百个胆大包天的弟兄。没胆的外乡人，我劝你识相点，少管闲事，早早滚，滚出上海！”

阿七一挥手，桥两边的喽啰一拥而上。

“慢！”冯无胆一声断喝，紧紧攥住了阿七的手腕。

阿七顿时脸色刷白，额上爆出黄豆大的汗珠，“冯、冯、冯无胆，你想不想要命？”

几个喽啰刷地从怀里掏出了寒光闪闪的斧头。

冯无胆松开手：

“老七，这是何必？索性兄弟给你们做个靶子。我站在桥栏上，由你胆大包天的弟兄打我三拳。打倒了，兄弟立即滚出上海，永不回来。三拳打不倒，请务必放过这姑娘。”

阿七看着桥栏和池水，朝冯无胆冷笑着点点头。

冯无胆轻轻一纵，站到桥栏上，又是一片喝彩。

阿七示意一无赖上前，收回臂肘，猛出一拳打向冯无胆腹部。那无赖竟跳着脚，朝着拳头咝咝吹气。

过来个身高体壮的小子，他运足了气，出拳猛击冯的胸部，那只大拳头竟被弹了回来，大汉也向后趔趄几步，倚在身后桥栏上，差一点翻身落水。

一片喧笑之后，是一阵热烈的掌声。

阿七见势不妙，上前拱拱手：

“果然艺高胆大，佩服！佩服！”

冯无胆：“第三拳是不是由七哥亲自来打？”

阿七：“哪里哪里？领教了！阿七今朝要和老兄交个朋友！”吩咐手下，“去叫一桌菜，我要给这位壮士接风！”

冯无胆：“无胆还有公干，改天吧！请七哥放了小妹妹。”

豫园门前。

杨柳青从黄包车上回眸一笑。

“冯义士，我伲后会有期！”

第二回

上海大盛钱庄。

一财东从楼上下来。

冯无胆迎上去："见到周老板吧？"

财东："无胆，你们周老板——"竖起拇指，"呱呱叫！"

冯无胆引他们向门外走去。

财东："到底是做过京官又放过知府的，做金融也是一把抓。"

两人已到门外阶下。

冯无胆击掌两下，一辆马车过来：

"请，欢迎经常来光顾，我们周老板是不会让人吃亏的。"

财东上车："冯先生，再会。"

冯无胆刚登上台阶，过来一个小厮。

"哪一位是冯无胆，冯先生？"

冯无胆："我就是。有何贵干？"

小厮递上一份请柬，点点头，转身去了。

冯无胆欲叫住他，小厮已无踪影。

冯无胆纳闷地打开请柬：

恭请

冯无胆先生于今晚八时光降新舞台包厢。

冯无胆将请柬翻来覆去打量一番，还是摸不着头脑。

公事房。

一只白白的手接过请柬。胖胖的圆滑老到的周介卿扫了一眼华丽的请柬。

“你在无锡做过两年捕快，还降服过高一刀，就拎不清这张请柬的来头？”

冯无胆：“捕快不是包打听，这种事还是第一次遇到……”

周介卿把粉红请柬放在鼻子下嗅了嗅，便哈哈地笑起来。

冯无胆：“嗯？这……”

周介卿：“冯无胆，你交了桃花运吧！这是闺阁之物，好香哦！”

冯无胆：“周老爷，您这是说到哪儿去了？”

周介卿：“嗯，这是好兆头。”

冯无胆：“您看……我该去赴约吗？”

周介卿：“为啥不去？当然要去！”眯起眼睛来打量冯无胆，意味深长笑了笑，“是哪一位姨太太？还是哪家小姐？”

冯无胆：“老爷，你千万别取笑我。没有的事！没有的事！”

周介卿畅怀大笑：

“那好吧，你要是不放心，周老爷给你这个做保镖的也当一回保镖！”

新舞台戏院。夜。

门楼上赫然写着今晚主演孙菊仙的名字。

冯无胆进了戏院。径自上了二楼，走进二号包厢，遂又退了出来。

原来，包厢内坐着一个身穿白礼服、浑身珠光宝气的年轻女人。

那女人回眸轻唤：

“冯先生，怎么又出去啦？”

“对不起，我走错了……”

“不，你没错，不认识了？”

冯无胆摇摇头：“呃……不……”

“我们昨天才见过面，在城隍庙绿波池……”

“哦？！啊——是，是你！”

“昨天，小姐妹们去玩，怕招眼，扮成村姑，谁知一下子走散了……多亏了冯义士……”

冯无胆困惑地：“小姐，你是怎么找到我的呢？”

那女子转过身来，斜视着他：

“在下冯无胆，在大盛钱庄当差。”

她掩口而笑，笑得爽脆鲜亮，无拘无束，冯无胆这才很放松地坐在她旁边。

冯无胆：“小姐，你可真是个有心人。”

“冯先生，昨天陌路相逢，多承搭救，好像冥冥中上苍刻意做了安排。如果你我有一个没去豫园，今生今世，或许永难相逢……”

冯无胆：“小姐年纪轻轻，难得你能发出如此身世之慨……”

“是的，冯先生，我虽年轻，可已历经沧桑。我想报答你。可我又必须告诉你，我是一个什么样的女人……”

对面包厢前呼后拥地进来一个中年男子。

他刚坐下，立即有人递毛巾，端茶倒水，殷勤备至。

开场锣响过，《七星灯》开场。

冯无胆："你约我来，就是为了……"

"是的，你救了我的命，我对你也该无所保留。"

"我们只是……像你所说的陌路相逢，你大可不必向我……"

"为什么不必？因为你值得，听完我的陈述，你有权决定，我这朋友可交可不交……"

"小姐，你！"

"冯先生，你或许平生第一次见到这样的女人，可我见得太多了。我之所以约你，是因为这个世界上像你这样路见不平拔刀相助的男子汉太少了……"

冯无胆惊异地看着她。

她也勇敢地把光彩闪闪的美丽的眼睛迎着他。

冯无胆经历了一种前所未有的震撼和迷醉。

那女人也从他的面部和周身感到了一个英武男子不可抗拒的诱惑。

"冯先生，我叫杨柳青，苏州同里人……"

对面包厢中年男子频频把目光投向杨柳青。

杨柳青："从小死了爹爹，八岁就卖到三雅班学昆曲。昆乱大战之后，昆曲败下阵来。我就到了上海，进了藕香院，成了你看到的这种女人。不过还算混得不错，红遍上海的青楼十姐妹，我是老八……"

冯无胆：“哦！”

杨柳青：“冯先生，现在你知道我是什么人了。如果，你觉得有失身份，你可以走了……”

冯无胆：“你，你怎么这么说？我冯无胆从小在北京振远镖局师从梁国钧学武，在无锡做过捕快，又蒙夏夫人关照，介绍到大盛钱庄做保镖、跟班……我，我是个粗人，你们青楼名妓从来不把我们这种人放在眼里……”

杨柳青：“那么，我是个例外喽？”

这时，包厢里闯进个黑脸汉子。

冯无胆：“你是谁？到这里干什么？”

黑脸汉：“我是道台衙门的，我们刑名师爷今晚来听戏，请杨柳青小姐过去陪陪。”把脖子向对面包厢扬扬。

杨柳青向对面望去：“顾青卫！？”

黑脸汉：“是顾师爷。请赏个脸吧！”

冯无胆将目光投向杨柳青。

杨柳青：“你去回师爷，谢谢他一片好意。杨柳青已经赎了身，改天就要嫁给这位冯先生。今晚少陪了……”

黑脸汉：“怎么不早说？我该恭喜姑娘啦！这位冯先生艳福不浅哪！”转身去了。

冯无胆：“姑娘，你怎么这么说？”

杨柳青：“冯先生，你不愿意？”瞥了他一眼。

对面包厢。

黑脸汉俯在顾师爷耳边禀报。

顾师爷大怒，把茶杯摔在地上，呼地站起来，却见对面包厢已人去楼空。

上海“雨园”。

夏雨正在对镜梳妆。她虽已四十多岁，却风韵犹存。当粉扑扑到眼角细碎的鱼尾纹时，她眼中溢出一丝伤感，轻轻吁了一口气。

女侍进来：“太太，有一位叫袁克文的公子求见。”

夏雨：“哦！快请他到听雨阁！”

女侍退下。

听雨阁。

在门人带领下，袁克文一路观赏着中西合璧小巧典雅的雨园，不觉来到听雨阁。

夏雨起身相迎：“您就是袁二公子？”

袁克文当即抱拳拱手：“小侄袁克文给婶母夏夫人请安！”下跪磕头。

夏雨：“寒云，你这是怎么啦？”

袁克文：“我是个不拘礼节的人，今日与红豆馆主初次见面，行此礼，总算了却了多时景仰之情，也把往后的礼数一总付了。”

夏雨这才放声大笑起来：

“……怪不得嘉珉把你当成至交，果然名不虚传！你和我那宝贝儿子一出《长生殿》，在天津已传为佳话了呀！”

袁克文：“可惜红豆馆主您不在场，不然可以当面点拨啦！呃……嘉珉可在？”

夏雨：“他？到湖南巡抚任上去看老爷，父子俩不谈则已，一谈就僵，弄了个不欢而散。这一阵子不知又浪荡到什么地方去了。”

袁克文：“可我听说他已经回到上海，所以才找上门来。”

夏雨：“哦？……哦！”

袁克文起身告辞，夏雨送他到园中。

袁克文："我熟知他常去的地方。我去找他！"抬眼见阳台上季子带着伯经、仲纬。

季子向袁克文深深一躬："二公子，有失远迎啦！"

袁克文："季子，久违啦！我去把嘉珉找回来！"

季子："我去准备日本料理，请袁先生和嘉珉一起用午餐吧！"

袁克文："有生鱼片吗？"

季子："当然。"

袁克文："我一吃就拉肚，多谢啦！"

夏雨又一阵大笑："寒云，您可真是个有趣的人。中午来吧，你不来，我们会寂寞的。"

藕香院。

袁克文走进藕香院。

笙歌唱和、谈笑戏谑之声不绝于耳。

他信步上楼，不断地有姐妹招呼：

"二爷，多时不见啦！"

"是不是在天津卫又有意中人啦？"

袁克文推不开情韵楼房间的门，又去敲小桃红的门。正烦躁间，听到一阵清丽的箫声。循声而去，推开屋门，只见花月明坐在施嘉珉怀里。花在吹箫，施在按孔，两人一箫，配合默契，早已心醉神迷。

袁克文："好一个施嘉珉，你可真会寻开心！"

施嘉珉瞟了他一眼："我知道你会找到我的，不是吗？"

两人相视，诡谲一笑。

花月明已起身，给袁公子泡茶。

斜对面客厅里传来男人和女人的笑声。

袁克文："情韵楼！……小桃红？她们……都在？"

花月明："不在这，还会在哪？名花无主，还不知能不能找到归宿？"瞟了施嘉珉一眼。

袁克文："我去看看。"

花月明："别急，有客。"

袁克文："我就是最大的客。"欲出。

施嘉珉："寒云，两姐妹陪人家在客厅里喝口茶总是可以的吧？不然，你就给人家赎身。"

花月明："听说，那客人是个英国人，是第一次到藕香院来，想见识上海的青楼是什么模样。"

施嘉珉："英国人？怎么说的是上海话？"

袁克文："不，我还是得去！"呼地站起来。

雨园。

季子亲自下厨准备和式午餐。

伯经、仲纬缠来绕去，一会儿尝尝这个，一会儿摸摸那个。

伯经："妈妈，今天爸爸要回来了，是吧？"

仲纬："哼，他总是在外面跑，我都忘记了他是什么样了！"

季子一怔，刀差一点切了手。她停下手，对着钻戒沉思起来……

藕香院客厅。

袁克文突然闯进客厅。

情韵楼、小桃红惊呼一声站了起来。只有史密斯依然坐在那里。

袁克文哼了一声拂袖而去。

施嘉珉踱进来。

"这儿的火药味这么浓，原来是八国联军打进来了。"瞟了史密斯一眼。

史密斯从座椅上弹起来："施嘉珉？是你！"

施嘉珉："我说的，哪来个大鼻子，上海话讲得这么有噱头！"

两人抱在一起。

史密斯："阿拉的上海话是侬在东京教的，阿是有眼洋泾浜？"

男男女女都捧腹大笑起来。

施嘉珉拉着他坐下吃茶："在东京，你说要来勘测沪宁铁路，盯着我教你上海话……"

史密斯："你看我这徒弟出师了吧？"

施嘉珉："嗯，满地道，只不过……这藕香院也是你勘测的去处？"

史密斯："听说上海青楼十姐妹这里就有好几位，我想领略一下中国茶花女的风范。"

施嘉珉："观感如何？"

史密斯："用中国人的话讲，见所未见，闻所未闻，令人耳目一新。哦，嘉珉，多时不见，跟我到沙里逊俱乐部喝一杯吧！"

施嘉珉："那么，我也去勘测勘测？"

两人相视而笑。

花月明房内。

袁克文气呼呼地点了一支雪茄，花月明捧过一杯香茗。

花月明："韵楼她们跟大鼻子聊聊天怕啥呀，大白天，又是六公子的朋友，你还真动起气来啦！要说，稀奇的事多呐，前几天，杨柳青打扮成村姑逛城隍庙，差点闹出事来，后来遇上个镖客才死里逃生……你听，阿青真是没心没肺，又唱起来哉！"

隔壁。

杨柳青正在教两个小姐妹唱苏昆。

黑脸汉子闯进来，冲着杨柳青：

“师爷叫我给你带句话：你和那姓冯的就此了断，他就不作计较。要是再有来往，你那么标致的面孔要是洒上硝镪水会是啥样子？小妹妹，我劝你好好想想，不要糊里糊涂断送了自己！”

那人转过身去，袁克文正站在门口。

黑脸汉：“哎，哪能？”

袁克文：“你想干什么？光天化日，抢男霸女？”

黑脸汉一捋袖管：“侬个瘪三，想要吃生活！”举起乌黑的大拳头。

施嘉珉、史密斯来了。

施嘉珉：“住手，你个有眼无珠的狗东西！打他的人还没出世呢！”

黑脸汉：“他是谁？在上海滩敢跟顾师爷较量的，我还没见过！”

施嘉珉：“那么很好，他是袁世凯的二公子。怎么样？还打不打？”

黑脸汉立即打躬作揖：“小的该死，小的该死！”自打嘴巴，“告罪告罪……”灰溜溜地逃走了。

众男女笑得前俯后仰。

史密斯：“没想到，在你们中国，老爷子能派大用场！”

杨柳青却一旁悄然落泪。

小桃红：“算了吧！为了一个保镖值得吗？看人家情韵楼跟了袁公子，花月明认准了施六公子，赎身从良是早晚的事。那个姓冯的除了一身蛮力气啥都没有，你这是何必？”

杨柳青：“怎么？我喜欢他！我为了他，什么都不怕！”

小桃红：“哎呀，你是鬼迷心窍吧！我问你！你到底是喜欢床上的冯无胆，还是床下的冯无胆？”

杨柳青脆脆地答道：

“床上床下的，我都喜欢！”

姐妹们一片惊呼。

男人们却一片肃然……

雨园。听雨阁。

冯无胆面色严峻：

“顾师爷这种人，不光有官势，还是上海青帮‘大’字辈的祖师爷，他不会就此罢手的。”

夏雨踱过来又踱过去。

“不谈这个，你是不是非她不娶？”

冯无胆点头。

夏雨：“好，一个侠男，一个义女。这个忙我帮了！明天我带两千两银子给杨柳青赎身。”

冯无胆：“你？”

夏雨：“当然是我！两千够了吧？唯有是我，顾师爷才无话可讲。然后，我认杨柳青做干女儿。这第三步……”瞟了冯无胆一眼，“就该轮到你出场了。”

冯无胆：“嗯？我？……”

夏雨：“我把女儿嫁给你，我的女儿，上海滩的名门望族。官道黑道，谁敢说三道四？不买我的账，总要买我家巡抚老爷的账吧！”

冯无胆恍然大悟，顿然下跪：

“夏夫人恩重义深，无胆没齿不忘！”

盛大的老式婚礼。

冯无胆手里一根红绸牵出了盖着红盖头的杨柳青。

司仪：“一拜天地，二拜高堂……”

夏雨满面春风接受新人跪拜。

上海报纸如雪片飞来。

大字标题：侠士路见不平仗义相救
　　　　　名妓一往情深以身相许

又一组标题：邂逅城隍庙
　　　　　　相约新世界
　　　　　　定情龙华寺

顾青卫把报纸撕成碎片，踩在脚下：

“好一个干娘！她叫我投鼠忌器，无法下手。可那冯无胆，不毁了他，我咽不下这口肮脏气！”

大盛钱庄周介卿公事房。

周介卿：“请教我？我看不如请教你自己，既然你已经得罪了顾师爷、驼背阿七，官道黑道早晚会对你下手，所以你老弟与其东躲西藏，不如登高一呼——”

冯无胆：“老爷？报纸上左一篇右一篇已经吹得我出不了门，还能再……”

周介卿笑了：“人怕出名猪怕壮。已经出了名，怕也没用了。不如就利用这名声去对付你的对手。”

冯无胆："名声？我不要这名声！"

周介卿："还是用得着的，我的老弟，凭你的本事，借这般势头，索性拉一批弟兄，在上海滩竖它个山头出来，要用钱有我——算是借给你的。将来呀，说不定大盛钱庄还要靠你老弟庇护哪！"

雨园。

夏雨面对愁容满面的杨柳青：

"周介卿的主意倒是一条路。可无胆虽有过人的武艺，不会愿意到江湖上拉帮结派的。我呢，护得了你们一时，护不了你们一世。明枪好躲，暗箭难防呀！上海是不能待下去了。八妹你是苏州人，无胆是无锡人，不如回家去，粗茶淡饭，和和美美过日子，不也满好？"触动了自己的心事，叹了口气，"你看我这里，每天灯红酒绿，高朋满座，可我开心吗？这一阵子，只有看到你们终成眷属，心里才特别敞亮。所以我不愿看到你们有个三长两短……"

苏州河埠头。夜。

一艘乌篷船泊在埠头上，船家把箱笼行李搬进船舱。

一辆马车上下来个施嘉珉。

冯无胆、杨柳青迎上前去。

人们身后，河上船灯闪闪烁烁，映在河中明明灭灭。

杨柳青："六公子，你还专程来送我们！"

施嘉珉："八妹，该叫哥哥啦！哦，你洗尽铅华，素服布衣，自自然然，哥哥我差一点认不出你们了！"

杨柳青："无胆要我从今朝起，洗心革面，真正做个良家妇女。"

冯无胆："江湖上混长了，看不惯浓妆艳抹，再说回到无锡，也不宜招摇过市……"

施嘉珉："哦唷，八妹刚刚走出娘家门，你就管起老婆来啦！"

三人喷地笑了出来。

施嘉珉："无胆有了阿青，如鱼得水。阿青呢，今生今世有好日子过了，我和娘都很放心。不像我，野惯了，常把季子一个人撇在家里……"

杨柳青："嫂嫂是个东洋人，中国的事体陌生得很呢！六哥可不要再冷落她。她会吃不消的呀……"

施嘉珉点头："无胆，回到家乡如何生计？"

冯无胆："做点小生意，过几天太平日子。"

施嘉珉："可有本钱？"

冯无胆："有一点。"

施嘉珉："八妹，这一千两银子，做个本钱吧！"捧出银两。

冯无胆："这可使不得。"

施嘉珉："算我借给八妹的，再不我入股，总可以吧？"

冯无胆："六爷手足情深，无胆也就不再推辞了。"深深一躬，"就此拜别，六公子多多保重！"

苏州河上，乌篷船在桨声灯影中欸乃而去……

雨园，听雨阁，夜。

夏雨把酒吟唱：

松舍青灯闪闪，
云堂钟鼓沉沉，
黄昏独自展孤衾，
欲睡先愁不稳……

歌声中，楼窗前，站着孑立的季子。

她望着歌吟的婆母，陷入深深的思索……

沙里逊俱乐部。

施嘉珉和史密斯的酒杯碰在一起，清脆有声。

他们各自喝了一杯酒。

史密斯：“观感如何？”把酒杯朝四周绕了一下。

施嘉珉：“别有洞天，令人刮目。你的勘测进行到什么程度了？”

史密斯：“我已受聘于贵国铁路督办衙门，中国的前两条铁路，都令人不可思议地夭折了，这第三条一定要修成开通。”

施嘉珉：“这么说，你真的不是到中国来抢金夺银、廉价收买古董的？”

史密斯：“我们大鼻子就都那么贪心不足？不，嘉珉，我要做一点事，实实在在做一点事。我希望你也不负这片古老伟大的土地……”

两人又一次碰杯，饮尽杯中酒。

施嘉珉掏出怀表看了看：

“今晚有场好戏，一起去看看吧！领略一下中国文化的神韵，在这方面我可以继续做你的先生。”

史密斯：“有你这位先生，我就能摸到门道了吧？那么舞呢？不跳了？”

施嘉珉：“看完戏再跳。这所俱乐部不是通宵的吗？”

史密斯：“啊哈，你是要一夜狂欢啰！带几位茶花女，可以吗？”俏皮地一笑。

戏院内。夜。

季子陪着夏雨走进戏院，登楼，走进包厢后落座。

两位风姿各异的妇女出现在包厢里自然会引起正厅和包厢里诸多男女的注视。

季子：“娘，每次听您和嘉珉唱戏，我连一句都不懂，实在……抱歉得很。”

夏雨：“今天就我们母女俩，我一句句讲给你听。听多了，听久了，就明白了。一旦明白了，你就丢不下它了。”

季子：“娘，这真是太对不住您了。可是，我一定要听懂；不光听懂，还要会唱，唱得像中国人一样。”

夏雨：“季子，你可真是个有心人。好了，娘收下你这个徒弟了。”

季子：“多谢了，多谢了……”

季子抬起眼睛，发现对面包厢里坐着施嘉珉、史密斯，身边簇拥着花月明、小桃红、情韵楼。

对面包厢里。

花月明在施嘉珉耳边唧唧哝哝说着什么。

季子见此情景，好像头上浇了一瓢冰水，木然地坐在那里。

夏雨：“季子，怎么了？你脸色很难看……”

对面包厢。

施嘉珉看到了季子和母亲，站起身来，离开包厢。

施嘉珉走到季子包厢里：

“娘，季子，来看戏啦！二公子客串演出，盛况空前，上海的达官士绅、豪门富商差不多都到啦！”

夏雨：“是啊，寒云真能张罗，把个上海滩弄得沸沸扬扬，像开了锅一样。”

施嘉珉：“季子，你不舒服？”

季子：“不，不，没什么。”

施嘉珉：“娘，我去了，我陪着史密斯先生呐，他要我从头到尾讲给他听。”

夏雨：“你就不知道原原本本给季子讲一讲？”

施嘉珉：“娘，不是有您在吗？”瞥了季子一眼，离包厢而去。

一阵开场锣鼓后，大幕拉开。

台边推出一块红色牌子，上面赫然写着：

天津名票寒云馆主袁克文

袁克文出场，亮相。

掌声雷动，叫好声不绝于耳。

包厢里。

花月明：“你那季子真标致，文静得很，身上有一股书卷气。”

施嘉珉瞟了她一眼：“是欣赏还是羡慕？”

花月明：“当然也羡慕。人家命多好，一个外国姑娘能被一个多情公子漂洋过海带到中国来，世上有几个女人得这等福分？”

施嘉珉叫好：“看戏，多精彩！”

对面包厢。

夏雨：“你看寒云的扮相多好！”

季子却瞟着施嘉珉和花月明。

夏雨："季子？"

季子："娘，您刚才说……"

夏雨："寒云扮相好。"

季子："真对不起，我不懂什么叫扮、扮相……"

夏两："哦，怎么说呢？让我想想……"

后台。

袁克文在卸装。

施嘉珉、史密斯、情韵楼、花月明等蜂拥而入。

施嘉珉："士别三日，当刮目相看。寒云，你唱得越来越老到了！"

史密斯："中国的歌舞真是太神奇了！"

包厢里。

夏雨："一起到后台看看寒云馆主吧！"

季子："娘，我想先回去烧一点宵夜。"

后台。

夏雨来到后台，寒云已卸完装。

夏雨："寒云馆主，我还是第一次领略二公子的风采，果然身手不凡。嘉珉再不努力就没法跟克文配戏啰！"

袁寒云："那好哇，我正想跟红豆馆主在一起过过戏瘾哪！不知此梦何日能圆？"

夏雨："寒云馆主该不是取笑我吧？好吧，容我好好练几时，联袂登台的梦，总是会圆的。"

袁寒云：“哦，那我可是三生有幸了！凭您这句话，今晚我不睡了！”

施嘉珉：“走，跳舞去？”

袁寒云：“去哪里？”

史密斯：“沙里逊俱乐部，在那里，你看到的将是跟这里气氛截然不同的西方文化。”

雨园。夜。

夏雨从马车上下来，走进雨园。

季子迎出来：

“娘，宵夜烧好了。”

夏雨瞥了她一眼，随她进了餐室。

餐室。

桌上摆着三副碗筷。

夏雨：“季子，不等嘉珉了，他还有一阵子呐！”

季子给夏雨盛宵夜，恭恭敬敬端放在她面前：

“您趁热吃吧！我再等一下。”

她不由得看了一眼那两副碗筷。

沙里逊俱乐部。

史密斯打开香槟酒，泡沫四溅，情韵楼、小桃红、花月明发出一阵惊呼。

史密斯给袁寒云、施嘉珉、三个女人和自己斟酒：

“为辉煌的中国文化干杯！为寒云先生的大歌剧成功干杯！”

酒杯碰撞，欢声又起……

雨园。夜。

餐室桌上放着两副碗筷，季子端坐桌前。

落地钟敲了十下。

伯经、仲纬出现在楼梯口。

仲纬："姆妈！怎么不来陪我们睡觉？"

季子歉然一笑："哦，真是的，让孩子们久等啦……"

伯经："是不是又在等爸爸？"

季子："爸爸快回来了，我等等他。"

仲纬："爸爸不好，总是叫人等啊等的。"

伯经："妈妈，爸爸是不是跟我一样，是个，是个不懂事的孩子？"

季子苦笑："不能这样讲爸爸。爸爸早就不是孩子了……"

仲纬："什么东西这么香？"嗅嗅鼻子，"妈，人家早饿了……"

沙里逊俱乐部。夜。

乐队奏起欢快强烈的音乐。

史密斯向小桃红一躬。小桃红捂嘴一笑，瞥了两姐妹一眼，随史密斯步入舞池。

小桃红跟着史密斯的舞步，慌乱而又笨拙。时不时踩史密斯的脚。

情韵楼、花月明笑起来。

小桃红："我踩疼你了吗？史先生？"

史密斯："NO，NO！要说 sorry，密斯脱史。"

小桃红："哟，叽里咕噜一大堆，我可学不来！"

施嘉珉拉着迟迟疑疑的花月明，袁克文挽着如履薄冰的情韵楼走进舞池。

适应了一阵子，施嘉珉、袁克文一面瞄着别人的舞步一面学跳，竟也有了些模样了。

一曲终了。

史密斯们回到座位上：

“各位怎么样？”

施嘉珉：“鄙人的兴趣来了，今晚不学会跳舞，不回雨园。”

袁克文：“寒云我奉陪了！”

女人们：“一言为定！干一杯！”

六只杯子碰在一起，汁液四溅。

“雨园”餐室。夜。

座钟敲了十二下。

季子又烧了一锅宵夜，重又在桌前摆上两副碗筷。

沙里逊俱乐部。夜。

施嘉珉已经跳得熟练而又洒脱，他和花月明飞快地旋转，旋转。

曲终时，花月明一下子倒在施嘉珉怀里。

“雨园”餐室。夜。

两副碗筷前坐着面无表情的季子。

她的目光投向无名指上的钻戒。

她摘下来，看了看，长长地舒了一口气。

《樱花》音乐起。

她蒙眬睡去，跟前闪现上野驿烂漫的樱花……

她感到施嘉珉滚烫的嘴唇在吻她……

她顿然醒来，跟前仍是那两副碗筷……

第三回

无锡。冯记茶园。

杨柳青穿着蓝土布印花短衫，系一条百褶围裙，拎一把铜壶，抹桌倒茶，一面还答应着另桌上要茶的喊声。

她身后，天井里还有四个小间，麻将、幺六、牌九、骰宝，都已开局，楼上雅座也高朋满座，生意好不兴隆。

捕快张强从外面进来：

“冯二爷，恭喜啦！”

冯无胆从柜台后迎过去：

“张强？还在县衙当差？”

张强：“冯二爷当年提携老弟，张强至今不忘。二爷，回到家乡，总不能就开爿茶馆吧？”

冯无胆：“好马不吃回头草，当差看主子脸色，我早厌了，你看这不是蛮好！”

杨柳青过来倒茶：“这位先生是捕快张强吧？”

张强：“啊唷，好眼力！二爷，这是不是阿嫂哇？”

冯无胆笑了。

张强："二爷有本事，几年工夫，从上海带回个阿嫂来，做事煞拉，一口爽脆的苏白，真正叫人眼热。"

杨柳青："听说无胆跟你是老交情，有空常过来坐坐，一杯清茶嫂嫂总归是要请你喝的。"

冯无胆、张强都笑了。

这时，蒋三摇摇晃晃进了茶馆，

"冯二爷，发财发财，蒋三前来恭贺，顺便讨杯茶喝！"

冯无胆："哦，蒋三！阿青，给地保倒茶。"

杨柳青过去倒茶："蒋先生，请用。"

蒋三瞟了杨柳青一眼："谢谢阿嫂，蒋三不客气了。"喝茶。"嗯，好茶。无锡城里第一家！"竖起拇指猥琐地笑了。

上海。史密斯寓所。

史密斯展开沪宁铁路走向图。

施嘉珉："这是沪宁铁路路线图？"

史密斯："不清楚吗？"

施嘉珉："不，很清楚。"不由得把身子俯向地图，"哦……那铁路穿过苏州、无锡、常州……还有镇江！"

史密斯："这些地方你一定都熟悉……"

施嘉珉："最熟悉的是无锡。太湖的山山水水，令我乐不思返……"

史密斯："那儿的船娘也很有一番风情吧？"

施嘉珉："这你也勘察过？"

史密斯："你呢？嘉珉兄？不要顾左右而言他哟！"

两人对视，诡谲一笑。

施嘉珉又打量铁路路线图：

“无锡米市在南门，堪称全国之最。可铁路为什么走北门？”

史密斯：“铁路走南门还是走北门，对于你很重要吗？”

嘉珉：“你说对于我，对于我？哦，史密斯，这个问题提得好！火车不通南门，撇开中国最大的米市，对于我着实很重要，着实……很重要！”一下子抱住史密斯。

史密斯大惑不解地看着疯疯魔魔的施嘉珉。

上海“雨园”。

施嘉珉兴致极好地走进“雨园”，直奔正在打太极拳的夏雨，叫了声：

“娘！”

夏雨：“又是一宿未归，你可真是个不懂事的孩子！”

施嘉珉：“母亲大人容禀……”两个水袖一个万福，“儿可是春宵一夜值千金呀！”

夏雨：“亏你说得出口！”

施嘉珉：“娘，儿的机会来了！你要不要我抓住一个好机会？”

夏雨笑：“你把仕途视为畏途，你把做生意叫作雕虫小技，而今的上海滩，发达之路，非官即商，莫非我儿子要闭门谢客，著书立说了？”

施嘉珉喷地笑了：

“娘！儿子我不写文章则已，要写就是大手笔，大文章。”

夏雨：“嘉珉，你在哪里一觉睡醒过来了？”

施嘉珉：“大鼻子那里呀！哦，我觉得一扇门突然向我打开，豁然开朗，大放光明，一个前所未有的机会向我迎面而来。”

夏雨：“是什么机会让你变得疯疯魔魔的？这么多年，我还是头一回看到你这么振奋。你可千万不能冒冒失失，轻举妄动呀！”

施嘉珉：“娘说得极是。这个机会是好，可我还是要到实地去验证一下。”

夏雨：“又要出门？”

施嘉珉点头。

夏雨：“带着季子和孩子吗？”

施嘉珉摇头：“太累赘了。”

夏雨：“不行，娘不同意。”

施嘉珉：“娘，你容我跟季子谈谈，要是她不反对呢？”

夏雨瞪了他一眼，径自打太极拳去了。

卧室。

季子在镜前学梳中国发式。留声机放着昆曲唱片。季子时时停下来聆听其中的某一句。

施嘉珉踮着脚进来，跟着唱片韵味十足地唱了一句，在过门时极俏皮地举手投足，神气十足地向妻子投去一个眼波。

季子惊讶地看着丈夫。

施嘉珉：“哎，你什么时候喜欢起昆曲来了？”

季子：“我既然下决心跟你到中国来，就要努力变成你们中间的一员。不然，用中国话讲，不就叫同床异梦了吗？”

“季子，你真有心。”

“可是嘉珉，要做到这些，很吃力。你注意到我的努力了吗？”

“嗯？唔……好像……注意到了。季子，这是不是太难为你了？”

“有时我也问自己，这是为什么呢？”

“为我呀！……当然，也为孩子们，为这个家。哦，季子，我为这个家，是不是做得太少了？我常常会撇下你们一个人去寻开心……可是，你知道吗，我也很憋闷……”

季子向他投去幽怨的一瞥。

施嘉珉：“你觉得我有点没出息，是吗？我也想做事，做一两件大事，可一直没有机会。”

季子：“可机会是不等人的，在日本，机会是要靠人去找，去抓的。”

施嘉珉：“你说得对，要找，要抓，可首先要看准。”

季子：“又要走？”

施嘉珉：“是啊，有一个机会，一个大机会，我想去看看，去试试。”

季子忽地站起来：“嘉珉，你终于要做事了！”拥住他，“这才是我盼望的，日日夜夜盼望的。”

施嘉珉：“季子，我要试试，或许做成，或许做不成。你能原谅我一个人去闯闯看吗？”

季子点头，目光闪闪地看着丈夫，好像看着一个正从地平线上升起的奇迹。

无锡五里湖。

施嘉珉信步登上画舫，抬头见船额上题着“芳洲”两个字。

施嘉珉：“好漂亮的名字！”

绿娘：“施先生真是我们娘儿俩的知音！”

施嘉珉：“绿娘，屈子有辞：‘采芳洲兮杜若，将以遗下女’。你这位豆蔻年华的女儿该叫杜若啰！”

绿娘：“先生真叫是饱学之士，杜若，快给先生预备酒菜！”

施嘉珉：“放眼四望，身临此境，才知米芾山水的真谛！烟山雾水，莽中透秀，只有米点能达其意了！”

杜若端上酒菜：“这里是范蠡带着西施归隐之地，所以叫蠡湖。又因为三面环山，俗称五里湖。”

施嘉珉打量杜若，秀目皓齿，十分可人：

“哦！无锡的湖光山色令人沉醉，人也如花似玉，灵秀聪慧。小妹妹芳龄几何？”

绿娘接过来：“十七了。喜欢读书写字，操琴弄曲，可惜生在穷人家。杜若，唱支曲子给先生助助酒兴。”

杜若：“先生喜欢听什么！”

施嘉珉：“带过曲会唱几段吗？”

杜若：“学了几段，先生听了，多多指教。”

杜若抱起琵琶，瞟了施嘉珉一眼，曼声唱道：

【十二月】自别后遥山隐隐，更那堪远水粼粼，见杨柳飞绵滚滚，对桃花醉脸醺醺。透内阁香风阵阵，掩重门暮雨纷纷。

施嘉珉先是眯上眼睛在腿上轻轻打着拍子，遂又跟着哼唱，突然睁开眼：

“好！难得五里湖画舫有此才女！真是难得！”

冯记茶园。夜。

冯无胆一面打算盘一面记账。

杨柳青在灶下炒菜，同时用锡壶温了一壶绍兴加饭。

她在八仙桌上摆好红是红绿是绿四只小菜，又把温好的酒捧了来：

“无胆，来，累了一天啦，那帐等吃好了再算嘛！”

冯无胆“啪”地把算盘一竖起来，摆好，跟阿青走到桌前，坐在上首，阿青坐下首，当即斟了加饭酒。

冯无胆瞥了她一眼：“你呢？也来一杯。”

阿青笑了笑，给自己也斟了一杯。

冯无胆：“绍兴加饭一壶，四只小菜一摆，身边坐着我的阿青……来，干了！”

阿青：“现在吃的，真正是粗茶淡饭，吃在嘴里，适意在心里。藕香院的饭再好，没有这种味道。”

冯无胆：“这就对啦！刚才一算，这茶馆一个月的进账，不如在上海做三天。”

杨柳青：“你啊后悔？”

冯无胆：“有你，上刀山我也不后悔！”

杨柳青：“无胆，我没看错你。那阵子，顾师爷逼得好紧，小姐妹劝我，问我……”

冯无胆：“问啥？说呀！”

杨柳青：“你没听说过？”

冯无胆摇头。

杨柳青：“问我喜欢床上的冯无胆，还是床下的冯无胆？”

冯无胆笑了，急切地：“你怎么说？”

杨柳青：“我说……我说床上床下的，我都喜欢。”

冯无胆愣愣地看着阿青：“这是你说的？真是你说的？”“啪”地丢下筷子，猛地把阿青抱起来向卧室走去……

……事后，冯无胆裸着雄健的上身，阿青偎着他：

“多亏了夏夫人，还有六公子……”

杨柳青：“滴水之恩当涌泉相报。江湖上不是有这个规矩吗？哦，我今朝听吃茶的人讲，施公子好像到无锡来了。”

冯无胆一下子坐起来：

“是吗？你怎么不早说？”

杨柳青：“那人我认不得，他也没说清。”

冯无胆：“阿青，我们得找六公子来聚聚，这可是到了我们家了！”

太湖上。

施嘉珉醒来：“这是在哪里？嗯？在、在哪里？”向船窗外看去，“果然是……杨柳岸，晓风残月？”

绿娘咯咯笑着端来洗脸水，

“六公子，你是醒了又醉，醉了又醒，又是喝又是唱，无牵无挂，无日无夜，绿娘我还是头一回领教哪！”

施嘉珉：“哦？难道……我在这里……许多时日了？”

绿娘：“总快有半个月了吧！”

施嘉珉：“是吗？当真？……果然？……哈哈哈……杜若呢？”

绿娘：“又给你煮醒酒汤去啦。”

施嘉珉：“不，我醒了，不必煮了。我是不是还有什么事？有吗？没有？……唔！唔！绿娘，这里到南门伯渎港可远？”

绿娘：“不近。”

施嘉珉：“今日到南门米市一游，如何？”

绿娘：“哦！那里船挨船，蓬挤蓬，除了米还是米，除了店还是店，你怎么想起来要去看这个？”

施嘉珉：“那也是无锡一景嘛！不是还有座清名桥吗？”

杜若端汤进来：“都说，没到过清名桥就没到过无锡。六公子，喝一点吧？”

施嘉珉摇头："给我一碗粥，一点扬州酱菜，我肚子里咕咕叫了……"

绿娘："你也知道饿？好，这就好。我还以为昆曲一唱，酒杯一端，就饱了，咯咯咯……"

"芳洲"飘去。吴歌响起。

杜若在唱，一面唱一面在绣汗巾：

无锡景顶数太湖好，
鼋头渚飘出水画舫。
昨日仔一夜风卷雪，
今朝里半城梅花香。
……

施嘉珉："歌也难忘，情也难忘。这一叶'芳洲'真要叫我魂牵梦萦了……杜若，这汗巾可以送给我做个纪念吗？"

杜若："六少爷也能看得上船家女手里的粗针大线？"

施嘉珉："过谦了。这可不像你。"

杜若："我该是什么样？公子知我？"

施嘉珉："这些日子，我一直在注意你的一言一行一颦一笑……"

杜若："我原为公子是个醉客，一直睡觉，原来还留着一个心眼。那好，公子喜欢就请拿去吧！"

施嘉珉："哦，杜若，我该怎么谢你呢？"

杜若："教我一段京戏，阿好？"

伯渎港。

粮船如织，遍布河上。米市繁荣粮堆如山。

绿娘、杜若陪着施嘉珉漫步伯渎街市。

施嘉珉："好繁荣的米市，怪不得雄踞中国四大米市之首。"

杜若："这跟我们无锡的铁笔御史程木翰程老爷，是分不开的呀！"

施嘉珉："小妹妹，你也晓得？"

绿娘："这在无锡是妇孺皆知的呀！他老人家查办漕运积弊，铁面无情，山摇地动，扳倒了一个总督，砍了三个粮道，还罢了两名巡漕御史……"

杜若："后来，他又把河运改为海运，无锡水陆交通方便，就成了江南漕粮汇集的地方。"

施嘉珉："哦，哈哈……你们娘儿俩说起程老爷的政绩，还真不比我差哪！他是家父的至交，'戊戌事变'后遭人算计，回乡守孝至今……"

杜若："可是无锡人忘不了他。这就够了。你说是吗？"

施嘉珉深深地看了她一眼。

港口堵塞。船只遍布河面，已无法通行。

施嘉珉："绿娘，那梁公坝要是能打开就好了。"

绿娘："那船直接从运河过，这里就不堵了。可这么一来，谁还来伯渎港呢？"

杜若："六公子这主意不好，开了坝，伯渎活港就变死港啦！"

施嘉珉点点杜若："你的脑子真快！要是多读点书必成大器！"

对绿娘："我们到北门去看看吧！"

杜若："北门一片荒地，啥都没有。"

施嘉珉："不是要见识见识运河，还有清名桥吗？"

画舫从江南运河过清名桥，绕城向西，再折向左，经北塘至三里桥。

施嘉珉登岸，面对大片荒地：

“几年后火车从这里通过，伯渎港就成了明日黄花。这里呢……或许就是上海的外滩。外滩！”

上海雨园书房。

施嘉珉摊开一张泛黄的地图：

“娘，我的冒险计划已经酝酿好了！都在这里！”

夏雨看了儿子一跟，又狐疑看着那张地图：

“肥子，你跟娘捉迷藏哪？”

施嘉珉莞尔：“娘，你看，这是无锡。中国最大的米市在这里——南门外伯渎港。目前，上海到南京的铁路预计两年内修通，可铁路不走南门伯渎，而走城北。车站在这，娘，你说下一步会怎么发展？”

夏雨：“伯渎港会衰落……对吧？”

施嘉珉：“娘，你真有眼光！是的，无锡米市将由南门转到北门，最可能的地段是这里——北塘至三里桥一带。”

夏雨：“为什么在这里呢？”

施嘉珉：“这里河面宽阔，离火车站近，又是大运河必经之地。我们正面对一个千载难逢的机会，稍不留神，就会失之交臂的呀！”

夏雨：“肥子，你敢说你不是在胡思乱想？”

施嘉珉：“娘，上海的地产行情你是有数的。”

夏雨：“那自然，我还做过两笔。五十年前，上海老城区一亩地皮白银千两，外滩却不值百两。”

施嘉珉：“那么五十年后呢？”

夏雨："五十年后倒过来了：外滩一亩地价值数万元。"

施嘉珉："为什么？还不全因为地理交通、商市兴衰吗？娘，我可以断言！北塘三里桥现在虽是满目荒凉，可不久就会变成繁荣的商埠！"

夏雨："你真有把握？"

施嘉珉："只要把这里的地全部买下来，转眼间，这片无锡的外滩，会使我们变成百万富翁的！娘！"

夏雨笑了："从来没见过我儿子这么兴奋。那么……你打算怎么干？"

施嘉珉："一手明，一手暗。"

夏雨："唔？还要搞两手！何谓明？何谓暗？"

施嘉珉："明的，可以敲锣打鼓干，让无锡人都知道我施某在干一件大善事。"

夏雨："哦？说说看。"

施嘉珉："我要带头捐资打开伯渎港口的梁公坝，使漕运不再堵塞。这是会受到万民称颂的。"

夏雨："嗯。这里面还有文章吧……"

施嘉珉："是的，一旦坝开，航船直接从运河走，伯渎港就会变成死港。"

夏雨："这是真正目的所在。你是在推波助澜让北门尽快繁荣起来。"

施嘉珉得意地一笑，"再说暗的。在开坝的同时，神不知鬼不觉地买下北门沿运河的三千亩荒地。按五十两算，大约要用掉三十万两银子，"把目光投向母亲。

夏雨："肥子，你要娘参与投资？"

施嘉珉点头。

夏雨："最后把你老爹也拖进去？"

施嘉珉："……不，不要。"

夏雨："不要！"双手抱胸，来回踱步，有顷，突然停住，"中国人办事，一靠官势，二靠财势，离开老爷子是办不成的。"又踱步，倒了一杯酒，一口，一口，又一口，"肥子，你还是冷静地想一想……万一事与愿违，万一翻了船，怎么办？你我会成为上海滩一大笑料。当然，这一宝很可能押中了，但无锡人终有一天会从梦中惊醒。到那时，当地的商贾、绅士、官僚以至苦力脚夫，几千条逼疯了的饿狼会向你扑过来。一场官司，说不定会把老爷的大红顶子掀掉。"

施嘉珉："娘，你说的都可能发生。所以我才搞了一明一暗，要以明的一手尽量遮掩暗的一手。我会小心从事的。你看……我是经过深思熟虑的，不然，我为什么不去过快活日子？娘，你愿意我一辈子做个纨绔子弟么？"

夏雨瞥了他一眼："你有那么些银子吗？我的少爷？"

施嘉珉："那就靠娘您啦！"潇洒地一挥手，"照英国人的章程，我们成立一家房地产公司，你当董事长，我做总经理，如何？"

夏雨噗哧一声笑了……

仲纬推门探头进来，后面是伯经。

伯经："爸爸，你一回来就关起门跟好婆讲话……"

仲经："爸爸，我好想你。妈妈也想你……"

季子进来："仲纬，你怎么又做不懂事的孩子啦？"

仲纬："不，是爸爸不懂事，把我们撇在一边……"

夏雨、施嘉珉都笑了。

施嘉珉拿出两个泥人分别给孩子们：

"大阿福，一人一个。"

季子："是泥做的，不要打掉。玩去吧！"

仲纬指指桌上的竹篓荷叶包。

“那个是什么？”

施嘉珉：“无锡肉骨头。”

季子：“吃饭时给你们吃，吃个够。”

仲纬：“我馋了，阿能先尝一块？”

夏雨：“就给他们尝尝吧！”

季子打开荷叶包给孩子尝肉。

伯经：“真好吃！爸爸这回还差不多，就是让我们天天等不好。”

仲纬：“要不，把肉骨头寄回来，人不回来也行。”

大家又笑了。

季子：“嘉珉要是在无锡做事，就把我们母子都带过去吧！这样，大家有个照应。”

夏雨：“孩子、季子也不用天天想、日日盼了。”

施嘉珉：“我在无锡看了一处‘废园’，打算买下来，修一修，就可以搬进去住了，娘，你也到无锡山水之间享几年清福吧！”

夏雨：“娘还是在这，这里我一手经营起来的。住在这，我才觉得舒坦、自由，不像老爷那地方，一大家子人，几房姨太太，不知多少规矩……嘉珉，娘不陪你们了，我也想过几年清静日子，好吗？”

无锡冯记茶馆。

赵少夫，三十岁，一踏进茶馆就喊：

“冯老板可在？”

茶房立即喊出冯无胆。

冯无胆：“哦！小赵先生，久违了。里面请。”

里间，窗外可见惠山。两人坐下，喝茶。

赵少夫：“听说你回无锡安家了，很高兴。你在无锡做了几年捕快，你的武功，你的干练，你的公道，人人称颂啊！此次回来，有何打算？”

冯无胆：“买下这间茶馆，过几天悠闲日子。你看如何？”

赵少夫摇头：“你是能做大事的，你该出来做事。这茶馆，交给你家小就行了。”

冯无胆笑了：“可小赵先生，这茶馆我开得还是蛮有劲的。”

赵少夫：“不，你该出山。我家老爹开米行发了财。他认为这样蛮好。可我觉得，中国要富强，靠的是工业，所以开了面粉厂。”

冯无胆：“哦？这可是凤毛麟角呀！这爿厂开得如何？”

赵少夫：“技术差，产量低，眼下还赔本。不过，我从德国订了机器。两年内，我要让面粉厂变个样子。”

冯无胆：“几年不见，小赵先生成了个雄心勃勃的实业家，可敬、可佩！”

赵少夫：“现在我就缺一个帮手，你这样的帮手。无胆兄，跟我一起干吧！我不会亏待你的。”

冯无胆：“难得小赵先生没忘记我，还这么看得起我。我刚刚落脚，喘息未定，你容我再想想吧！”

赵少夫：“说的也是，那么，我就此告辞了！”

冯无胆送走了赵少夫，转身回到茶园，却见最远处临窗桌上独坐一人，正在品茶，不由失声叫道：

“六公子！夏夫人可好？”

施嘉珉转过脸来，望着跑过来坐在他身边的冯无胆：

“娘很好，常提起你们，父亲调任贵州巡抚，她去湖南料理搬迁去了，无胆，我是来请你的，能赏个面子吗？”

冯无胆：“六公子这是说的哪里话？”

施嘉珉：“刚才那位先生好像就是来请你的。”

冯无胆：“他父亲偷了老板的女人，又霸占了人家产业才发了财，我怎么会给他干？”

施嘉珉“那么我们就这么定了！做什么事，改日再谈。”站起来。

冯无胆：“别忙走！今晚，我让阿青给你烧几只家常小菜，叙叙旧。她见到你，一定会很高兴的。”

上海藕香院。

施嘉珉一走进藕香院，就显得异常轻松。

迎面过来小桃红：

“哟，六公子，少见啦！”

“袁二公子在吗？”

小桃红：“二公子给情韵楼赎了身，还把韵楼住的房子买了下来，喏，这道门已经锁上，跟藕香院分开了。”

施嘉珉：“嗬，二公子金屋藏娇了！”

小桃红：“下边该轮到你啦！花月明眼巴巴等着呐。你可不如二公子，老是那么漫不经心，满不在乎的。我看你是用情不专吧！”

上前去敲情韵楼小院门，敲了一阵，才有女佣来开门，

“韵楼可在？”

施嘉珉随女佣去了。

小桃红：“那我就少陪了！”

情韵楼小楼。

卧室望上去还是新房布置。

情韵楼在研墨，袁克文在裁纸。

一见施嘉珉，袁克文便扔下了裁纸刀。

袁克文："嘉珉，又一番云游，我们好想你！"

施嘉珉："这么大的事瞒着我，够不够朋友？你得给我补喜酒！"

袁克文："今晚就补，立即就办，韵楼，叫下人去菜馆叫几只时令好菜，今朝我们兄弟一醉方休！可有一条，你要先去看看花月明，请她过来一起玩玩。我跟韵楼一走，触动了她的心事，动不动就伤心落泪哪……"

施嘉珉："她还这么认真？"

袁克文："莫非你是逢场作戏？"

施嘉珉："在无锡转了几个月，也就淡了……"

袁克文："真的看上船娘了？"

施嘉珉："无锡的船娘非同寻常，不搔首弄姿，爽爽脆脆，却又有几分书卷气，琴棋书画都来得。"

袁克文："真可谓不施粉黛，别有风情，是不是？你可真是一颗情种，可是你总不能让月明整天价以泪洗面吧？"

门呀的一声推开来：

"花月明不请自来，袁二公子，我冒昧了吧？"

花月明向施嘉珉投去怨恨的一瞥。

花月明房里。

施嘉珉脱去长衫，不觉间落下汗巾。

"月明，预备好国画颜色。"

花月明："公子今天兴致真好，画点什么？"一面拿出纸笔。

施嘉珉："画一张太湖秀色。"

花月明拾起长衫里掉下的汗巾：

"香藕、红菱、鸳鸯戏水，绣工真到家……"

施嘉珉用镇尺压住宣纸："你说什么，……噢，是那汗巾？"

花月明："季子刚到中国，没这么好的身手。这幅寓情于景的汗巾是不是从太湖烟波中来，那儿必定有可餐的秀色吧？"

施嘉珉不在乎地："船娘倒是有个把姿色可人的，只是年方二八，情窦初开，清纯得很……"

花月明："这是她给你绣的？"

施嘉珉："这是我跟她要的。"

花月明："活脱脱宝二爷再世！"

施嘉珉："我可没动过她一指头。"

花月明："施六公子，真君子也！"把汗巾扔给施嘉珉。

施嘉珉："又使小性子了？"上前抚慰。

花月明："青楼女子，水中漂萍，呼之即来，挥之即去，公子哥儿手中的玩物而已，有什么性子好使？"

施嘉珉："月明，你又来了！"

上海雨园。

施嘉珉穿过草坪，登堂入室，走上楼梯，推卧室门。门反锁着。

施嘉珉敲门，敲了几下，里面才有应声。

季子的声音："嘉珉吗？等一下好吗？……好，进来吧！"

嘉珉推门而入，季子却不在眼前。听到屏风后面发出窸窸窣窣的声音，便循声过去。

季子声音："别进来！"

嘉珉疑疑惑惑地退后。

季子声音："在窗前的椅子上坐下来，好吗？坐好了吗？"

嘉珉摇摇头在窗前椅子上坐下。

少顷，屏风后，季子一身戏装，以背相向，飘飘然迈着碎步走出来。

嘉珉目瞪口呆，半晌才叫了声好。

季子仍没转过身，唱起了“尧民歌”：

怕黄昏不觉又黄昏，

嘉珉大为惊异：“好！好！季子，加油！”

季子接唱：

不销魂怎地不销魂。

嘉珉随唱：

新啼痕压旧啼痕；

嘉珉忽有所思地不再伴唱，十分专注地继续聆听季子唱：

断肠人忆断肠人……

至此，季子才转过脸来。

嘉珉张大了嘴，呆愣片刻，忽然放声大笑。

原来，季子抹了一个歌舞伎脸子，同身上的戏装形成极大反差。

季子：“我……我唱得不对？……我……我很可笑吗？”

施嘉珉捧腹大笑，笑岔了气，笑掉了眼泪。

季子十分尴尬，被丈夫笑得手足无措，呆立在那里，眼中却蕴蓄着越来越多的泪水……

上海雨园。夏雨卧室。

施嘉珉进来："娘，你回来得好快呀！一路风尘，够辛苦的。"

夏雨："怕耽搁你的冒险计划呀，把家从湖南搬到贵州安顿下来，气还没喘过来，又往回赶……喔，腰都直不起来了。唉，妈妈老啦！"

施嘉珉："爸爸好吧！"

夏雨："他最不放心的就是你，怕你不成器。我可是给他吃了一粒宽心丸。"对侍女："叫福臣来。"

施嘉珉："带福臣来做啥？"

夏雨："老爷要他给你做管家。"

施嘉珉："哼，还是对我不放心。"

夏雨拿出一张十万两银票：

"嘉珉，这张银票又说明什么？"

施嘉珉："十万！"

夏雨："给你垫个底，总够了吧？"

李福臣进来：

"太太，六爷。"

施嘉珉："福臣穿了这身七品补服，我都差一点认不出你来了！"

李福臣："让六爷见笑了。"

夏雨："福臣，老爷要你给嘉珉管家。你就随他去无锡，好生侍候，不要辜负了老爷一片苦心。"

李福臣："是。"

伯经、仲纬又探头进来。

伯经："哼，爸爸一回来又关起门来跟好婆说话！"

仲纬："有没有大阿福？有没有肉骨头？"

施嘉珉过来看他们的脸。

一家人笑逐颜开。

冯无胆纵马飞驰……

雨园听雨阁。

冯无胆一杯茶下肚，夏雨才从楼上姗姗下来。

冯无胆起身施礼，

“冯无胆给夏夫人请安！”

夏雨：“一路辛苦了！坐下说话吧。我干女儿可好，在无锡过得惯吗？”

冯无胆：“让夫人操心了。她居然很习惯，一下子变成了一个平民百姓，居家过日子都很勤俭。连我都想不到，她会一扫脂粉气，变成一个贤惠妻子呐！”

夏雨笑了：“哦，倒还真看不出！那是你冯无胆的福分哦！听嘉珉说，几只小菜都还烧得蛮像样的……我那干女儿还真能干哪！”喝了口茶，“哦，无胆，你是我信赖的人。你要是愿意给嘉珉当个帮办，我也就放心了。”

冯无胆：“夏夫人这么说真正要折杀我了。”

夏雨：“可是皇帝不差饿兵。”

施嘉珉从楼上下来，与起身施礼的冯无胆打了招呼。

夏雨：“我不会亏待你的，眼下，每月五十两银子。将来，你可以得到一笔股金——全部资产的十分之一。不过，话要说在头里，这十分之一，可能是几十万两银子，也可能鸡飞蛋打一文不值。你想好了，就给我个答复。”

冯无胆毫不迟疑：“夏夫人，产权我不要。夫人对我恩重义长，终身难报。夫人的吩咐，无胆肝脑涂地，在所不辞！”

夏雨高兴地站起来：“好，那我们就这么定了！”

第四回

上海雨园听雨阁。

夏雨高兴地站起来："好，那我们就这么定了！"转对嘉珉，"你回到无锡，第一件事就是拜会程木翰、程老爷。"

施嘉珉点头。

夏雨："你父亲一到贵州就派人送了一封引荐信给程老爷。"

施嘉珉："唔？"

夏雨："他要程老爷多多关照，并严加管教。"

施嘉珉用鼻子轻轻哼了一声。

夏雨："冯二爷，程老爷在无锡可算得一个举足轻重的人物？"

冯无胆："那当然。程老爷在当地的影响，恐怕远远超过县太爷。当年，他查处'漕运积弊'，震动朝野。后来，又把官办河运，改成商办海运，使无锡成了中国最大的米市。无锡从上到下，人人敬畏，个个称颂。"

夏雨："所以，没有这个老爷子，我们的事是办不成的。可有一条，不能摊牌，晓得啦？"

餐室。

主客都已坐定，唯独嘉珉不见了。

夏雨："嘉珉呢？"

李福臣："出去了。我要陪他，他说不必了。"

季子："或许，去看袁二公子了。"

伯经："爸爸不好，一个人在无锡，丢下我们不管。"

仲纬："什么时候带我们去？"冲着冯无胆。

冯无胆："废园已经买下来了，等房子一修好，我就来接你们，陪你们逛太湖，爬惠山，买大阿福，好吗？"

伯经："哦，那可太开心了！"

仲纬："还不算最开心。"

季子："怎么不开心，你又不懂事了吧？"

仲纬："一定要天天吃肉骨头才最开心！"

人们又笑得前俯后仰。

季子跟着大家尴尬地笑了笑，脸上却现出神不守舍的样子……

无锡赵家祠堂。

李福臣走进书房：

"轿子到了，可以起身了。"

施嘉珉一身春装——蓝宁绸夹袍，玫瑰紫贡缎琵琶襟坎肩：

"福臣，你是有七品候补州判身份的，去程府，该穿上补服才是。"

李福臣："六爷，不要取笑。"

施嘉珉："这是实在话，在程府上下方便一些。"

这时冯无胆从外面进来。

李福臣："六爷，我在院子里等你。"

施嘉珉："买地的事，进展如何？"

冯无胆："我已经请了十几个靠得住的朋友，正在分头进行。第一批八百多亩，已经有眉目了。只是有一部分民宅出价高，平均一亩要百两银子。"

施嘉珉："这么说比预计的二十万两要多？"

冯无胆："总得三十万。"

施嘉珉："三千亩都能买到？"

冯无胆："不太容易。"

施嘉珉："唔？为什么？"

冯无胆："这八百亩就七十几个主。下一步更难，有的地方不肯卖，有的住户不愿迁，还有一千亩祠堂、寺庙、祖坟，是公地，只能私下洽谈，要价恐怕低不了。"

施嘉珉："无胆，一定要在一个暗字上做文章，你要同卖主议定价格，订立契约，付给银钱，但三年内可以继续耕种，不必搬迁，这样，外界就不会注意到这一大片土地已经有了新主。"

冯无胆："您这是瞒天过海！"

施嘉珉："为的是暗度陈仓。"

李福臣来催六爷上轿。

冯无胆："还有些事何时向你禀报？"

施嘉珉："我看不必了吧！买地的事由你做主，用银子找我娘去要。"从抽屉里拿出两分契约，递给冯无胆。

施嘉珉已经在自己名下盖过章：

"无胆，请你签字盖章。"

冯无胆尴尬一笑："无胆……告退了。"退下。

施嘉珉随李福臣出书斋，过回廊：

"福臣，程老爷跟父亲是至交，他为官清正，学问颇深，我是很敬重他的。我的计划必须依靠他支持，又不能以实情相告，这就难了！”

他们已走到院子里。

李福臣：“六爷的难处，福臣可以想见，上轿吧！”

无锡崇安寺。

皮包骨头，穿一件皱皱巴巴旧布长衫的朱礼甲走进一家剃头铺。剃头匠在磨剃刀，并没有理会。

朱礼甲自己往椅子上一坐，瞟了剃头匠一眼，仍无动静。

朱礼甲轻咳一声，不应。又重重地咳了一声，剃头匠这才起身，用清水洗净了剃刀，给朱礼甲围上一块脏兮兮的白布，在青筋累起的脖子上重重地掖了两下，嘴里哼着小曲，把朱礼甲头拨拉过来又旋扭过去，三下五除二就收拾完了。

朱礼甲眯缝着眼打量着漫不经心的剃头匠，小眼睛一闪，站起身来，掏出一块银元，“啪”的一声丢在那里：

“不用找钱了！”

剃头匠拿起银元，张大嘴看着扬长而去的朱礼甲，半天也合不拢嘴。

程府。

两乘轿子在程府白色照墙前停住。

李福臣照应施嘉珉下轿后即去门上通禀。

陈旧的门楼边是施裕同题写的一副楹联。

施嘉珉：“是父亲题写的！”念出声来，“‘甲酉解元乙未探花梁溪山水锺韵士　三十翰院四十兰台京华林池忌黄鹤’老爹歌功颂德，真是滴水不漏！”

程府下人来领路。

他们进了大门，穿过第一重天井，进入东侧备弄，绕过大厅，朝东进了一个月洞门，便见小院里一树老梅几丛青竹掩映着“观梅读画轩”。

程木翰跨出门槛，正要颤颤地步下台阶，口中喊道：“嘉珉何在？嘉珉何在？”

施嘉珉趋前拱手：“小侄施嘉珉给叔父大人请安！”

正要下跪，被老人拉住：

“你是……肥子？”

“老叔记性真好，嘉珉早已不肥了。”

“不肥好哇，胖娃娃惹人喜爱，长大后脑满肠肥，就令人生厌啦！”

这时，李福臣上前打个千：

“小人李福臣给程老爷请安！”

“福臣……”程老想了一下，忽然抚掌而笑，“哦！你就是大阿福！你看你看，三十年岁月，阿福都半头白发了！”

随后，便入室。让座，上茶。

施嘉珉走进轩中，只见迎面挂着一幅王冕的《墨梅》，两旁是一副对联：

做数件可传之事消磨岁月

会几个有识之人论说古今

施嘉珉：“这是老叔手书？老叔可传之事在无锡有口皆碑妇孺皆知。”

程木翰：“肥子也学会歌功颂德了？我可是不喜欢马屁精的

呀！”笑，“你父亲可好？”

施嘉珉：“托老叔的福，家父很健朗。”

程木翰：“你娘还在上海？”

施嘉珉：“刚刚忙着把家从湖南搬到贵州，日前又回上海去了。”

程木翰：“你娘过惯了自由自在的日子。‘经纬堂’的生活她是无法消受的，肥子，你娘年轻的时候，在京城里可是多才多艺的绝代佳人哪！给你做周岁的盛况，至今仍历历如在眼前。你娘唱《盗仙草》，贝勒爷刚赦免回到北京，就赶到天津来，屈尊当配角，扮白鹤童子。那天晚上主宾是李鸿章李中堂啊。他看到襁褓中的你，高兴地说：‘哈，好一个小肥子！’从此，你就成了肥子，这一转眼，你都二十七八了。你父亲信上说，你有意久居无锡？我膝下无子，正可快慰暮年，不知贤侄有何打算？”

施嘉珉：“呃……唔，我想……结交一些朋友，购置一点……产业，还想……做几件有益地方的善事。”

程木翰对这一答复显然不满意，沉吟片刻，才和蔼地劝导：

“唔，当今政风糜烂，贤侄无意仕途……也好。从工经商，都不失为立身富国之本。可你是世家子弟，万万不能忘记读书做学问，游戏人生的纨绔之风是万万沾不得的呀！”

施嘉珉额头已经冒汗：

“老叔教训得是。母亲叫我到无锡，正是要向老叔多多讨教的……”

程木翰：“嗯，那么……你想做哪门学问呢？”

施嘉珉灵机一动，瞟了程老一眼，

“小侄几年前读过老叔的《退思录》，很赞成您对程朱理学的批点。”

程木翰捋着稀疏的银须，颇有兴致地：

“这么说，你有志于学经批理啰？”

施嘉珉不断地察言观色：

“我想从顾亭林先生‘经世致用’的治学思想入手，求教于老叔，不知当否？”

程木翰：“可是……亭林在成为一代宗师之前，也曾是个吟风月的角色，直到晚年才把当务之急视作座右铭。可贵之处正是在大器晚成。贤侄正当盛年，有志于学，还不算晚。老夫从未收过学生，念在我们两家有多年通家之好，我要破例啦！不知贤侄意下如何？”

施嘉珉站了起来，毕恭毕敬地：

“这是小侄的荣幸，待选定吉日，向老叔行拜师之礼！”

朱礼甲家。

朱礼甲一榻横陈，侧身对着太谷灯，呼噜呼噜吸烟泡。

老婆拎了一只菜篮子出来：

“还吸，还吸！吸死了才好！人家县令是你衣食父母，你跟人家闹翻，辞了刑房书办差事。新任朱县令也不起用你，你就在这硬撑！”

朱礼甲翻了一个身：

“拔了毛的凤凰不如鸡，婊子养的无锡人也跟我作对，连找我起卦算卜的人都少了…… ”又吸起烟泡。

老婆：“连买菜钱都没有了，你，你也不想想办法嘛！”把菜篮子一扔，哭着出去了。

朱礼甲皱皱眉头吁了一口气，又眯起眼睛陷入沉思……

徒弟推门进来，捧着一个红布紧裹的锦盒：

“师父，有位少爷送给你的，说是有事要向先生请教。”

朱礼甲转眼看看盒子，“那是什么？”

徒弟揭开红布，打开锦盒，原来是白花花一百两银子。

朱礼甲一骨碌坐起来：

“雪中送炭！此是何人？所为何事？”

连忙穿好长衫，步入兼作相室的客堂。徒弟也随之将锦盒放在餐堂桌上。

朱礼甲斜觑了一眼来客，在正面大桌后落座，将锦盒向来客方向推一推：

“无功不受禄，请足下先说明来意。”

来客正是施嘉珉，他着意打扮了一番，显出一副青年绅士气派：

“请礼甲先生为我起一卦。”将生辰八字奉上。

朱礼甲接过生辰八字，眯缝着眼看过，不由得双眼半开，精光四射，随即又眯上，少顷，才慢悠悠地开腔，那声音似从天外飘来：

“礼甲平日阴阴阳阳，神神鬼鬼，无非是弄点钱财，混口饭吃。六公子海内名士，不信命相之道，屈驾光临茅舍，不会是拿小可开心吧？”

施嘉珉吸了一口气，带着几分敬意上下打量朱礼甲：“先生是一方神仙，嘉珉早就该登门拜访的。”

朱礼甲：“不敢当。”

施嘉珉：“听先生言，似乎占卦命相未必灵验？”

朱礼甲：“诚则灵。”又拿起那生辰八字，悠悠地：“世间诸事，虚与实，真与假，都在两可之间。比如把公子说成懒散的浪荡子，就在确与不确、当与不当之间。以三十而无成，此论并非虚妄，可这一笔魏碑，势险韵厚，出手不凡，倘无一番功夫，会有这般道行吗？”

施嘉珉：“久闻先生大名，果然名不虚传。晚生确有事向先生求教。”展开那张发黄的地图，“先生请看，江南运河流过此处为梁公坝所阻，只得绕行伯渎，航船要多走五里水路。偏偏伯渎河面狭窄，航路堵塞的事时有发生。我想去掉梁公坝这段盲肠，在原地造一座梁公桥。先生以为是否可行？”

朱礼甲：“如此看来，六公子起的是风水卦？”

施嘉珉点头。

朱礼甲凝视地图，干瘪的右手在梁公坝上一切，然后挥去伯渎港：

“……梁公坝一开，伯渎港就成了聋子的耳朵。那里的一百家店铺，一个繁荣的米市，将会如何？”深深地看了施嘉珉一眼，“善与不善……在两可之间。”冷笑，停顿，“……六公子，足下愿与半座无锡城为敌吗？”

施嘉珉：“这正是要请先生指教的。”

朱礼甲闭上眼：“……此卦甚难，请公子假以时日。”

施嘉珉起身：“那，我就静候佳音了。”

朱礼甲没有送，也没有动。他瞟了一眼装银子的锦盒，又翻了翻那张生辰八字，眯缝的眼睛又睁开一半，显得精光四射……

赵家祠堂。

施嘉珉在庭园里吊嗓子。

李福臣走来：“六爷，今天是清明，是踏青的日子。”

施嘉珉：“在云起楼聚会？这我怎么会忘记？”

进屋，更衣，李福臣在一旁侍候。

伯渎——梁公坝。

朱礼甲在看风水，时而远望，时而近观，时而冥目而思，时而念念有词……

惠山。

天下第二泉，淙淙的泉水如拨动的琴弦。施嘉珉正驻足赏玩，便听到有人喊：

“嘉珉兄！”

施嘉珉抬眼看：“哦！南苓兄！”

薛南苓：“你怎么光临无锡也不通知小弟一声？来来来！”拖着他来到青年绅士们中间，“这位就是我常向你们吹嘘的施嘉珉。他母亲就是文武昆乱不挡的红豆馆主呀！”

青年绅士们不由得一阵欢呼，都说久仰得很。

薛南苓：“这里面好几位都是我们京昆票友团体‘飞虹社’成员，每月集会两次，一次船上，一次岸上，各家轮流坐庄，不限于切磋昆乱，还可以论书作画，弹琴弈棋……”

施嘉珉：“是不是还少不了船娘添酒，雏姬唱曲？”

薛南苓抚掌：“果然非常老到！”

人们哈哈大笑。

薛南苓：“六公子来了，我们可是有了挑大梁的台柱啦！”

施嘉珉：“加入‘飞虹社’，总要举行个仪式吧！”

薛南苓：“那好办，由你做东，唱一出拿手好戏就行了！”

人们不由得鼓起掌来。

这时，薛南苓突然说了声“请稍待”，走下泉亭，绕过鱼池，迎来了年过五旬的赵伯夫。

薛南苓：“这是施六公子，这是我们‘飞虹社’名誉社董、无锡商会会长兼米业公会理事长赵伯夫先生，他的公子少夫先生也是个年轻有为的实业家。”

赵伯夫一脸谦和地微笑拱手："六公子，大名久仰啦！日前在程府小坐，听翰翁提及，才知道大驾下榻寒祠，未尽地主之谊，伯夫深表歉意！"

赵少夫："小弟刚从上海购置机器归来，就听说仁兄来锡久居，万分欣慰！"

施嘉珉："谢谢、谢谢，十分荣幸，万望关照。"

东边一角。

几位绅士正在议论：

"他母亲夏雨，是贵州巡抚施裕同四姨太，半是丫头，半是戏子，受施老爷专房之宠。这位六少爷年近三十，修身治家全然不懂，诗词戏曲样样精通，的的刮刮一个走出大观园的宝二爷呐！"

"你看，去了趟东洋，娶了个日本女人，连辫子都剪了！后边那条是假的……"

有谁说："程老爷到了！"

人们立即停止议论，纷纷步入云起楼。

程木翰一手拉着施嘉珉走进云起楼，在门口定了定。所有的人都把肃然起敬的目光投向程木翰和他身边的施六公子。

程木翰："各位，这是施裕同施中丞的六公子施嘉珉，老夫我一生没收过学生，今天我要向大家宣布，收他做我的关门弟子！"

施嘉珉在一片惊呼中向程木翰跪拜。

落座后，程木翰对施嘉珉说："这里是乾隆南巡时设过御宴的地方，景致还好吧！"

施嘉珉："很好，很好。"

程木翰："哦，介绍一下无锡的社会名流吧！这位是郁谦、郁工部，这位是张翰林，这位是无锡县令朱良正……"

一个个与施嘉珉施礼相见……

学前街。

朱礼甲走在学前街青石铺的路面上，觉得神清气爽，十分得意。

走着走着，看到前面是那家上次在那里受轻慢的剃头铺，便大模大样地踱进去。

那剃头匠一见他进来，立即迎过来请安倒茶，找出一块雪白的布，殷勤地替他围好，剃头修面时一直满脸堆笑。接着又是捶，又是捏，掏耳朵，剪鼻毛，推拿按摩，十分周到。

事毕，朱礼甲站起来，丢过去三个铜板，

“这是上次的，上次给的是今天的。”

剃头匠顿时红头涨脸，张大了嘴，望着这位老先生远去，半天也不合拢嘴。

冯记茶馆。

地痞蒋三，一进来就吆喝：

“冯老板可在？蒋三来跟你讨杯茶喝。”

冯无胆从里面出来：

“哦！是蒋三，有何见教？”

蒋三扯着嗓门：“听说你在北门三里桥买……”

“买”字刚出口，冯无胆便一把把他拖进里间。

“蒋三，你想干什么？”

“冯二爷，我也正想问问你。你在三里桥都干了什么，你在那边买地，怎么就把我这地保放在一边？”

冯无胆：“地还没买，所以没惊动你这一方土地。”

蒋三：“你不想惊动我，我可是也不大省油。你在无锡做过捕快，该知道我蒋三，也能成事，也能败事。够朋友的我当朋友待，不够朋友的，我可以帮他张扬张扬……”说着朝外走，“我们到外面谈。”

冯无胆：“不，里面谈。”一把攥住他。

蒋三只得坐下。

冯无胆：“冯某一向爱交朋友，这你是知道的。不错，我要买地，你蒋三不嫌这差事小，就一起干。”

蒋三：“这还差不多，怎么个说法？”

冯无胆：“地价每亩不超过五十两。如果你五十两买进，给你五两酬劳，四十两买进，给你十两酬劳，三十两买进，给你十五两。”

蒋三站起来：“说话算数？”

冯无胆：“我冯无胆说话可有不算的时候？”

蒋三：“那倒是，连称雄太湖的高一刀都要让你三分。那么，立个契约吧！”

冯无胆：“不，我的话就是契约。”

蒋三：“好，有你的。我今天就干起来。”

冯无胆拉住他：“可有一条：严守秘密。不然，你也知道我冯无胆是如何处置不仁不义的家伙的。”

蒋三：“这我有数，有数。”

冯无胆：“你拿我的钱就得照我说的办，不得有误，嗯？”目光灼灼地瞪着蒋三。

蒋三唯唯称是，开门去了。

冯无胆一身短打，纵马奔驰在无锡至上海的官道上……

上海雨园。

冯无胆在听雨阁喝茶，听到楼梯响，抬眼一看，放下茶碗，恭恭敬敬地站起来：

“夏夫人！”

夏雨，湖绿细花软缎夹袄，配一袭枣红长裙，显得光艳照人：

“骑马来的？”她姗姗走下楼来，坐下，给冯无胆续了茶，“我那宝贝儿子去了大半个月也没个音信，让船娘缠住了吧？”

冯无胆：“不不，六少爷很少出门，整日读书写字，很辛苦呢。”

夏雨：“程老爷那儿去过啦？”

冯无胆：“刚刚去过。”

夏雨：“这孩子！到无锡第二天就该去。”

冯无胆：“六少爷倒很讨程老爷喜欢，还收了他做关门弟子呐！”

夏雨笑了：“嘉珉也学会哄人了！唉！程老爷是个正经人，自尊心很强，把老头蒙在鼓里，很对不住他。眼下只有这样啦，日后我去向他告罪吧！”

季子领着伯经、仲纬进来：

“冯二爷，你好！无锡的房子……”

冯无胆：“正在修葺。”

伯经：“我爸爸呢？”

冯无胆：“他在忙大事。”

仲纬：“没有爸爸，有肉骨头也行。”

冯无胆：“不光有肉骨头，还有大阿福。”给孩子们一人一个大阿福。

季子：“快谢过二爷！”

伯经：“多谢多谢！”

仲纬：“你比爸爸好，我长大了，也给你买肉骨头、大阿福！”

冯无胆："哦？那二爷老来有指望啰！"

闹腾了一阵子，夏雨发话了：

"季子，带他们去玩吧！我和冯二爷还有事。"

季子："冯二爷请坐。今晚就在家里便饭吧，我去准备一下。"带孩子去了。

夏雨："买地还顺利吧？"

冯无胆："我用了一帮地面上的人，都还顺手。六少爷放宽一码。三年内地照种、房照住。这办法很见效，农民、小贩很看重眼前利益。而且，房不搬迁，地不易主，对保密大有好处。当然，先付银子，三年的利息就满可观。看来，受点损失是难免的了。"

夏雨："无胆，对于靠几亩薄田养家活口的，不能亏了他们。伤天害理的事，千万不能做。我家也是种田人，爹死了，十亩旱田卖了，才把我卖到京城贝勒府做丫头、学唱戏……哦，那么，下一步呢？"

冯无胆："下面是一千亩寺庙、祠堂公地。为不惊动官府，打算私下里谈。这里面有二百亩府殿庙田，开价要一百三十两，要把价杀下去还得费一番周折……"

夏雨："吃进寺庙祠堂，这主意蛮好。有人说吃鬼神伤阴德，我倒不在乎，不过无胆，买地的风声早晚会传出去，地价还会看涨。对那些乘机敲竹杠的土豪劣绅，不要太客气，若有必要，也无妨拨伊触点霉头！"

冯无胆："现在就是银子不大凑手……"

夏雨："我手头准备了五万两。如果划到无锡钱庄上去，明天就可以办。可是这么一大笔，在县城里只怕太惹眼，要是给人探根问底就会对我们的计划不利。……你看，还有没有别的办法？"

冯无胆："可以押运现银，保镖是我的本行呀！"

夏雨笑了。

季子进来："晚饭好了，请用餐吧！"说罢便走了。

冯无胆把两张产权分配契约交给夏雨。

夏雨接过："你怎么没签字盖章，……这件事我有数了，就放在这儿吧！"

大盛钱庄。

周介卿公事房。

周介卿："押运现银？这办法不大高明。"

冯无胆："周老爷有何见教？"

周介卿："你老弟武艺高强，现银押运，安全不成问题。可数万银子，雇船叫车，做起来不胜其烦，而且过于招摇。烦就烦吧，招摇可不是件好事，对吧？"

冯无胆："周老爷说得是，可是怎么才能安全稳妥，又不露痕迹呢？"

周介卿诡谲一笑，向椅子后背靠了靠：

"这就要讲圈子里的学问啦！"俯身向前，"大盛同无锡好几家钱庄都有来往，我们为什么不可以化整为零，把整银咬碎，小面额划进几家钱庄！这不就好比水银泻地，不留痕迹了吗？"

冯无胆恍然，猛一拍腿："好！"

周介卿脸上仍挂着神秘的笑容。

冯无胆："我回去禀报夏夫人，就照周老爷的主意办。"起身。

周介卿："忙什么？再喝杯茶。"

两人饮茶。

周介卿："老弟离开大盛，虽然事出无奈，于我可是个大损失呀……不过，为施家做事也不错，嘉珉既然决意去无锡，肯定会有所作为，不知他在做什么生意？我能不能助一臂之力？”

冯无胆：“周老爷常去雨园，夏夫人没有提起过？”

周介卿：“哈哈，冯无胆，你可真是个精明人！你我相交两年多，已经是朋友了，实话实说，做生意可不简单。嘉珉是个公子哥儿，稍有不慎，会跌跟斗的。家父与施大人是同年知交，我不能不为嘉珉担几分心呀！”

冯无胆：“周老爷，你好像还有什么打算？”

周介卿：“是的。我计划在无锡办一家钱庄。等到商业银行开业，就是中国商业银行无锡分行。老弟，在中国，这还是第一家呀！赵少夫很有眼光，曾来找我，希望与我合作。无胆，你是我最信得过的人，由你来办，无锡方面我可以高枕无忧了。老弟，金融这一行，干起来蛮有味道的哩！”

冯无胆：“可是，这需要大笔资金哪！”

周介卿：“有五万两银子作基金，就可以开办了。以后陆续招股，吸收游资，架子就撑起来了。有你发动，施家会乐意投资的。”

冯无胆：“不过眼下……好像……”摇头。

周介卿：“你和赵伯夫父子可有交往？”

冯无胆：“泛泛之交。”

周介卿：“赵家办了个钱庄，规模不大，是为自家经营方便。由我出面斡旋，由你把钱庄接过来，合作经营，扩大投资，你看如何？”

冯无胆心动了，却又没有把握：

“周老爷，这件事我要想一想，也要同六少爷商量。”

周介卿：“那当然！我等你回音。”

藕香院，花月明居室。

花月明在操琴度曲，黯然神伤，喟然长叹。

忽闻敲门声，放下琴去开门：

“是你？”

门外站着冯无胆，一身短打，英武矫健，两手拎着各色土产。

冯无胆：“想不到吧？”

花月明立即泡茶、让座：

“是啊，我当是八妹小日子一过，早把姐姐忘到脑后去了。”

冯无胆：“藕香院的姐妹，阿青最牵记你。上次我到上海没来看你，她就很怪我。这次叫我再忙也要望望你。喏，这是她要我带的无锡土产。没啥值钱的东西……”将土产放在桌上。

花月明：“啊呀，都是我爱吃的。阿青心真细。唉，阿青也是，多少富商巨绅、公子王孙没看在眼里，偏偏在城隍庙认准了你，藕香院姐妹个个拍案称奇。这不，苦尽甘来了吧！”

冯无胆：“那些日子，我总觉得自己是在做梦，一场大梦……”

花月明：“这才叫天上掉下个林妹妹哪！无胆，你跟阿青，前世修来的好福气哦！”眼中含泪。

冯无胆：“六姐，你怎么这样伤感？”手足无措。

冯无胆家。

院里拴着汗淋淋的马。

冯无胆端起茶壶咕嘟咕嘟喝了一壶，又到缸里去舀水。

杨柳青打他手背，夺过水瓢：

“也不怕喝炸了肺！厨房有冷在那里的绿豆汤。”

冯无胆：“你怎么晓得我今天要回来？”

杨柳青：“昨晚梦见的，你说想我了？今朝要回来……”

冯无胆揽住她：“这么说，是我的魂灵托梦喽？是很想你，特别是睡下来，一闭上眼睛……以前单身一人，也过了。现在……没有你，还真不知日子该怎么打发？”从衣中取出一对耳环给杨柳青戴上，“好看吗？”亲吻杨柳青，动情地抚摸她……

杨柳青：“一身汗酸气。我给你烧水，洗个澡……”

英武健壮的冯无胆裸着身子。

浴盆里的水冒着热气。一双纤细的手，拧了拧毛巾，为他搓背。

杨柳青的眼睛没有离开丈夫的身体，她擦着，两眼迷醉地欣赏着自己的丈夫……

杨柳青又转过去为丈夫擦前胸。夫妻炽热的目光相触。冯无胆猛地把她搂进怀里。脚下，红木浴盆被踩翻，热水流溢……

床上。

夫妻相拥，睡在一起。

杨柳青：“无胆，听说施六爷要起用朱礼甲？”

冯无胆呼地坐起来：“这话当真？那可不成！”

第五回

朱礼甲家。

朱礼甲焚香沐浴。

以蓍草占卦。

卦爻是：坤上六。

朱礼甲："坤上六……"神秘的面部漾出一丝难以察觉的笑意。他拿起蓍草，再次占卦，眯缝双眼，"再占一个生死卦，看看我到底是死于刽子手的屠刀，还是仇恨者的乱棍之下？"

屋子里烟雾缭绕，令人窒息。

太湖。

霏霏细雨，烟绕青山。"芳洲"画舫在丝竹声中划开绿色的波浪缓缓而行……

施嘉珉凭栏远眺，被湖上景色陶醉：

"真是超凡脱俗，宛如梦境。"

薛南苓："老兄，太湖与西子相比，所欠者唯胭脂耳！既然你兴致这么好，绿娘！出独山门！我们要登三山，环眺烟笼太湖的奇景！”

绿娘：“独山门外去不得呀！”

薛南苓：“去不得也要去！不要扫了我们的兴！”

绿娘：“那面有湖匪出入……”

薛南苓:“正好见识见识……各位！各位！今天,我们‘飞虹社’为欢迎嘉珉举行太湖酒会。现在我宣布：酒会开始！各位请入席！各位请入席！嘉珉兄，请！”

大家纷纷进入前厅，谦让后落座。

绿娘上菜，杜若把盏。一群男子的目光全都落在这两个女人的身上。

薛南苓：“今朝酒会，有绿娘母女在，平添许多风情。我提议为芳洲和它的女主人干杯！”

朱家骥：“这个提议好，使太湖染上了几分胭脂气，可以和西子打平手了！”

在嬉笑中大家饮尽一杯。

绿娘极为爽脆，一干到底，杜若只是在唇上一触，微微一笑搁下了酒盅。

薛南苓:“好！这一杯,当然是为欢迎嘉珉兄喽！”与嘉珉碰杯,“干！”

赵少夫：“嘉珉兄来了，‘飞虹社’更要兴旺啦！”

于是干了第二杯。

施嘉珉站起来，请杜若给自己添了酒，高举酒盅：

“我借主人一杯酒，由衷感谢各位朋友一番盛情，嘉珉将永远不忘这次湖上盛会。”

先干了，亮杯。

薛南苓："来，一起干！"

至此，已是酒过三巡。人们脸上已泛起春色。

朱家骥："六公子此次来锡，是否真的要在这里定居？"

施嘉珉笑道："一方山水养一方人，能否久居，就看这青山绿水肯不肯容我了。"

薛南苓："嗨，县太爷的儿子都欢迎你，谁敢不容你？"

人们发出一片笑声……

赵少夫："六公子定居无锡，想必是要有所作为的。"

薛南苓："是啊，讲吃喝玩乐，这里跟上海不可同日而语！"

赵少夫："仁兄能否透露一下，今后准备做点什么？"

施嘉珉摇头叹息：

"我是个闲散惯了的人，所以蹉跎半生，一事无成。去东洋五年，父亲令我学军事，道理是富国必先强兵；母亲要我学商，为的是在上海滩争一席之地，可我什么也学不进，换了三所学校，仍然学无所成……"

薛南苓："嘉珉过谦了！世上难道只有打仗赚钱才算学问吗？都说仁兄对日本的茶道、花道、歌舞伎学得十分到家呢！"

朱家骥："哦？我倒要请教仁兄，日本歌舞伎与京昆是否有许多相似之处？"

施嘉珉："昆乱与日本歌舞伎，并没有源流关系。要说相似大概是都有集音乐、舞蹈、哑剧于一身的特点吧！再者，戏装的华丽，动作的夸张，讲究色彩和形式美，也有共通之处。只是昆曲的典雅工丽，含蓄婉转，是歌舞伎所不具备的。至于京剧唱做念打并重，追求情景交融、声情并茂，歌舞伎也无法望其项背。但歌舞伎恣肆放纵，使我忘却自己，常常令我沉醉。但它实在不够雅致。过于媚俗，因此我更钟爱昆腔。"

大家一致称赞施嘉珉博学多才，颇有见地。

赵少夫：“六公子广闻博识，果然名不虚传，以公子的才具，完全可以在无锡施展一番。”

施嘉珉：“我不止一次想过，要借贵方一块宝地，做一两件善事。望诸君多多贡献意见。”

朱家骥：“六公子，恕我直言。无锡这地方，美丽而又肮脏，富足而又不开化，民风十分刁滑。你想做点修桥补路积阴德的事，人家称赞你是大善人，却会招来一群苍蝇蚊子，全都在你身上吮血。”

朱家骥的话引起一片反对声……

之后，一个年长一点的胖子，像个唱黑头的，站起来：“做善事终归会有善报。问题在于作什么，如果六公子出钱修孔庙，一定会大得人心。”

杜若：“不，我看还是修一座新式学堂，让没有钱读书的孩子有书读……”

薛南苓：“各位各位，既然是‘飞虹社’社员行善，就该在城里造一座大戏院。这么一来，京沪名角就能来无锡演出，各位就可以大饱眼福啦！”

他的话刚落音，就有人笑道：

“真是个薛三傻子，讲出话来总是疯中带傻，不切实际……”

一些人跟着哄笑起来。

赵少夫急切地敲着桌子：

“诸位诸位，我倒有个切实的建议。我家是开米行致富的。可我认为，无锡米市到了今天已是强弩之末了。无锡的繁荣，中国的富强，要靠工业。洋人为什么能欺负我们？他们有轮船、兵舰、洋枪、洋炮。这些无不是工厂造出来的。所以我在扩建一家面粉厂，向德国订购了机动钢磨，我要让江南的家家户户不再吃洋面，把洋货挤出去！”

施嘉珉：“小赵先生爱国办实业的精神令人感佩。嘉珉实属燕雀之辈，不能望鸿鹄之项背……”

薛南苓又跳起来：

“今天的酒会，意在饮酒作乐，爱国爱乡的文章是否暂且搁一下？”

朱家骥：“我提议以唐诗玩射复。在座十二位，有人先念一句唐诗，但要换去其中一个字，这是‘射’。然后由念诗的人抓阄，抓到哪一位，也要念一句唐诗，把换下的那个字填上，这叫‘复’。”

赵少夫：“好是好，你得举个例子。”

朱家骥：“我先演示一遍，唐诗云，昔人已辞白鹤去。”

绿娘端茶过来：“黄鹤怎么成了白鹤？”

朱家骥：“对，复的人就以一句诗来复它。”抓阄，“哦，好！该杜若来复！”

杜若一笑：“两个黄鹂鸣翠柳，阿对？”

施嘉珉：“妙极！没想到杜若对唐诗还烂熟于心。”

薛南苓：“好！复对了唱一段小令！”

杜若：“不对不对，复对了该赏怎么还罚唱呢？”

朱家骥：“此言差矣，在‘飞虹社’，唱不是罚，而是奖赏，如果复错了，就该罚一杯酒。”

随之是大家的一片附和声。

施嘉珉向杜若丢了一个眼神：“唱一支伤春的小令吧！”

杜若瞟了施嘉珉一眼，抱起琵琶，拨弄了一下丝弦，施嘉珉以洞箫、薛南苓以笛相和。

杜若边弹边唱：

云松螺髻、香温鸳被，掩春闺一觉伤春睡……

男人们正听得心醉神迷，绿娘从后舱急慌慌闯进来：

“不好啦、不好啦！有两条快船，正朝我们……”粉脸煞白，语不成声。杜若丢下琵琶，缩在嘉珉怀里。

赵少夫最敏感：“会不会是湖匪高一刀！”

大家俯到窗口一看，果然有两条快船，鼓足了风帆，正从西北方疾驶而来！

赵少夫：“唉，这独山门是轻易不能出的！”

朱家骥：“还等什么？快掉头！”

绿娘：“我这两支橹，一个时辰摇不了十里路，等掉过头，高一刀就一刀砍过来啦！”

“飞虹社”社员乱成一片，抖作一团。

薛南苓：“这么说，我们只有坐以待毙了？不过，这里面最大的财东是少夫，绑肉票，首当其冲就是你。”

赵少夫失色，额上冒出豆大的汗珠……

票友们乱成一团，抖作一团。

这时，缩在嘉珉怀里的杜若忽有所悟，站起身来：“娘，要真是高一刀，我看倒不要紧。”

绿娘：“杜若，你说什么昏话？”

杜若：“娘，那高一刀是冯无胆的拜把兄弟，夏夫人又是冯无胆的恩人，有施公子在船上，高一刀怎么会难为我们呢？”

朱家骥：“难得杜若有这般见地，我看说得满在理！”

说话间，两条快船已落帆，正快速靠近“芳洲”。那快船前后帆，头尾高翘，两旁有四对桨，两条船各有十余人并有持枪者。

一根长竹篙搭住了“芳洲”。画舫上又一阵骚动。

船首站着个高大魁梧的中年汉子：

“请问，施家六公子在船上吗？”

薛南苓：“请问！满客气！勿碍了！大家不要动，我跟嘉珉出去应付。”

施嘉珉觉得像在演一出戏，不慌不忙，理理衣衫，走上船头，稳稳一站，亮相似地：

“我是施嘉珉，足下是高阔成吗？”

中年汉子立即抱拳拱手：“正是在下。”

施嘉珉：“久仰啦！我与尊驾往日无仇，近日无怨，带枪持刀，雨中拦截，有什么见教吗？”

高一刀哈哈大笑：“六公子误会啦！我高阔成与公子还有一面之缘，因此特来拜访。来啊！”快船上当即抬出四个酒坛，“几坛老酒，在地下埋了二十年了。两坛给各位游湖助兴，那两坛是我送给夏夫人的一点心意。”

施嘉珉拱手致谢。

薛南苓：“请问，我们聚会湖上，阁下是怎么晓得的？”

酒坛已搬上“芳洲”。

高一刀：“哈哈！薛三傻子，我认得你！”将竹篙一点，两船拉开了距离，“告诉你吧！苏、常二府，到处有我的眼睛、耳朵，六公子受惊啦！告辞。”他拱了拱手，“后会有期！”

快船转眼没入烟雨之中。

赵少夫这才掏出手帕，揩去额前的汗：

“还后会有期呀？但愿从此永别吧！”

废园。

冯无胆一路走一路看新修好的房子，迎面见李福臣在指挥下人布置房间家具。

冯无胆："这么快就修好了，是不是要去接太太和孩子们啦？"

李福臣："把房间收拾好了就去。"

冯无胆："六爷呢？"

李福臣："进城去了，大半是在姓杜的船娘家里。"

冯无胆："哦！"

李福臣："无胆，你认识一叫朱礼甲的吗？"

冯无胆："我们在县衙里共过事。"

李福臣："这人……怎么样？听说，坏过两个县令？"

冯无胆："一句两句说不清。"欲走。

李福臣拉住他："无胆，开梁公坝是大事，怎么可以找一个官不官，绅不绅，和尚不像和尚，道士不是道士的无赖去做呢？"

绿娘家。

开门的是绿娘。

冯无胆："施家六少爷可在？"

绿娘点头，打量他："你是……冯二爷吧？"

冯无胆："你怎么认得我？"

绿娘："无锡城不认得冯二爷的可不多。二爷，请。"

她带着冯无胆穿过花木扶疏牡丹争艳的小院，跨进谈笑声四起的客厅。

客厅里，除了赵少夫，酒会的人全到齐了。见到无胆，人们不约而同发出一片欢呼，倒使无胆显得手足无措。

薛南苓："冯二爷，你不晓得，前天游湖，我们差一点成了高一刀的肉票！"

朱家骥拿着两杯酒来到冯无胆面前，一杯递给了冯：

“为了大难不死，我们先敬冯无胆一杯！”

“对！这杯要干，无论如何要干！”大家又七嘴八舌地叫起来。

冯无胆苦笑：“不明不白，怎么喝嘛！”

绿娘过来：“冯壮士，这杯子里斟的是高一刀埋在地下二十年的陈酿。前天，‘飞虹社’游湖，高一刀闻讯赶到，专门给施公子送酒。要不是你的面子，不但喝不到酒，这阵子恐怕正在山寨里吃苦头哩！绿娘我今天摆下这花酒，是专为大家压惊的，没想到你这位大英雄从天而降，寒舍今朝真正是蓬荜生辉了！”咕嘟一口喝了一杯，“壮士，请干了！”

冯无胆拱手，干杯。

薛南苓：“在英雄面前，我们前日遇险的表演，实在无法恭维了！倒是杜若灵光，居然想到高一刀是二爷拜把兄弟，才稳住了阵脚。大家说，我们该不该敬杜若一杯？”

微醺的男人们一迭声起哄：“杜若该喝三杯！三杯！”

杜若却不过，举杯在手，并不饮酒，瞟了施公子一眼：

“我不敢喝。”

这一下大家闹得更凶了。

施嘉珉递了个眼色：“喝，边喝边洒……”

杜若嫣然一笑：“六公子那一天离座整衣，走出船舱的派头，跟戏文里演的一样，活像韩世勋却敌哩！”

薛南苓：“是啊，《风筝误》演到了家啦！”给嘉珉斟酒，“所以，杜若该喝，嘉珉更该喝，两人共饮一杯！”

大家立即响应。

杜若、嘉珉举杯对视，眉目传情，一饮而尽。

客厅里一片叫好声……

东厢房静室。

绿娘给嘉珉、冯无胆倒了茶，便退了出去。

施嘉珉："……周胖子要我投资开钱庄？"摇头，笑，"……无胆，人到世间走一遭，本意是为了游戏开心，所谓'饮食男女，人之大欲存焉！'这是其一；而一点事不做，又无法在人间游戏，这是其二。欲望太多太大，可就要自苦肤骨了！"

施嘉珉讲话的声音很大，从院子里走过的绿娘都可以听见。

冯无胆不禁目瞪口呆，喝了两口茶缓了缓："六爷好像要把在南门开坝的事交给朱礼甲？"

施嘉珉"嗯，你看如何？"

冯无胆："我跟他共过事。仗义处可为朋友效死拼命，翻了脸天王老子都不认。在他手里，一连坏了两个县令。眼下赋闲在家，做个相命先生，几乎无人问津。都说他是茅坑里的石头。开坝的事，是你明的一手，这一手要是有个闪失，弄不好就全局皆输啦！"

施嘉珉："无胆，我没想到你也这么看。我凭感觉，朱礼甲倒是个不可多得的奇才！"说罢起身出门，径自朝客厅去了。

废园。

朱礼甲刚走进废园，就看到伯经、仲纬在院子里追逐嬉戏。

伯经："老伯，你找谁？"

仲纬："是不是找我爸爸的？"

朱礼甲瞥了孩子们一眼：

"唔，这是两个小施嘉珉！"向下人大模大样地，"你去禀告六公子，就说梁溪朱礼甲来访！"

起居楼下客厅里。

这里除了李福臣还有一个苏州掮客。

施嘉珉穿一套西装，也没有戴假辫子：

“礼甲先生来得正好！这里有几件文墨，请你一起来鉴赏。”

朱礼甲仔细审察了文徵明正草隶篆四个条幅：“……确为珍品，是苏州国子监吴府的藏品吧？”

掮客猛一拍掌：“果然瞒不过朱礼甲先生的眼睛！”

朱礼甲：“开价多少？”

掮客：“书画古玩，价无定价，要看啥人买啥人卖？上海怡和洋行大班见了爱不释手，愿出五千两银子。可吴家不肯出手，却说要找一个爱惜文墨的体面人家才放心，价钱倒在其次。施公子倘若有意，四千两就差不多了……”

朱礼甲感慨地：“吴家看来也大不如前了，不然……怎么肯出手？”

季子端茶盘进来：“朱先生请用茶。初次见面，请多关照！”

朱礼甲连忙起身，恭敬还礼：“不敢当，实在不敢当！”

季子：“先生请坐，不必客气。”出客厅去了。

施嘉珉的眼睛始终盯在条幅上：

“文徵明的书法规模宋元，力追右军，但毕竟少了点新意，这几件看上去是早年之作，笔法巧丽，才华横溢，却又不够苍劲。哦，福臣，这四件我留下了。你跟俞先生商定了价格，办了吧！”

李福臣口中唯唯，面有不悦之色，与那掮客收起书画离开了客厅。

这时，门人又来通报：

“来了一位客人，说是六奶奶的同学，叫什么剥剥剥……名字怪得很！”

“不是剥剥剥，是卜北固。”客人穿着一身西装，留着短发，大模大样闯进来，“嘉珉兄，东京一别，快五个年头了，你和季子都好吗？”

施嘉珉：“是卜北固呀！快快请坐。”朝楼上喊，“季子！季子！今天是好日子，老同学来啦！”

季子进来，又惊又喜：“是卜先生呀！”行礼，“你也到了无锡？”

卜北固：“我学的是外科，父母没留下万贯家财，只好靠一把手术刀混碗饭吃。”

一句话触动了季子的心事：

“是啊，学了就要用。我学的妇产科，眼看要荒废啦。”

施嘉珉：“北固眼下在哪所医院供职？”

卜北固：“普济医院。”

施嘉珉：“哦！是美国教会办的。”

卜北固：“真对不起，我今天不是专门来拜访二位的，我是来……来求援的！”

施嘉珉：“老同学！有什么要帮忙的，一句话！”

卜北固：“我们医院妇产科的柯尔曼医生，回美国募集经费去了。一位产妇难产，已经一昼夜。正好，有人讲季子到了无锡，我就找老同学求助来啦！”

季子：“嘉珉，你看呢？”

施嘉珉：“季子，这该由你自己拿主意。叫我说，应该去。”

卜北固呼地站起来：“感谢上帝！救人一命，胜造七级浮屠。鄙人向仁兄、嫂夫人叩谢啦！”

季子：“我去换换衣服。”

卜北固：“来不及啦！马车在外面等着啦！”

送走卜北固，施嘉珉才坐下来：“朱先生，抱歉得很，劳您久坐啦！”

蒋三家。

蒋三正在喝酒。

冯无胆轰地推开门，一把揪起蒋三衣领。蒋三手里的酒杯落地摔得粉碎。

冯无胆：“蒋三！你干的好事！那张寡妇，是怎么回事？”

蒋三：“我，我没逼她呀！她那几间破房子，我给她二十两银子。她却说老头是在屋顶下过世的，魂灵还在草屋里。我把嘴皮都要磨破了，她也不松口，非要等到在阴间和老头见面以后再说……我实在忍不住了，话才说得重了点……”

冯无胆：“这不是逼，是什么？我跟你讲什么了？一要保密，二不能伤天害理。这下好，连县衙都惊动了！”

蒋三：“二爷，你放心。不管是衙门还是亲眷，追问上来，我都一口咬定，是投环自尽，决不连累你二爷！”

冯无胆：“连累我？你敢！”

废园客厅。

施嘉珉笑对朱礼甲：

“朱先生，现在，请你讲一讲我那一卦风水吧！”

朱礼甲：“这一卦，颇费了心思。”

施嘉珉：“吉凶祸福，还请先生直言。”

朱礼甲：“六公子占得的卦爻是坤上六。”展开一块黄缎，上面写着：“龙战于野，其色玄黄。”

施嘉珉看过后仍不解其意：“请指教。”

朱礼甲：“卦兆祥瑞呈于北，灾咎出之东南。宜贞静，兼顺，以柔克刚。”

施嘉珉吃惊于朱某已猜出他的计划：

“依先生所言，梁公坝可以开？”

朱礼甲：“也不尽然。无锡地面上有一龙一虎，六公子可曾听说过？”

施嘉珉虽有所悟，却仍谦恭地：

“此话怎讲？”

朱礼甲：“龙游天际，形貌威严，却是并不伤人的。那虎就不同了。虎视眈眈，已使人不寒而栗；虎入羊群，对弱者任意宰割，饿虎扑食之际，遭遇者就难免噩运了。”

施嘉珉：“连礼甲先生也谈虎色变么？”

朱礼甲：“小可身上，食之无肉，杀之无血，那虎就是饿昏了头，也不会找到我门上的。”

施嘉珉：“这就好，我正需要一个不畏虎的人。打开梁公坝，是关系无锡百年兴旺的大事，礼甲先生倘能当此大任，就成功有望了。只要你我同心，何惧与虎相争？说不定我们还要虎口拔牙、虎口觅食哩！”

朱礼甲：“……只是小可人微言轻，尚有诸多难处。”

施嘉珉：“请讲。”

朱礼甲：“程老爷的态度，甚为关键，若无此老支持，开坝难以成功。”

施嘉珉：“程老爷处尽可放心，他不唯赞同开坝，还很看重礼甲先生的才干哩！”

朱礼甲：“唔？这倒是新闻了！再者，开坝造桥、疏浚河道，费用可观，须动员乡绅商贾募捐，可否从六公子领衔开头呢！”

施嘉珉：“这样吧，一切费用，募捐后不足之数，均由我来承担，如何？”

朱礼甲："这，我就敢于从命了。"

积余堂赵府。

蒋三急匆匆走进客厅，打了个千：

"蒋三给赵老先生请安！"

赵伯夫一挥手，把白铜水烟袋放在紫檀茶几上：

"罢了！阿三，听说你遇到了一点麻烦？"

蒋三，眨巴眨巴眼："没、没有哇！"

赵伯夫冷笑："张王氏投环自尽，是怎么回事呀？"

蒋三："这，这……"

赵伯夫："你是三里桥地保，她是三里桥几十年老住户，你总该认识她吧？"

蒋三："认识倒是认识，只是……"

赵伯夫："只是与你无关？算了吧！县衙是遮掩过去了，可苦主咬定，非自寻短见，要上告常州府。蒋三，你看这是不是逼死人命案哪？"

蒋三："赵老先生，此事小的略知一二。那老寡妇，年老多病，想念阴司的男人，才自寻短见的。当天就查看了现场，仵作验尸，乡邻作证。人命关天，小人不敢信口胡言。"

赵伯夫："我听说，有人曾逼迫王氏出卖住房地皮，蒋三，可有此事？"

蒋三："是公买公卖，并没有逼迫。"

赵伯夫："那么，是谁要买张王氏地皮呢？"

这时，赵少夫走了进来，在一旁坐下，打量着诚惶诚恐的蒋三。

蒋三："赵老先生，我确实不知道买主，但以小人看来，那几间草房，体面人家是不会要的。"

赵伯夫："蒋三……这案子要是告到常州府，没有你的好日子过，往后有难处，尽可以来找我和少夫。”

蒋三告退。

出门时，管事给了他两块银洋。他千恩万谢地收下，逃也似的出了赵府。

蒋三走后，赵伯夫对儿子说：

“少珍，蒋三连冯无胆的名字都不肯提到，我看这里边有花样经。我疑心……前头经办的是冯无胆，背后出钱的是……”

赵少夫：“出钱的会是谁？”

赵伯夫胸有成竹地一笑：“高一刀。那湖匪发了不义之财，买房子买地，为今后洗手做准备，似也合乎情理。果然如此，无锡就不得安宁喽！”

赵少夫：“冯无胆在县衙当过差，做高一刀代理人，有通匪之嫌。我看不会。”

赵伯夫：“不会？他怎么会跟高一刀去结拜兄弟？现在官府腐败，兵匪一家。白天坐班房的捕快，到了夜里就是打家劫舍的强盗！太湖上官兵派得还少吗？他们剿过匪吗？”

赵少夫：“爹爹讲的是实情。不过，冯无胆去马迹山是因公，跟高一刀结拜是一种手段，并不犯忌的。可如果替高一刀买产业，那就非同小可了。我看冯无胆不会那么没脑筋。”

赵伯夫：“我晓得你看重冯无胆，冯无胆也的确有勇有谋。可他一回到无锡，你就上门去重金礼聘，为什么不肯屈就？我看此人难测高深，必定是另有所图。”

赵少夫：“爹爹，我们倒是可以就张寡妇上吊一案，顺藤摸瓜，找到冯无胆后面的那个人。”

废园客厅。

朱礼甲起身告辞。施嘉珉挽留：

“先生，给我相个命，可以吧？”

朱礼甲复又坐下：“这……也罢。既然六公子有兴趣，小可就此卖弄一下命相之术！”

施嘉珉大喜：“好极了！福臣！来听听！”

李福臣来了，后面还随了几个丫鬟、小厮。

朱礼甲喝了口茶，清了清嗓子：

“命相之术，要抓住六字秘诀。这六字是：审、敲、打、卖、千、隆。敲，就是旁敲侧击；打，就是突然发问，在你措手不及中吐露真情；审，是察言观色，判明来意；千，是以刺激、恐吓向要害出击；隆是赞美、恭维和安慰；卖，是最后一招。从容地摊出来，使对方折服。”

人们发出一阵阵惊叹，朱礼甲兴味更浓：

“那一天，小可相室里来了一位富家公子。”

冯无胆进来，直奔施嘉珉：“六爷。”

施嘉珉摆摆手，眼睛盯着朱礼甲。

冯无胆：“六爷！”

施嘉珉：“等等嘛！你也听听，长长见识！”

朱礼甲瞟了冯无胆一眼，略顿，又侃侃而谈：

“富家公子看相算命，通常是三五成群而来，为的是听一些关于命运、前程的恭维话。单个上门，就不同了。”

冯无胆如坐针毡，掏出手帕揩汗。

朱礼甲：“对于衣着华丽面有愁容的阔少，第一步先该‘敲’个清楚，‘审’个确实。‘我看你满面暗晦之色，一二年内恐有大丧。’如果对方说：‘母亲过世不久。’便可‘响卖’一下：‘我看得对吧！’接着突然敲门：‘你是几岁没有父亲的？’如对方说：‘我五岁时父亲便亡故了。’这就又可以‘卖’一下了；‘额色岩先丧父。你幼年丧父是命中注定的。’跟着又‘打’，‘你是长子吧？’不管答是答否，他有多少兄弟都可以‘审’出来了。可想而知，五岁丧父，又是长子，不会有许多弟妹，于是又可以‘卖’了：‘你居长，弟妹不超过两个，而且不和睦，是不是？’这种家庭，兄弟争遗产，姐妹争嫁妆，长子不好当，看他愁眉深锁，又不是干练煞辣的人，说不和睦，是不会踏虚的。”

冯无胆起身，在屋子里转……

朱礼甲：“把对方的父母都探清楚了，就可以落‘千’了。先，千他潦倒，再千朋友忘恩负义，又千亲戚如何冷落……人清冷暖，世态炎凉，这对家道中落面临困境的人，都是适用的。”

冯无胆以为已讲完，又直奔施嘉珉而去。

朱礼甲：“可是不忙！‘千’是灵在过去，现在，要连将来也灵，就要靠‘隆’了。这要在了解情况的基础上对症下药。如在太平盛世，可以怂恿对方去应科试，去从工经商；如身处乱世，应勉励他从军习武，甚至暗示对方做鸡鸣狗盗之事。你教了一百个人，只要有三五个日后发迹了，就会夸你灵验，替你张扬。那九十几个会如何呢？早已伏下后手，只怪风水不好，祖宗德薄，本人私德阴亏，等等。至于听了你的话战死沙场的，就再也不会来找你算账了。”

大家哈哈一笑，却个个十分叹服。

冯无胆：“六爷，请出来一下。”

施嘉珉：“等等，还没给我相命呐！”

朱礼甲：“言归正传。六公子那日给了生辰八字，我就在想该如何去‘隆’。阁下年近三十，风流之名遍于津沪，功名事业却一事无成，就不能用刚才讲的套路去昭示未来。于是，我顿悟到：公子问卦，心有不诚。鄙人就丢开那一套伎俩，直截了当地讲：‘礼甲平日阴阴阳阳，神神鬼鬼，无非是弄点钱财，混口饭吃。六公子海内名士，不信命相之道，屈驾光临，不会是拿小可开心吧？’谦虚地把真话卖出去，其实也是一种‘千’的方式，让对方也把真情讲出来。”

施嘉珉笑了：“这，正是礼甲先生通达之处，方才一席话？令人茅塞顿开，很长一番见识。”

李福臣：“朱先生，你还没讲六爷的前途呐！”

朱礼甲一摆手：“卖梨膏的把配方都卖了，就不能再吹嘘啦！”

起身告辞，瞥了冯无胆一眼，“你们慢慢谈，慢慢谈。”

朱礼甲飘然走出客厅，穿过天井，折向侧弄……

客厅里。

施嘉珉：“什么？闹出乱子来了？这一下如何暗度陈仓？福臣，准备点银子让无胆去打点一下。”

冯无胆：“县衙的人大都与我共事过，已经打点过了。”

施嘉珉：“那就好，那就好……”

冯无胆：“现在的麻烦是苦主要上告常州府……”

施嘉珉：“唔！这不是响动更大了？”

冯无胆：“赵家也警觉起来，还盘问了蒋三。”

施嘉珉：“唔？这个米蛀虫，一手能遮无锡半边天。蒋三没讲什么吧？”

冯无胆：“蒋三倒是推得一干二净，只是往后再买地，就没那么便当了。”

施嘉珉：“你还是从家里拿点银子去，要尽最大努力把事情化解掉，否则，我们就只有半途而废了！”

冯无胆："是。我这就去办。"

李福臣交给冯一包银两，冯无胆去了。

施嘉珉："赵伯夫！他就是朱礼甲讲的，无锡地面上那只虎哇！……"

第六回

废园，夜。

施嘉珉一个人吃着晚饭，无滋无味，没吃几口，就“啪”地丢下筷子，站起身来绕室徘徊。

落地座钟打了八点。李福臣进来。

施嘉珉问：“那四幅字呢？”

李福臣垂手而立：“价钱谈不拢，没有买。”

施嘉珉：“什么？不是讲好了四千两银子吗？”

李福臣默然。

施嘉珉：“这可是文徵明的字呀！在明四家中，是可以与祝允明齐名的……算了，你不懂！”施嘉珉踱过去，“你怎么不响？我定下来的事，你竟顶着不办？在老爷身边，你也是这样的吗？”

听到这话，李福臣扑通一声跪了下来，老泪纵横：

“六爷这么讲，福臣就不好做人啦！”

施嘉珉顿觉失言，连忙扶起老管家：

“……你的忠心……我是有数的。可是……可是……我看好的字画，你……”

李福臣站了起来：

“这四个条幅，要是在老爷面前，他不敢开这个价。”

施嘉珉：“什么？你是说不值那么多？”

李福臣：“顶多两千，他就肯出手了。”

施嘉珉：“是这样！我不是叫你跟他议价的吗？你怎么不……”

李福臣：“六爷见了字画就赞不绝口，那朱礼甲又跟着帮腔，那价还能还得下来吗？”

施嘉珉：“福臣，你是识途老马。我做事倘有不周，你要提醒我。”

李福臣：“说了，只怕六爷不肯听。”

施嘉珉：“哎，你还没说，怎么晓得我不肯听？来来，坐下，我们今天开个头，你说说看。”

李福臣坐下来：“六爷，如果那掮客再来，两千两银子就肯卖，我还是不办，你怎么想？”

施嘉珉：“那我要弄清爽，这是为什么？”

李福臣：“为了钱。六爷既要做一番事业，就要注重经济。六爷在外面放言许愿，我们做奴才的本不该过问。可府上没有堆着金山银山，动辄三千五千，只出不进，实在经受不起啊！”

施嘉珉霍地站起来，怒气冲冲地走到窗前，猛地推开了落地长窗。一股春夜的寒风袭来，使他打了个寒噤。他缓缓转过身，见李福臣低头垂首，像一段枯木，便又关上窗扇，回到椅子上，长长地吁了口气：

“还有话吧？说下去……”

李福臣：“六爷要近君子，远小人。交友如此，用人办事更要慎而又慎。”

施嘉珉："你是指朱礼甲？"

李福臣："此人口碑极坏。开坝造桥，是十几万银子的大事。用人不当，不仅会坏了事，还会损害名声的。六爷，恕我直言，有的人不能用，有的人要防着用。"

施嘉珉："防着用啥意思！你是指冯无胆？"

李福臣："冯不同于朱，可六爷也要留个心眼：等到尾大不掉、大权旁落的辰光，就不好收拾了。"

施嘉珉又站了起来："嗨，这个不能用，那个要防着用，你叫我怎么办？让你去北门买地，南门开坝？这两个人一文一武，各有千秋，我反复掂量过了，这两件事，非此二人不可。福臣，千军易得，一将难求啊！算了算了，你老了，有些事跟你也说不清爽……"

李福臣："六爷，你要三思啊！"

施嘉珉："好了好了，你下去吧！"

李福臣老泪纵横，吃力地站起来，沮丧地走了出去。

施嘉珉心情复杂地望着李福臣佝偻的背影。

落地钟敲了十一下。

"季子，怎么还不回来？"

普济医院。

季子终于做完了手术。

那婴儿被拍了两下才"哇"地哭起来。

母子平安。季子已精疲力竭。她揩去额上的汗，脱去白衣，向产科手术室外走去。

卜北固："一切正常？"

季子："谢天谢地，母子平安。"

卜北固："你真了不起！"

季子：“今天是我五年来过得最充实的一天……”疲倦地笑，摇摇头，“一开始，我几乎手足无措。哦，差不多忘光了，后来……”

卜北固：“后来，就豁然开朗了？”

季子：“看着那母亲痛苦的样子，脑子里忽有什么东西撞了一下，那扇紧闭的门打开了。我兴奋极了！在东京，先生教我的东西全都回到眼前，于是我开始做手术，完全像实习时先生示范的那样……”

卜北固：“季子，我恭喜你，还要谢谢你！现在我可以告诉你，我也很担心，心悬在半空，一直到你走出这间手术室……毕竟五年没有做过了，可是没有别的办法！现在，我们终于又有了一位优秀的妇产科医生！”

季子：“可我这些年，一直在做一个优秀的母亲和妻子……”

卜北固：“季子，这对于你，还很不够。”

季子抬起眼睛看着他：“嗯？”

卜北固：“留在医院吧！产妇们需要你，我也……”

季子：“谢谢你相信我。可我要好好想想，还要跟嘉珉商量……给我点时间，行吗？”向他投去一瞥。

医院门外。晨曦初露。

卜北固：“我来雇两乘轿子。”

季子：“不，走走吧！到无锡以后，还没在外面悠悠闲闲地走过呢！”

卜北固：“那么……我们散散步吧！”

他们走到一个巷口，一盏灯笼照着一个小食摊。

卜北固：“吃过无锡的桂花糖芋艿吗？”

季子摇头。

卜北固：“那你对地方风情就少了一分实实在在的领略。”

季子："就在这里抛头露面？"

卜北固："顺便体会一下平民生活。"对摊主，"来两碗桂花糖芋艿。"

两人在食摊旁坐下来。

两碗热腾腾的芋艿摆在他们面前。

季子："哎哟，还没吃，这香味就已经让人垂涎了……"舀了一匙，"嗯，好吃。"

卜北固："香糯绵甜，使你想到太湖清波，想到无锡的小曲……"

季子："到中国来几年，还从来没尝过街边小吃。"

卜北固："你在深宅大院里住得太久了。外面是另一番世界。"

季子："这世界太不相同了。"已吃完一碗。

卜北固："再来一碗？"

季子笑了："嗯，还真想再吃。胃口从来没有这么好。"

又两碗热腾腾的芋艿摆在他们面前。

废园。

季子回到废园，已是第二天早晨。

她跨进客厅，施嘉珉正从起居楼上下来。

施嘉珉："季子？我等你，一夜都没睡好……"

季子："嘉珉，对不住了。我平生第一次用自己这双手救下了两条命。嘉珉，你该祝贺我！"

施嘉珉："唔？是了不起……你竟然没有忘？"

季子："是啊，我也觉得很奇怪。可是，在最紧急的关头，奇迹突然出现了！嘉珉，今天我比过节还高兴！"

施嘉珉："是好久没看到你这么高兴了。吃了早饭，你去睡一会儿吧！"

季子："嘉珉，我有事跟你商量。"

施嘉珉："今天程老爷给我面授，还要回答他出的两个题目。改天再谈，行吗？"

季子："不。现在就谈谈。"

施嘉珉："很急？是买地的事？"

季子："你就知道开坝、买地。嘉珉，卜北固想要聘用我。"

施嘉珉："当医生，要天天去医院的呀！"

季子："那是我的本行呀……"

施嘉珉："家怎么办？"

季子："有李福臣，还有那么多下人。"

施嘉珉："孩子呢？"

季子："可以请人带。"

施嘉珉："你放心？季子，你们日本女人是最典范的贤妻良母，怎么……"

季子："嘉珉，你这样讲，是不是说我只能给你看家、带孩子？"

施嘉珉："好了好了，这个题目太大，我们留待下次再谈，好吧？"欲走。

杨柳青进来："六爷、六奶奶。"

施嘉珉："是八妹！你该叫哥哥、嫂嫂，你是我妈的干女儿呀！"

季子："是啊，八妹，快坐。"

杨柳青："嫂嫂，我有几句……话要问问你。"

季子："问我？"

杨柳青："不，是请教。不过，不能讲给哥哥听的。"

施嘉珉："好好，正好我要走，你们慢慢讲。"出去了。

杨柳青："嫂嫂，我进藕香院之后，吃过不能生育的药，可是这三个来月，身上没来，也不知是怎么回事……”

季子笑了：“吃了药，不一定都不生。一起吃个便饭，我陪你到医院检查一下！”

程府 观梅读画轩。

施嘉珉边走边想，不由脱口而出：

“要对付他，就得以攻为守，牵着他的鼻子走！”

一笑，潇洒地走上台阶，跨进读画轩。

程木翰很高兴：“贤侄今天来得很早哇！一定是胸有成竹了吧？”

施嘉珉：“叔父，我在研读文献时，忽发一奇想，不知当问不当问？”

程老轻捻银须：“当然是有疑必问。”

施嘉珉：“若论经学，康南海比曾文公、薛庸庵的见解更为激烈。叔父与他又是学友，独不以他的论著为题，是否为了避讳？”

程老笑了：“戊戌事，过去十年了。朝廷对老夫早有明断。南海的论著不乏真知灼见。可他抬出孔子的托古改制，来论证变法合乎圣道，就不只是武断，而且是臆造了。这在治学上是不可取的。”

施嘉珉：“这么说来，倒是薛庸庵严谨了？”

程木翰：“那是个绝顶聪明的人。他出使国外，每月记日记一册，以见闻实录说明洋人之所以先进，中国之所以落后其根源在于制度。庸庵为人，不卑不亢，主张取洋人之长补己之短，但并不妄自菲薄，数典忘祖。”

施嘉珉起身指对联：“叔父这两句话，概括了当今为人处世的精蕴，是可以为后辈作格言的。”

程老摇头：“不过是老夫晚年的心境。你们年轻人如日之升，是不可以消沉的。”

施嘉珉叹了口气：“国事已千疮并溃，政风靡烂不堪，君子之道安在？‘做几件可传之事消磨岁月，会几个有识之士论说古今’，何曾消沉？这才见大儒风范！譬如开梁公坝，有利当地航运，得益一方生民，以叔父的声名登高一呼，成功之日，当可勒碑名传千古……”

冯无胆家。

冯无胆一跨进门，杨柳青就搂住他咬耳朵：

“我刚才找过季子嫂嫂，她带我去医院去查过啦，说我没病，是……有啦！”

冯无胆喜出望外：“真的？六奶奶说几个月了？”

杨柳青伸出纤指，在冯无胆额上点了三点。

冯无胆：“阿青！拿酒来！好好庆贺一番！”

这时，蒋三走了进来：

“冯二爷……”

冯无胆：“蒋三？怎么样了？”

蒋三：“苦主答应不再告了。可是……”

冯无胆：“还有什么？”

蒋三：“赵家的人一直在四处探听土地买主……”

冯无胆：“你打算怎么办？”

蒋三：“我打算略施小计，让这两个小子不敢再出头……”

冯无胆：“嗯，不过可不能再惹出祸来……”

蒋三：“二爷，这回我还能没有数吗？”

冯无胆：“买地继续进行，小心火烛，酬银照旧。”

蒋三：“哎，谢二爷啦！”退下。

观梅读画轩。

程木翰手捋银须，眯上双眼：

“肥子，朱礼甲的为人，你可晓得？”

施嘉琨：“一个市井无赖。”

程木翰：“无锡人称他是茅坑里的石头，又臭又硬。此人言行不轨，反复无常，贤侄万万不可与之交往！”

施嘉琨：“叔父是指两个县太爷前程的事么？”

程老：“两个县令也有不齿于人的行迹，否则朱礼甲能坏得了吗？”

施嘉琨：“那么，是开庙会与赵伯夫争做会董喽？可是世间本是各人头上一方天。有的图虚名，有的讲实利。要名利兼得，就过于贪了。赵先生已是商界领袖，一方财神，还去跟朱礼甲争做会董，器量未免狭小。叔父主张‘用人唯德’，这与‘经世致用’之说，却是难以自圆的。”

程老：“何以见得？”

施嘉琨：“曹孟德德行如何？”

程老：“孟德奸诈，是为治国平天下，怎能与市井无赖相匹？”

施嘉琨：“曹公一生，马上治天下，故不计门第，唯才是用。可这并不是他的本意。他指望天下大定后以德治天下，使海内归心，可惜时不假人，未能如愿。这是曹公终身遗恨！”

程木翰深深点了点头。

施嘉琨：“叔父，不仅曹孟德，汉初刘邦不也把一个市井无赖韩信拜为大将吗？晚生只在开坝一举中，起用朱礼甲，又有何不可呢？”

程木翰动摇了，但仍不松口：

“只怕朱县令不会点头。”

施嘉珉：“朱良正大不同于他的两位前任。因此不必怕朱礼甲坏了他的事。只要叔父说句话，我想……”

程木翰：“你真以为朱礼甲能办事？”

施嘉珉：“不会有人比他办得更好了。”

程木翰：“不怕他朝三暮四，翻手为云覆手为雨？”

施嘉珉：“他不会，也不敢！”

程木翰：“倘若朱礼甲勾结歹徒，上下其手，贪污中饱呢？”

施嘉珉：“有叔父和朱县令在，治一个朱礼甲，还不易如反掌！”

程木翰几乎在欣赏他了：“你很自信！跟你母亲当年，如出一人……”

冯无胆家。

四碟菜一壶酒，摆好，杨柳青照例坐在冯无胆下首。

夫妻两人笑眼相望，干了第一杯酒。

冯无胆：“有了身子，不能劳累了，用个丫头吧！”

杨柳青：“我不要。”

冯无胆：“为啥？”

杨柳青：“我要自己侍候你。我们苏州乡下，六个月还在田里做生活，八个月还侍奉公婆哩！”

冯无胆：“不是心里话。你在耍小心眼，怕我跟丫头不规矩，是不是？那就找个丑的吧！”

杨柳青噗哧一声笑了。

冯无胆：“阿青，问你个事……”

杨柳青：“嗯？”

冯无胆："薛家三少爷，你从前跟他好过？"

杨柳青："薛南苓？"倏然脸颊绯红。

冯无胆："看你，我随便问问，千万别生气……"

杨柳青："在青楼卖笑，这个来那个去，什么叫好，什么叫不好！"

冯无胆："又要小心眼儿了不是？"举杯，两人对饮，"我是说，往后我要常和薛三傻子来往，你呢，见了面总要招呼一声吧？"

杨柳青："做啥要跟这种人来往？他可不是个老实人。"

有人敲门。

杨柳青开门。进来的正是薛南苓：

"冯二嫂，哟，冯二爷！听说你约我，我立即赶来了。你们夫妻对酌，打扰啦！"

冯无胆："薛三爷，坐下喝两盅，如何？"

废园。

施嘉珉兴冲冲回到家里就喊：

"季子！季子！今天这一关又闯过去了！嗯？季子呢？"

普济医院。夜。

季子推开院长室门，卜北固便站了起来。

卜北固："又救了两条人命？"

季子宽慰地笑了："有茶吗？"

卜北固倒茶给她："累了吧！"

季子喝茶："好烫。"端过卜北固桌上的茶，一饮而尽，"从来没这么渴过。"

卜北固："季子，我不知该怎么谢你。要是没有你，我的妇产科就无法支撑下去了，那些母亲和孩子，或许就会双双死去……”

季子：“不，我该感谢你。你使我的生活里增添了许多乐趣，不再是一个百无聊赖的少奶奶了……”

卜北固：“对于我，你是个功臣。”

季子：“对于我？你也是大大的功臣呀！”

两人相视而笑。

卜北固：“天晚了，我来送你回家。”

废园。夜。

施嘉珉来到餐室。

伯经、仲纬坐在餐桌前，面对一桌子被碗扣起来的菜。

伯经：“我们都快饿死了！”

仲纬：“你不回来，妈妈也不回来。搬到无锡，还是要等。一点都不好！”

施嘉珉：“福臣！福臣！”

李福臣进来。

施嘉珉：“季子呢？”

李福臣：“又给那位卜先生请去了。卜先生说实在没办法，请六爷多多原谅……”

施嘉珉：“那好吧，我们不等啦！”

废园门外。夜。

卜北固先跳下马车，把季子搀下车来。

卜北固：“就送到这里吧！多睡一会儿。明天可以晚些来。”

季子：“那么……我就睡个懒觉？”笑，“北固君，请你也多多保重啦！”鞠躬。

废园餐室。夜。

施嘉珉扒了两口饭："饭都冷了……怎么吃？"

丫头："六爷，你等一下，我去热热。"

施嘉珉丢下筷子，穿上长衫。

伯经："爸爸，你又要走？"

仲纬："饭不热，可肉骨头还是满香的。吃两块吧！"

季子进来："嘉珉，饭吃了吗？我让你们久等了吧？"亲孩子，"多吃点，妈妈换了衣服来陪你们，好吗？"

废园卧室。

施嘉珉进来："季子，快一点，孩子们等你去呢！"朝梳妆台和屏风看去，回眼方见季子和衣躺在床上，已酣然睡去。

施嘉珉来到床畔轻推季子：

"季子！季子？……"吻她的额头和两颊，"我有话跟你说……醒醒……"

季子翻了个身，又沉沉睡去。

施嘉珉兴味索然，拉开被子给季子盖好，便悄然离开卧室。

杜若家。

施嘉珉敲门。

绿娘开门，一惊："六爷！？这么晚了，你怎么……"

施嘉珉："晚了才知寂寞，才要来看看你们娘儿俩。杜若呢？"

绿娘："在房里做针线哩。"

施嘉珉："拿酒来。"

绿娘上酒。

施嘉珉：“你让我干喝？”

绿娘：“我去给你烧。”

冯无胆家。

冯无胆、薛南苓已酒过三巡。

冯无胆：“三爷，我听说老翰林特别喜欢你？”

薛南苓：“叔公喜欢我，是在小辰光；长大以后，我最怕的就是这个老古董。”

正好杨柳青送酒进来：

“那是因为你不正经！”

薛南苓给她说了个大红脸：

“八妹还是那么爽脆！说实话，这也怪我不长进，钻进声色场就不出来。”

冯无胆：“三爷，你能不能劝劝老翰林把伯渎港的八亩地让出来，价格嘛，就照赵伯夫讲的每亩一千元。”

薛南苓一惊：“冯二哥，你为赵伯夫办事？”

冯无胆沉稳地：“不是的。这八亩地到手后，仍由你们薛家出面，跟赵家父子谈判，讲明这八亩地可以让给赵少夫开面粉厂，可赵家必须出卖三里桥荒地。”

薛南苓：“那三百亩苇滩你也要？”

冯无胆：“嗯，是人家要。”

薛南苓：“是谁？”

冯无胆：“三爷还是以不知道为好。”

薛南苓：“此人我见过？”

冯无胆：“唔，或许你还认识。”

薛南苓：“嗯？噢——”。

冯无胆："三爷，谁要这块地，这很重要吗？"

薛南苓："那自然啦！叔公中过进士，做过翰林，要是他敬重的人要这地，分文不取叔公都可以奉献了来。若是卖给赵伯夫，那就不成了！老爷子最鄙薄的就是这种米蛀虫，暴发户！"

冯无胆欲语又止："……三爷是明白人，随你怎么编故事都行，可我还是不能告诉你。"

薛南苓："那好吧！如果办成了，我有什么好处？"

冯无胆："两种办法，愿作中保，就取佣金；如不做中保，就由我做主，送一千两银子谢仪。"

薛南苓的眼睛顿然发亮：

"好，就这么办！"

杜若家。夜。

等绿娘端上热腾腾的菜，施嘉珉已喝得醉眼蒙胧……

绿娘："六爷，你还真的干喝了？要伤身子的呀……"

施嘉珉："难为你想着我……我好闷，给我吹个曲子吧！"

杜若进来，似已精心打扮过，显得淡雅而又光鲜：

"哟，是六公子！怎么喝成这样？可怎么回家呀？"

施嘉珉："就不能不回？你们就不能……陪陪我？"

冯无胆家卧室。

床上，杨柳青依偎在冯无胆强壮的胸前。

杨柳青："季子去做医生，又是产科，六少爷不忌讳吗？六奶奶也是，不愁吃穿，做啥要给人做接生婆？"

冯无胆吁了一口气："人各有志。季子不是个寻常女人……最近她天天去医院，六少爷总往绿娘家跑，不是个好兆头……"

杨柳青："哎，无胆，我们也在北门买些地产，阿好哇？"

冯无胆："你说啥？"

杨柳青："我听说府殿的二百亩庙田，地段最好，价钱也公道，阿对？"

冯无胆很吃惊，坐了起来：

"你怎么晓得的？阿青，讲啊！"

杨柳青吃了一吓，也坐起来：

"今天娘舅来，我是听他讲的，错了吗？"

冯无胆："他说得不错，府殿二百亩庙田，是北门到三里桥最好的地段，现在每亩一百七十元。三年后火车一通，就会上涨十倍，五年十年后，会变成寸土寸金。"

杨柳青："娘舅说得对吧！"

冯无胆："阿青，那地我们不能买。"

杨柳青："那为什么？钱不够，我可以变卖首饰嘛！"

冯无胆："阿青，我受夏夫人委托为施家做事，如果我把最好的沿河地段买下来，岂不是不仁不义了吗？"

杨柳青不以为然："无胆，报答夏夫人是应该的，可你又没有卖身给施家，该为自己着想的地方还得为自己想，这谈不上不仁不义。"

冯无胆："喔！夫人有如此见地，失敬啦！……不过，施家的产业我们占十分之一，而且经营管理权都在我手里。只图眼前，不看长远，会不会因小失大？再说，出这个主意的不会是你娘舅。买那二百亩庙产的中人是朱礼甲，他不过是借娘舅的口，通过你来传达……"

杨柳青："什么？这……"

冯无胆："从好处想，朱礼甲在给我帮大忙。从坏处想，这件事可以离间我跟施家的关系呐！朱礼甲其人，阴阴阳阳，深不可测，阿青，我们不能不防啊！”

积余堂赵府。

赵少夫风风火火地带着当铺薛南苓进来：

“爸爸，薛家那八亩地有点松动了。”

薛南苓：“叔公已同意以每亩一千元的价格，把那八亩地让出，只是要以贵府在三里桥的荒地作交换。”

赵伯夫停止抽水烟：

“薛家要那块荒地做什么？”

薛南苓：“开丝厂。原来选址在西门外荷花浜。地主以为奇货可居，索要高价，没有谈妥。现在看中了三里桥那块荒地，愿以每亩五十元买下。”

赵伯夫：“什么？五十元！？”

赵少夫：“这是薛家开的价，还可以再议。要是能出到每亩八十元。三百亩就是两万四。去掉买伯渎八亩的几千元，净剩一万六，这笔钱对于办钢磨面粉厂，正好派上用场！”

赵伯夫站起来踱步：

“怎么事情就这么凑巧？一下子都看中了三里桥荒地？赵伯夫在那里购买地产，薛家也在那面做文章。少夫，你说说看，这里头有没有名堂？”

赵少夫：“爸爸，谁用得谁就买，我看这没什么蹊跷。”

赵伯夫：“再者，他的地每亩一千，我的每亩五十，这不是欺人太甚吗？”

赵少夫：“伯渎港是寸金地，三里桥一片芦苇。怎么能相提并论呢？”

赵伯夫虎起脸，把水烟袋在桌上一礅：

“用不着你来教训我！”

薛南苓：“那么，我就此告辞了。”

少夫把他送出去，又匆匆回来。

赵少夫：“爸爸，这笔买卖我们并不吃亏，你可别坐失良机呀！”

赵伯夫：“我什么时候坐失过良机？我一直跟你讲：开米行最赚钱，也最保险。人不管穷富，都要吃饭。动乱灾荒，百业萧条，只有我的白米面粉奇货可居，一本万利。你搞碾米、磨粉、榨油，赚不到多少钱嘛！自产自销，够我们自家那些米行卖就行了。你非要在伯渎弄一片粮油加工区！这下好，薛家那八亩就在你心脏地区，他不卖，你就动不了。再说，碾米、磨粉做大了，卖给谁！”

赵少夫：“爸爸，我们的眼睛，不能光盯着无锡，我的面粉可以销到镇江、常州、苏州。只要比洋面好，又便宜，连大上海也能打进去，把洋面挤出去。”

赵伯夫：“又在做梦了！不吃点教训，你的梦永远也醒不了！”

废园。施嘉珉卧室。

季子睡在那里，亮着灯，翻着产科教材……

施嘉珉醉醺醺地进来，和衣而睡。

季子帮他脱鞋、脱衣服，然后偎在他身边……

季子：“嘉珉，又喝醉了？”爱抚丈夫，“怎么不说话？”

施嘉珉：“说什么？”

季子：“最近，你怎么总在外面喝到深夜？”

施嘉珉：“因为，我不能忍受寂寞。”

季子：“那绿娘很美，是吗？她的女儿杜若，曲子也唱得很好……是吧？”

嘉珉："船娘再美，也代替不了你……"

季子："真的？"往丈夫胸前偎了偎。

嘉珉："在长长的夜里等你，我很寂寞。现在，你在我身边，我还是……很寂寞。"

季子："这是为什么？"

嘉珉："季子，你说呢？还是让东京上野驿的樱花来说吧！"吻她，"世上懂得男人的女子太少了……"

季子："也包括我吗？嘉珉？"与嘉珉相拥。

嘉珉："季子，只有跟你在一起，我才觉得自己像一只船驶进了平静至极的港湾……"

季子："那么，你是我的诺亚方舟？"

嘉珉："不，是爱之舟，爱……之舟……"

热烈地吻季子。

季子忘情地闭上眼睛：

"哦，嘉珉，我也常常梦见上野的樱花……特别是在你……离我而去的时候……一个人……闲在家里……在等待中打发日子……很可怕的……你知道吗？"

冯记茶园雅座。

冯无胆："唔？赵伯夫果然老奸巨猾！"

薛南苓："这个老角色是无锡城天字第一号老狐狸。那天，他不但不肯轻易撒手，老是刨根问底，还撒出人马四处探访。"

冯无胆："要对付他，是要动一点心计。"

薛南苓："二哥，你有什么新花样？"

冯无胆走到窗前站了站，忽又转过身来，直奔薛南苓：

"你想办法编个故事，编得圆一点，就说薛家各房有争执，那八亩地又不想出手了。”

薛南苓：“激将法？真有你的！”

两人相视而笑。

冯无胆倒茶：“再喝一杯。”

薛南苓：“好茶！是碧螺春吧！”

冯无胆：“不，是云雾。”意味深长地笑了。

积余堂赵府。

赵少夫走进客厅，对着正在品茶的赵伯夫：

“爸爸，德国钢磨日内就要运到伯渎，那八亩地要早作决断。不然，我那机器往哪装啊？”

赵伯夫：“少夫，你性子太躁。换地一事，宜再静观一时，弄清背景后再下决断不迟。”

赵少夫：“一个买，一个卖，哪来许多背景？”

这时，两个家人来报：

“老爷、少爷，我们在荷花浜了解到，薛家在荷花浜开丝厂的计划没变。”

赵少夫：“唔？当真？”

家人：“荷花浜的地主，并没有向薛家索要高价。”

赵少夫：“这就怪了……”

赵伯夫又端起他的衣烟袋，吹着媒子咕嘟咕嘟抽起来：“我说有背景吧……”

家人退下。薛南苓来了。

赵伯夫：“南苓！你昨天讲的消息与事实出入很大嘛！”

薛南苓：“我的消息从薛家来的，不是打听来的。信不信那是赵先生的事了。而且，我要再奉告一个令人大出意料的新消息。”

赵少夫："唔？！什么？"

薛南苓："那八亩地，薛家既不卖，也不换了。"

赵少夫："怎么变得这么快？"

薛南苓："开丝厂，是他父亲——大房的意思。可那在上海做买办的叔父闻讯，就传话回来了：薛家没有败落到要变卖祖宗遗产的程度。大哥有困难，做弟弟的理当解囊相助。伯渎港的地是决不能出让的！"

赵少夫："唉！这真是的！要是早签了约，哪有这等闲事？"

赵伯夫："薛家虽是四代望族，开爿丝厂的财力尚且不足，可见内囊十分空虚。用伯渎八亩，换我三里桥三百亩荒地，也只是略施小计，转手多卖几个钱以补办厂资金不足。如果仅如此，赵某还可以给他占这点小便宜。只是冯无胆也在三里桥大量买地。这两件事相互之间就毫无关联？要是有关联……那冯无胆后面的人又是谁呢？这个谜底至今没有水落石出。"

第七回

冯记茶园。

朱礼甲神清气爽，一路与熟人招呼应对，穿堂而过，举步登楼，走进雅座。

“茶房！有什么好茶？”

茶房小跑步过来：

“有，先生，龙井、云雾、碧螺春，还有祁门红茶、茉莉花茶……请问老先生用哪一种？”

朱礼甲：“泡一壶龙井，要最好的。”

茶房：“我给先生泡一壶今年的雨前茶吧！”去了。

冯无胆进来：

“礼甲先生，几日不见，气色滋润，容光焕发，是不是有喜事临门啦？”

朱礼甲：“二爷什么时候也学会相面啦！”

茶房端来茶，为朱礼甲斟上：

“先生请用。”

冯无胆："日前在六公子家，礼甲先生亲授的呀！"

朱礼甲笑了。

冯无胆："礼甲先生，我们言归正传，那开坝募捐的事……"

朱礼甲："正在筹措，已有进展，尚须打通若干关节。"

冯无胆："先生，无胆以为，这件事响动越大越好。"

朱礼甲："唔？"打量冯无胆，"你就不怕无锡城天下大乱？"

冯无胆正视朱礼甲：

"礼甲先生，你怕么？"

两人对视，目光灼灼，并不避开对方的锋芒。

朱礼甲喝茶："不错，无锡人的日脚是过得太安逸了。"

冯无胆："太安逸就没戏可看了。不是吗？所以，非轰轰烈烈不能壮声势，不沸沸扬扬更不能引起各界关注。甚至不妨……在老虎头上摸一把。"

朱礼甲："你是说赵伯夫？"

冯无胆："区区米蛀虫，从来就不是先生的对手。礼甲先生食之无肉，杀之无血，总不至于谈虎色变吧？"

朱礼甲冷眼看冯："二爷，你这是以子之矛攻子之盾？"

冯无胆："先生，你还不如说，冯某是醉翁之意不在酒哪！"

朱礼甲："唔！？"将杯中茶一饮而尽，"这茶泡得很见功夫，礼甲领教了。"

起身，头也不回地走了。

崇安寺。

卜北固带着季子走进崇安寺。

季子："哦，这么热闹的地方！"

卜北固："这里叫崇安寺。没来过？"

季子摇头，目光盯着摊贩们正在叫卖的东西：糖人，面人。当场制作，手艺巧夺天工：大阿福、画着王字的小老虎、粽叶、粽子、彩蛋、丝线粽子，令人目不暇接。

季子时不时地发出惊呼，目光闪烁地回顾卜北固。

季子拎着一串挂着小铃铛的丝线粽子：

“这个，多少钱？”

包印花头巾的女人：“三个铜板。”

季子立即给她三个铜板买了一串。

“真美！无锡人手真巧！”

卜北固选了两只彩蛋，付了钱，送给季子：

“替我送给伯经、仲纬，祝他们过一个开心的端午节。”

季子顿悟：“今天是端午节？糟了，粽子还没包！”

卜北固：“你也学会包粽子了？”

季子：“我包的粽子好玩极了！松松的、软软的，一打开就散开了……”咯咯咯地笑起来。

卜北固：“看起来，做一个中国的贤妻良母……还很不容易？”

积余堂赵府。

门人来报：“朱礼甲先生求见。”

赵伯夫：“这个丧门星，他来做什么？”

朱礼甲，青灰熟罗长衫，玄色马褂，黑色软缎瓜皮帽，俨然绅士模样。他一进来，就抱拳拱手，显出几分轩昂：

“老先生久违了！礼甲穷于生计，多日未来问候，望老先生见谅！”

赵伯夫笑容十分谦和：“礼甲先生请坐，听说老弟近日十分辛苦，怎么竟有空降临寒舍？”

朱礼甲："无事不登三宝殿，自然是有求于老先生才来的。"大大方方地落座，"开梁公坝乃一大善事，然费用浩大，颇费筹措。老先生为无锡首富，又兼商会领袖、米业泰斗。因而我想老先生必定会慷慨解囊，领衔黄榜的。"

赵伯夫："礼甲先生用心良苦，我一向十分敬佩。可是开梁公坝事关一方风水，据说本城乡董都不赞成呢。"

朱礼甲："赵先生多虑了。程木翰老爷曾为'漕运积弊'置身家性命于不顾，对于这一便利交通、繁荣商市的善举，怎么会不赞成呢？"

赵伯夫一惊，"扑"地吹灭了手中的媒子：

"……伯渎米市的兴衰，对无锡举足轻重，只怕很难得到县衙的批文吧！"

朱礼甲："这倒未必。朱礼甲何许人？倘没有县太爷委任，哪来开梁公坝的胆量？说句实话，朱太爷要我承办此事，我还真是再三推辞过的呢！"

赵伯夫谦和的笑容凝住了。

朱礼甲眯缝双眼审察自己的对手，心里十分得意：

"赵老先生，礼甲告辞。捐助开坝事，在下静候佳音。"似笑非笑地瞥了一眼赵氏父子，又带着几分轩昂离去。

赵伯夫看着朱礼甲走了，一拍桌子站起来：

"少夫！你通知薛家，我接受他们的条件，今天就可以签约。"

赵少夫："是，我这就去办。"

赵伯夫："地买下来后，立即造厂房，越快越好，机器运到后，马上安装。我们赵家的米业和粮油加工业都要一头扎在伯渎港，和这个港口兴衰与共，存亡与共。"

赵伯夫这才坐下来，抽水烟，望着儿子，"……少夫，上次你是对的，我低估了地方的恶势力，也不该为了一个庙会的会董与朱礼甲争一日之长短……可开坝就不同了。梁公坝一开，伯渎港几十年风水，气数就尽啦！”

赵少夫：“父亲说得对。在开坝这件事上，我们没有退路，也没有让步的余地。只有联合米业同仁，全城商界拼死相争了！”

废园。

杨柳青挎着一只彩漆篮走进废园，身子重了，脚步显得有些蹒跚。

她注意到这里没有一点过节的气象。

李福臣从客厅迎出来：

“长远不见，里面坐吧！”

杨柳青：“过节了，我来望望阿哥、阿嫂。”顺手将菖蒲、艾草挂在门楣旁。

进了客厅，伯经、仲纬走出来：

“八姑！”

杨柳青走上前亲两个孩子，拿出雄黄酒：

“爸爸呢？”。

伯经：“等不到妈妈，出去了。”

杨柳青：“妈妈又去医院了？”

仲纬：“说是到那里去做七级糊涂去了。”

李福臣：“小少爷，救人一命，胜造七级浮屠，怎么能糊涂哪？”

仲纬：“八姑，啥叫浮屠？”

杨柳青：“浮屠就是塔，造一座宝塔多不容易啊，救人性命跟造宝塔一样是积善积德的。”

伯经：“那么我妈妈是去积善积德啦？”

李福臣、杨柳青笑了。

杨柳青蘸上雄黄给两个孩子在眉心上各写了一个“王”字。

两个孩子高兴地又是蹦又是叫。

杨柳青取下篮盖：

“八姑用菰叶、黍米包了几只秤锤粽，真真色色苏州风味。”剥粽叶，“喏，尝尝味道，阿好？李总管，吃一只。”

两个孩子开心地吃着粽子。

季子从外面进来：

“真对不住，我回来晚了！阿青！谢谢啦！是你带来的粽子？多亏你啦！孩子们，八姑的粽子好吃吗？”

伯经：“比妈妈包得好。”

仲纬：“妈妈的粽子像饭，不好吃。”

季子不无歉意地朝杨柳青笑了，拿出两只彩蛋给孩子一人一只：

“喜欢吗？”

伯经：“喜欢。”

仲纬：“妈妈，我喜欢蟋蟀，你给我买两只蟋蟀斗着玩，好吗？”

季子点头，对阿青：“你坐一会，我就来。”

季子上楼，推开卧室门，举着丝线粽子：

“嘉珉，你看我买来什么了？”

人去屋空。

季子举着丝线粽子的手垂了下来。

杜若家。

施嘉珉脱去长衫，复又拿起酒瓶。

杜若按住他的手：

“今天是端午，你该跟家人团聚……”

施嘉珉掏汗巾欲擦汗。

杜若："这汗巾，你还在用？这条绣得太粗了，我再给你绣一条吧！"

施嘉珉握住她的手：

"杜若，能给我绣汗巾的，只有你一个人。"

杜若："可是侍奉你朝朝暮暮的，只有季子。"

施嘉珉："侍奉我朝朝暮暮？……哦，杜若，还是给我唱一支小曲吧。"拿起洞箫，吹前奏，"嗯？"

杜若喝起了小曲：

无锡景顶数太湖好，
鼋头渚飘出小画舫；
昨日仔一夜风卷雪，
今朝里半城梅花香。

苏州景顶数洞庭好，
东山的吴歌西山响；
小菱角生勒浪水底下，
大红盆坐仔个俏姑娘……

歌声中，季子来到门外，伫立听歌。

歌罢，施嘉珉放下笛子：

"杜若，这汗巾上绣着香藕、红菱，莫非你就是那个坐在红盆里采菱角的俏姑娘？"

季子在门外垂下眼睛，少顷，姗姗离去……

绿娘送茶进来："六公子，听说开坝的事已经引起诉讼啦？"

施嘉珉："你们也听说啦？"

绿娘："你有什么打算吗？"

施嘉珉："我在打算我的下一步。"

杜若："有更大的冒险计划？"

施嘉珉摇头："造一座比合肥老家更大的'经纬堂'！"

朱良正府邸书斋。

墙上最触目处是一幅郑板桥的墨竹。

朱家骥在挂一幅立轴——是程木翰书写李白的一首长诗。

朱良正凝审欣赏，不禁读出声来：

"'齐公开新河，万古流不绝。丰功利人生，天地同朽灭……'家骥，知道这首古风的出处吗？"

朱家骥："各种选集中均未见过。"

朱良正："是的，只有在《李青莲集》中才能找到。说的是唐开元年间江南采访史齐瀚倡导开挖娄河，从扬州直下瓜洲渡，不必绕道真州的故事。家骥，程木翰给我这七品县令赠此厚礼，用意何在呢？"

朱家骥："那还用问？要父亲批准开梁公坝的呈文！"

朱良正："李白写这首诗，是开挖娄河数十年后的事了，可见开河造桥向来是深得人心的善举。翰翁与伯渎商人关系颇深，能从大处着服，赞成开坝利航，其襟怀令人钦敬啊！"

朱家骥："可是，让朱礼甲这个无赖主持其事，只怕成事不足，败事有余……"

程府。

程府门前停了一大片轿子。

轿子上走出赵伯夫等二十个鲜衣华服的富商巨贾。

观梅读画轩。

程木翰正在读《上施中丞书》，后面竟有二百多人的签名。他把上书丢在伯渎商民给县令朱良正的公禀一边……

程木翰掩卷而思："又是上书，又是公禀，我程某回乡以来，还从来没有遇到这样的事……唔，我老了……昏了头了……嘉珉生性纨绔，给朱礼甲引入彀中受人利用了。可我呢？我怎么会如此轻信？"用青筋暴起的手，捶击前额。

这时，门人来报：

"老爷，赵伯夫先生率无锡富商们前来拜会，说是要跟老爷恳谈开坝的事。"

程木翰："恳谈？拜会？分明是集体请愿……"

门人："老爷，我就说你身体不适，不能会客？"

程木翰："不，请他们进来吧。我在退思堂见他们。"

退思堂。

程木翰被搀扶着走进退思堂。他神色憔悴，精神委顿，突然间变老了。

坐在那里的富豪们纷纷起立向老人致礼。

赵伯夫对程老的变化十分吃惊。

程木翰坐下，喘息略定后：

"唔，米业方面……几位啊？"

赵伯夫："七位。还有酱园业、百货业，典当业、钱庄业、茶馆业……共二十人。"

程木翰："唔！二十位富商巨贾，同时光临舍下，不知……有何见教？"

赵伯夫起立，拱手：

"请程中丞为我们做主！"

程木翰："老夫……能给你们做什么主呀？"

赵伯夫："程老爷革除'漕运积弊'，轰轰烈烈，之后，又力主改官办漕运为商办海运，从此，无锡成为中国米市之最。没有程老爷，就没有伯渎港米市。没有伯渎港米市，就没有无锡的繁荣，就没有在座的各位富商绅士。而今，为开梁公坝全城商界忧心如焚，唯恐多年惨淡经营之昌盛局面毁于一旦。程老爷试想，朱礼甲此类劣迹昭彰之辈热衷开坝，难道不是出于唯恐天下不乱的豺狼之心？倘任其胡为，不仅断送了伯渎，断送了无锡。就是程老爷一世清名，数十年爱护乡曲之苦心，也将毁于一旦呢！"

众富商纷纷起立：

"程老爷你一手创下的功业，不能坐视不管哪！"

"您老人家在无锡方志上留下英名，倘伯渎一死，又将如何付之丹青呢？"

"程老爷，你是与我们休戚与共，息息相关的，万万不可作壁上观啊！"

程木翰至此已十分恼火、后悔，却只好强作冷静：

"诸位的意见，十分中肯。米市兴，无锡旺；米市衰，梁溪败。伯渎米市是无锡商市的梁柱，非常重要，要紧得很哪！"

富商们精神为之一振，似乎已看到了曙光。

程木翰呷了口茶，定了定：

“可是，以老夫之见，诸公论开坝之弊，也只取之一端，难免失之偏颇。此事，县令朱大人已有批文，木翰以在野之身是不好干预的。如各位明察时势，不妨在运河两岸另择利市，迁地从业。老夫当向朱大人进言，给以便利，不知诸公以为如何？”

赵伯夫大失所望：

“程老爷的难处，伯夫懂了。”站起来，恭谨地，“事关商民利害，若县衙和绅董不能为民做主，只有上诉督抚了，届时望程翁能持公正态度，商民当感恩不尽。”

商贾纷纷告辞离去。

程木翰独坐退思堂，顿足捶胸，发出一声长叹……

字幕：梁公坝开挖暨梁公桥奠基典礼

一片爆竹声中，两个典礼场面极为盛大。

鲜衣华服的朱礼甲，胸佩红花，正在致辞：

“梁公坝开挖，是无锡城百年来一大盛事。梁公桥于今日同时奠基更加锦上添花。梁公桥一旦造好，航船再无绕行之苦，堵塞之忧。航路畅则血脉活，此一善举必将给无锡带来更大的繁荣。今天，县令朱良正大人光降盛典，小可万分荣幸。县令的赞许支持，必将在无锡航运史上留下一段佳话，并使这一壮举早日付诸实现！”

典礼后，戏台开始唱戏。观者如堵。

朱礼甲陪着朱县令：

“县令大人光降盛典，在下万分感念。改日当登门面谢，小可不才，不堪重任，有县衙支持，我就放心了。”

朱良正：“不堪重任，是不是言过其实了？礼甲先生多谋善断，地面又熟，施六公子在茫茫人海中选中了你，真可谓独具慧眼。你在无锡，被认为是颇有才干却又谁都不大敢起用的人物！哈哈哈……哈哈哈……恕我直言了。良正尚有公务在身，告辞了。”

朱礼甲：“大人不听戏了？”

朱良正登轿，朱礼甲礼送。

回城路上。

冯无胆、朱礼甲从典礼现场结伴，步行回城。

朱礼甲：“冯二爷，典礼如何？”

冯无胆：“朱县令不是已对你做出评估了么？这典礼对于赵伯夫，有一点先发制人的味道……”

朱礼甲：“他们会跳起来？”

冯无胆：“你不激将，他们已经跳起来了。朱大人亲临现场，也是看在程老爷的面上。赵伯夫上诉督抚，对县衙的压力是可想而知的。”

朱礼甲：“这可真正难为了朱县令了……”

冯无胆：“唔，有个朋友出了个主意，要我个人把府殿二百亩庙田买下来。你是中人，不知有何高见？”

朱礼甲缝缝双眼：“府殿二百亩濒临运河，离火车站又近，数年后，这块地会十倍二十倍地飞涨。冯二爷倘若有意，我这做中人的是可以帮衬的。”

冯无胆：“多谢先生好意，可冯无胆并非见利忘义之徒。倘有人以区区小利，陷我于不仁不义之境地，那就打错算盘啦！”

朱礼甲大笑：“哈哈！好一个冯无胆，果然是丈夫气度，令人佩服！”

冯无胆似笑非笑：“是吗？”

废园客厅。

季子走进客厅，准备登上起居楼。

李福臣进来："六奶奶刚从医院回来？"

季子："哎……"

李福臣："还用不用晚膳？"

季子："不了，谢谢。六爷在家吗？"

李福臣："六爷没跟你讲？他去上海了……"

季子："唔？他走了？"

李福臣："是的。好像心事重重，心里不大高兴，我还真有些不放心。六奶奶，你是不是也到上海去陪陪他？"

季子回头看了老总管一眼，什么也没说，缓缓走上楼去……

卧室里。

季子躺在床上，望着床头那一串丝线棕子轻轻旋转着，发出叮咚的声音……

无锡崇安寺。

李福臣曾在这里度过童年。此刻，他在寺内漫步，也在重温旧梦。只见耍猴戏的、卖药的、弄蛇、相命拆字的、拉洋片的纷纷开场了。各种食摊：鲜肉馄饨、桂花莲子、梅花糕、豆腐花、鸭血线粉、油炸臭豆腐，都在招徕顾客。

一个算命先生拉住他的手：

"这位老先生面有嘉色，必有吉星高照，算个命吧！"

他笑着摆摆手，在一个小老头的豆腐花担子前站住了。他犹豫了一下，在担子前转了一圈，似有所悟：

“给我一碗豆腐花。”

老头给他盛了一碗，白如凝脂，味道不逊于当年：

“嗯，你这是正宗的崇安寺豆腐花，老哥高寿啦？”

小老头比个手势。

李福臣：“七十啦！好福气！跟你打听个人。”

小老头；“啥人？”

李福臣：“你的同行，叫李根兴。”

老头：“噢！豁嘴阿根呀，去世总有三十年啦。我这副担子就是阿根留下来的。”

李福臣细看那张担子：前面的落地碗橱，佐料盆下小炭炉温热着那些酱油、紫菜汁和开阳沫，后面是一只木桶，桶里放着一只盛豆腐花的坛子……担子油光锃亮，一如当年。李福臣不觉两眼湿润：

“三十年啦……老哥，冯记茶园怎么走？”

冯记茶园。

李福臣从天井里的楼梯登上后楼，冯无胆闻声迎了出来。两人坐下看茶后，冯无胆便道：

“李总管，六爷不在，只有向你报账了。我从夏夫人那里一共取来二十五万两银子，买地用去二十三万两，还有些零星土地要买，沿河筑驳岸、造码头、修路，须五万两。六爷口口声声要建造‘经纬堂’要耗银三十万两。造桥开坝，朱礼甲狮子大开口，要十八万两。三件事总共要用去五十三万两银子。李总管，你是施家的人，晓得底细，施家究竟能投入多少银钱，给我个底吧！”

李福臣见冯无胆咄咄逼人，却以老为实地：

“冯二爷，我先给你个底。刚才，我在下面吃了碗豆腐花，是和着眼泪咽下去的……那豆腐花担子是我爹三十年前用过的。现在我像个人样了，巡抚府总管，还有七品顶子，可我，当年不过是豁嘴阿根的儿子，你晓得吗？”

冯无胆深受感动。

李福臣：“再给你一个底：老爷从咸丰三年跟随李中堂，至今五十年了。常言道：‘三年清知府，十万雪花银’。要说富甲天下，也不算夸张，‘经纬堂’的书画古玩，就价值连城，可施老爷为人谨慎，积蓄并不多。合肥、上海、老爷任上三处开销浩大，给六爷的十万两是瞒过了合肥老家的，还不知夏夫人怎么哄到手的呢！夏夫人为了支持六公子拿出十五万两，手头的现银也不会太多了。六爷是去上海借的，说是找周介卿。你看有把握吗？”

冯无胆：“要论关系，施周两家交往很深。可周介卿是做金融的，是个无利不起早的人精啊！”

李福臣：“那么，冯二爷，这就是全部底细啦。”

上海外滩。

施嘉珉一身浅色西装、一条深色领带坐在马车上，一面纵目十里洋场。马车在“信盛商业储蓄银行”停下。

施嘉珉登楼，敲门后，走进总经理室：

“介卿，几日不来，你就翻出新花样来了！信盛比大盛气派多了嘛！”

周介卿：“是我联合几家钱庄并在一起，才有如此规模的。从哪里来？无锡吗？几次去雨园，夏夫人都说你在太湖云游哪，哈哈哈……”

总经理外间有男女两个秘书在伏案工作，周介卿请客人在比利时高背沙发上就座，施却瞟了秘书们一眼，指指里间：

“介卿兄公事之地，难道有金屋藏娇之嫌吗？”

周介卿会意了：“世兄——请。”

里间。

周介卿在一张长一丈余宽五尺的大红条桌前的旋转太师椅上坐下。太师椅颇为高大，立即显示出君临金融王国的不凡气度。

施嘉珉在光可鉴人的大桌面上展开他绘制的无锡城区图：

“请总经理指教。”

他在北塘——三里桥沿河用手画了一个圈：

“这里目前是稻田、荒地和民宅，铁路开通在即，从这里通过。世兄，夹在运河和铁路中间的这一片，十年后，就是无锡的外滩。我已买下了二千三百八十四亩，老兄是行家，请估算一下，到那时价值几何？”

周介卿的眼睛闪闪发光了：

“谁说老弟是风流名士呢？倒真是要刮目相看啦！”托着肥下巴审视地图，手指梁公坝，“听说，为了开坝还引起了诉讼，官司还满大？”

施嘉珉：“开梁公坝是我策划的，为的是促使米市加快向城北转移。”

周介卿：“好眼力！好主意！这么好的买卖，有须鄙人效力之处，贤弟尽管吩咐。”

施嘉珉这才坐下来，喝了口茶：

“好，我今天正是来向仁兄求助的。我需要钱，五十万元。”

周介卿差一点从太师椅上弹起来：

“哟！五十万两银子！这不是要我商业银行破产吗？”

冯记茶园。

李福臣："造'经纬堂，说是要三十万银子。实际上，头一年有五万两就可以对付了。可是对朱礼甲经管开坝的银钱，我实在不放心。"

冯无胆："我看朱礼甲不至于，也不敢。麻烦倒在那老先生好大喜功，把摊子铺得太大。而他，又是只能扯顺风蓬的。所以今朝的事，我唱红脸，你唱白脸，如何？"

李福臣笑了："二爷，这就好了。六爷走之前还说：朱礼甲这个人要放手用，可在要紧关节的时候，还得上一上紧箍咒……"

信盛商业银行总经理室。

施嘉珉取出一只红木盒，揭开盒盖："这里是全部地契，用作抵押，请总经理过目，你还没回答我，它的价值是多少？"

周介卿开怀大笑："哈哈！你要这大笔银钱，是打官司用吗！"

施嘉珉："你多虑了，官司打不起来的。"

周介卿："噢？江南有京官三百、士人数千，在朝内朝外是很有实力的。开坝危及当地绅商利益，联合发动诉讼，恐怕是难以避免的……"

无锡迎宾楼菜馆。

冯无胆、朱礼甲、李福臣走进迎宾楼菜馆。

跑堂立即笑容满面地迎过来。冯无胆俯耳讲了两句，跑堂立即把他们带到后楼一个小间里。

跑堂："委屈各位了。此地静是静的，只是小了点。前楼一个单间，赵伯夫老先生请县令吃饭哪！"

李福臣一愣："唔？"

朱礼甲："十有八九是打官司的事……"

信盛商业银行总经理室。

施嘉珉："世兄，官司我不在乎。人间事，本是一场游戏。你有你的玩法，我有我的玩法。有没有共同遵守的规则呢？有的。在欧美日本是宪法和法律。在中国，就是王法了。开坝导航，利国利民，犯了哪一国王法？真要闹起官司来，聪明的无锡人就要审时度势，别别苗头啦！江南人聪慧灵秀，讲求实际，他们才不肯一条道跑到黑呢！"

周介卿："那么老弟要钱做什么？"

施嘉珉："我要在无锡再造一幢'经纬堂'。"

周介卿："什么？你怎会有这么古怪的想法？"

施嘉珉："这是我的夙愿，我把它看作我人生的归宿。"

周介卿摇头："不不不，如果我是你，用地产作抵，贷几十万银子去做实业，再赚一笔。再将实业作抵贷几十万银子，去做第三笔。这样，不出十年，你在无锡就可以一手遮天啦！"

施嘉珉也摇头："赚那么多钱干什么？我不要那么多钱，只要够造'经纬堂'就足矣！"

周介卿望着他，像望着一个难以破解的谜语……

迎宾楼前楼单间。

这里像一间密室，身着便装像个山东土佬儿的朱良正。正与赵伯夫对酌。

赵伯夫："把老父母请到这里，很不恭敬，万望海涵。"

朱良正："良正向来讨厌排场，此处正可避人耳目，极好！"

赵伯夫："无锡绅商为'坏风水，败商市'一案联名上呈的公禀，不知老父母作何处置？"

朱良正："本县秉公办理，早已转呈常州府，哈！知府衙门耍滑头，转手送给了督抚处置。"

赵伯夫含笑进逼："朱大人，风闻江苏藩司瑞征大人已有批文？"

朱良正："确有批文。"

赵伯夫："如何说法？"

朱良正："严加诘责，限期查办。"

迎宾楼后楼小间。

朱礼甲："藩司瑞征大人'严加诘责，限期查办'的批文，对我们相当不利呀……"

李福臣正要挟白斩鸡的筷子停在了半空：

"督、抚、府三道公文三个调子，特别是藩司态度强硬，朱良正吃得住吗？"

迎宾楼前楼单间。

赵伯夫再次进逼：

"父母官将如何举措？"

朱良正仍是一脸笑容：

"老先生只知其一，不知其二。"

"唔？"

朱良正："两江总督刘大人也有批文，责成本县召集各方当事人调解。此乃'半批'，并无禁止开坝的意思。你以为呢？"

迎宾楼后楼小间。

跑堂又进来了：

"店里有新鲜鲥鱼请问二位老爷，怎么吃法？"

朱礼甲："当然是清蒸。你告诉傅庚成，要他亲手调理。"

跑堂："那是一定的，请朱先生放心好啦！"

朱礼甲："李总管，不知尝过傅庚成的手艺没有？他烹的鲥鱼，贵在鲜、肥、嫩，等歇歇尝尝就晓得了。"看了一眼惴惴不安的李福臣，"一部'大清律'，我是熟透的。开坝造桥，犯了哪条王法？李总管讲到督、抚、府三个调子，妙就妙在这里！这不比一个调子要好得多吗？总管尽管放心，一切有我应付。任凭风浪起，稳坐钓鱼船，你们二位等着看热闹就是了！"

清蒸鲥鱼上了桌。

朱礼甲赞不绝口。李福臣、冯无胆各有心思都没吃出味道来。

朱礼甲边吃边讲："梁公桥，我很动了一番脑筋。那桥身长二十丈，高三丈，任它多大的船只都以顺利通过。全部用花岗岩条石构筑，桥栏上要雕刻一百〇八只石狮子。我要让这座三孔拱桥成为千里运河上第一大桥，使赵州安济桥、扬州二十四桥不能望其项背。"

李福臣吃了一吓："礼甲先生，如此举措须用去多少银两？"

朱礼甲："开坝两万，疏浚河道四万，造桥嘛……至少要用去十二万，总要投入二十万两银子吧！"

这时，冯无胆举起了酒杯：

"六公子的事业，成败在我们三人。总管是施老爷身边的人，冯无胆当恭敬从命。说到无锡地面上，我只佩服一个人，那就是礼甲先生，来，我敬先生一杯！"

朱礼甲不知所措，举杯在手，却不敢入口：

"冯二爷，这叫当面奉承，你不该这样。"

冯无胆："你既非达官贵人，又非富甲一方的巨商，奉承你做什么？我佩服先生不恋官场，不畏权势，不贪钱财，肯为朋友出力，敢为乡里伸张正义。所以我想，你我二人同在无锡，真是上老天爷的安排。如不能成为朋友，就一定变成死敌！"

第八回

朱礼甲一怔，随即笑了，“所幸的是，你我已经是朋友啦！”举杯，与冯无胆一饮而尽。

朱礼甲很高兴。冯无胆却把脸一沉：

“讲到开梁公坝，先生与伯渎绅商为敌，甘为施嘉珉马前卒，为的是什么呢？”

朱礼甲：“哈哈！我开梁公坝风险在明处，你冯无胆买地，风险在暗处。一旦东窗事发，冯二爷何以自处？你又是为了什么？”

冯无胆：“我与先生不同。夏夫人曾救我于危难之中，还成全了我与阿青的婚事。夏夫人是阿青义母，是冯无胆双重恩人，我为夏夫人就是肝脑涂地、粉身碎骨也是心甘情愿的！”

朱礼甲：“冯爷你披肝沥胆，我要不推之以诚，就不够朋友了……”

迎宾楼前楼单间。

赵伯夫依然脸带微笑，言辞却已咄咄逼人：

“朱大人身为一方父母，民愿不可违的道理，该是懂得的吧？”

朱良正：“良正鲁钝，还望老先生教我。”

赵伯夫：“水能载舟，水能覆舟。那水，即民愿之谓也！古往今来，小至父母官，大至封疆大吏，置民意于不顾，栽倒在民愿上的还少吗？”

朱良正：“领教了！良正乃穷乡僻壤一介寒士，三十六岁中进士，至今不过是个七品县令，仕途已到尽头，对摘顶罢官已无所萦怀。俺倒有句话奉劝老先生：山不转水转，得让人处且让人。唐代开娄河时，古邗沟从扬州直抵瓜州渡，真州商贾拼死反对。结果又怎么样呢？齐公之德千古流芳，而真州商贾早已被遗忘啦！良正以为，以老先生的声望和财力，尽可在运河沿岸另择利市，重起炉灶，其规模气象，必能远胜伯渎。”

赵伯夫：“如此说来，大人已决心与朱礼甲之辈为伍了？”

朱良正：“这是啥意思？”

赵伯夫：“朱礼甲，唯恐天下不乱，朱大人身为朝廷命官，对一个奸佞小人言听计从，就不怕被天下人耻笑？”

“砰”的一声，朱良正拍案而起。

迎宾楼后楼小间。

朱礼甲指指前楼，神秘一笑：

“米蛀虫跟县太爷干起来啦！”举杯饮干，“中国几千年历史，大至江山社稷，小至地方城镇，三十年河东，三十年河西。风水是会轮转的。伯渎港繁华了几十年，待火车一通，气数就尽了。六公子的计划，占尽天时地利。人和不通，就是风险。捷足者先登，狭路相逢勇者胜。朱某不是豪侠义士，为人火中取栗的事，是不会去做的。”

冯无胆：“先生以为施嘉珉成功有望？”

朱礼甲：“那是一定的。”

冯无胆：“先生也是真心为公子办事？”

朱礼甲“啪”地放下筷子：“这是什么意思？”

冯无胆：“先生请想，截至今日，募捐到银子还不足两千，那二十万两如何筹措？”

朱礼甲：“开坝造桥的费用，是六公子亲口承诺的。冯二爷，你管得太多了吧？”

冯无胆：“我把话挑明了说吧，施嘉珉是位风流公子。如果有谁利用这一点，图谋不轨，不要怪我冯无胆不认朋友！”

朱礼甲站起来：“你这是威胁我？”整整衣衫，抱拳拱手，“士可杀而不可辱。既然话不投机，那就告辞了！”

李福臣：“礼甲先生不要生气，听冯二爷把话说完。”

朱礼甲：“请讲！”

冯无胆：“先生讲过，无锡的风水，吉祥呈于西北，凶煞现于东南。可有此话？”

朱礼甲：“有的。”

冯无胆：“开坝造桥，耗时三年。如此旷日持久，风水不会转吗？”

朱礼甲：“这……”

冯无胆：“梁公坝三年不通，六公子现已投入和将要投入的银子不是全部搁浅了吗？日前在茶馆听人议论——这我并不信，请不要介意——先生已暗中与赵伯夫结成一气，故意拖延开坝，玩施嘉珉于股掌之间……”

朱礼甲跌坐椅上，目瞪口呆，须臾又清醒过来，眯起眼睛打量冯无胆。

李福臣起来打圆场："我们三个人，好比是嘴唇、牙齿和舌头。常言道：'唇亡齿寒'，但牙和舌头也有打架的时候。二位先生推心置腹，开诚布公，这才是好朋友、真朋友。至于开坝造桥，我倒有个主意，不知当说不当说？"

朱礼甲："早该向李总管请教的，但说无妨。"

李福臣："先开坝，后造桥。通了航，再造桥，再疏浚，急需的费用就大大减少。你们看，这样可行？"

朱礼甲乘机落蓬："礼甲的安排，确有不周。李总管的主意很好。礼甲一定照办。然而由于商界反对，募捐的指望不大了。施嘉珉能出多少银两，能否给个准数？"

冯无胆："六公子答应的条件，鄙人一定照办。"

三人举杯畅饮。

朱礼甲竖起拇指：

"冯无胆，真壮士也！"

冯无胆家。

冯无胆一进门，杨柳青便俯在他耳边：

"来了个客人，说是你师弟，贼头贼脑的。"

冯无胆走进屋："喔，是何一鸣！"

何一鸣抱拳行礼："二哥。"

冯无胆："怎么来了无锡？什么时候到的？"

何一鸣："唉，从京城到上海，从上海又到无锡，二哥真难找啊！"

冯无胆："唔？是一路行窃来的？"

何一鸣："二哥莫取笑，我可是一路开场子要饭来的。"

冯无胆："师叔可好？"

何一鸣："我师父吃了冤枉官司，判了十年刑。我这才到无锡来投奔师兄的。"

冯无胆："一鸣，有我的饭吃，就有你的饭吃，你留下吧！"

何一鸣单膝跪地："谢谢二哥！我要再做贼，任凭二哥家法处死！"

冯无胆把他扶起来，坐下喝茶：

"一鸣，救出你师父，要多少银子？"

何一鸣："总要五百两才能放人。"

冯无胆拿出银两："这是七百两，塞狗洞的钱加上盘缠，够不够？"

何一鸣眼球骨碌一转："够了！"

冯无胆："能不能把师叔全家接来？"

何一鸣："那没说的！"

冯无胆："怎么跟师叔讲？"

何一鸣："就说二哥在无锡混得不赖，发啦！诚心请他们来安度晚年。"

冯无胆摇头："这就砸了！亏你还是个机灵鬼赛时迁哩！师叔当年把我们收到门下，不是为了你我知恩图报。叫他来享清福，是断不答应的。你就说二哥在无锡办正正经经大事业，请他老人家扶持。另外，太湖上有一个匪首叫高阔成，跟我过不去，请他来帮一把。"

何一鸣："对了！这他准来！二哥，你这一招真高！就像师伯的'夫子三拱手'，绝啦！"

上海韵楼。

袁克文悬腕书写扇面，情韵偻在研墨，施嘉珉悄悄进来。

情韵楼抬头："哟！六哥！神不知鬼不觉地走进来，吓我一跳！”

寒云扔下笔：“哦，嘉珉！从哪儿钻出来的？这次来上海，雨园空空的。红豆馆主也走了，你又无影无踪，没意思透啦！”

施嘉珉坐下：“寒云，这次到上海来做什么？”

袁寒云摇头：“我和情韵楼的事，不知怎么让父亲知道了。娶姨奶奶，他倒不反对，听说有了孙子，还高兴着哪！只是坚持要接他们母子进府去了。”

施嘉珉：“哦，情韵楼跟我一样，不愿受大家庭的束缚。她不会肯的。”

袁寒云：“是跟你娘学的呀！可我父亲没你父亲那么开明宽容。”

施嘉珉：“这倒真是满为难的事。”

情韵楼：“寒云出了个调包计，你听了要吓一跳呐！”娇嗔一笑，“快说给六哥听呀！”

袁寒云：“我跟小桃红商量好了，请她做个替身，带孩子一同进府。”

施嘉珉：“寒云，这个主意太荒唐了！万一拆穿了岂不成了大笑话？”

袁寒云：“不妨事。我亲妈是不能瞒也不必瞒的，主要是哄过老头子。再说，我妈从小把我过继给大姨太，还有一个娘给我护短哪！”

施嘉珉笑着点点寒云：

“寒云真不愧是个风流才子中的智多星！”

情韵楼：“六哥，一起去喝杯饯行酒吧！”

藕香院小花厅。

参加饯行宴的还有周介卿、花月明。

施嘉珉劈面见到花月明：

“刚到，没来得及去看你。”

花月明：“看不看不妨事的。”浅浅一笑，眼神中含着幽怨。

酒宴开始，寒云先开口：

“六哥去无锡多时，是不是想结庐太湖，以招天下名士啊？”

施嘉珉支吾地：“这一层意思，也是有的。”

周介卿：“寒云你可不要小看了嘉珉，过不多久，他要成无锡的大财主啦！”

寒云：“这可是大新闻。”

施嘉珉：“从此后，寒云要把我看成俗人了。”

寒云：“不会的。我这人是不可救药了，却并不反对朋友们成就一番事业，等我落魄无靠了，又多了一处寄食之处嘛！”

周介卿：“袁宫保正如日中天，袁家是不会败落的。”

寒云笑着摇头：“金满箱，银满箱，转眼乞丐人皆谤。没准老头子明年砍头发配，我岂不变成叫花子啦！”

情韵楼：“二爷放心，你成了叫花子，我们姐妹养活你，要真是饿死荒郊，我们给你发丧。只是千万不要去做和尚！”

一句笑话说得大家前俯后仰。

花月明：“今天是送九妹小桃红，你们尽说些没边没沿的话。九妹进了府，有了名分，是姨奶奶了，大家该高兴才是。”

小桃红：“哪里话？大户人家规矩多哪！荣国府的平儿多能干，没生孩子，还是平姑娘。”

花月明：“哎，七妹的孩子可就是你的孩子呀，你是名正言顺的姨奶奶。这出戏法你可不能变漏了！”

寒云：“罢了罢了，什么姨奶奶姑奶奶的。人在情在，过几天快活日子才是真的。小桃红到我家，还真要受点罪呐！”

周介卿："这倒是，九妹进了袁府性子可要收敛些。女眷中间，有大姨太护着。最伤脑筋的是寒云的哥哥克定，此人道貌岸然，心地却十分……"

寒云："嗨，不要说这些啦！我不愿听朋友议论我家的事。我们还是喝酒、唱曲，好生玩玩，越尽兴越好。六哥刚到，先罚他唱一曲。"

大家一迭声叫好，施嘉珉只好站起身。

花月明竖起洞箫，情韵楼怀抱琵琶，小桃红操起打板。

周介卿："可惜少了一把笛子。"

寒云："八妹是一把好手，可惜不在了。"

花月明："阿青倒满有眼力，也极有见地的。"瞟了一眼施嘉珉，幽幽地吹起了洞箫……

席散人去。

施嘉珉随花月明到了房中。

花月明："到上海来，能住几时？"

施嘉珉："办一点事，总要逗留几天。你近来好吗？"

花月明："一个人关在房里倒也清静……"眼圈红了，"听说，你还常到船娘家去？"

施嘉珉："那是因为我寂寞。"

花月明："季子不能为你排遣寂寞？"

施嘉珉："应该是能的。可是……"长长地吁出一口气。

花月明："嘉珉，我也很寂寞。我不知道，两个寂寞的人厮守在一起会怎么样？"

施嘉珉惘然，漫不经心地向花月明投去一瞥。

情韵楼来了："六哥，请你过去一下吧！我那位爷在发神经。一定要跟你作竟夜长谈哪！六姐，对不住了，我们那位少爷的脾气你是知道的。"

韵楼客厅。

酒果齐备，正虚位以待。

寒云："六哥请坐。其实，是韵楼有话要说，说啥还不肯告诉我。我呢，乐得如此。有知己作竟夜长谈，人生中也很难得。"

情韵楼："寒云，别啰嗦了！"神情严肃地，"六哥，我问你一句话：六姐的事，你是怎么打算的？"

施嘉珉给问闷了：

"花月明？当然，是个好女人。可季子，不习惯妻妾成群那套。我呢……也还没考虑过收房纳妾的事。"

情韵楼："可月明心里，只有你一个人。"

施嘉珉："我这人游戏人生，很少动真情。"

情韵楼："你心里没有她？"

施嘉珉："在我心真正占着位置的……还是季子。我们有过非常难忘的幸福时光……可惜，这好像正在离我远去……"

情韵楼："这么说，你是逢场作戏？"

施嘉珉："至少一开始是的。"

情韵楼："那么现在呢？"

施嘉珉："现在心里一苦，就会想起她。我倒是有点怀恋她的温柔了……"

情韵楼："这就好。"

寒云："你这个好叫得有点乘人之危的味道。不过嘉珉，我倒有个主意……"

施嘉珉：“唔，你讲，韵楼一提这事，我还真有点乱了方寸……”

袁克文：“嘉珉，先给花月明赎身，找一处房子单住，或者就住雨园。以后怎么办，走一步看一步，慢慢再说。”

施嘉珉：“大阿姐怎么想的？”

情韵楼：“唉，六姐无心无思的，这棵摇钱树早就派不上用场啦。大阿姐巴不得让她出去哪！”

袁克文：“这就很好！六哥，趁我在上海，这件事就由我替你办了。”

施嘉珉：“好吧！”对韵楼，“大阿姐那头就拜托你了，银钱上不要亏待了她。雨园是断不能去的。另找房子就是了。”

情韵楼很高兴：“六哥坐。我去跟月明聊聊。”

情韵楼出去，带上门，款款地下楼，打开韵楼的大门，复又上了藕香院的楼梯……

情韵楼推开花月明房门：

“月明，又在用眼泪水洗脸哪？七妹，姐姐我可是带来好消息啦！”

韵楼。

袁克文：“六哥这次来上海做什么？”

施嘉珉：“找介卿借钱。”

袁克文：“数目很大吗？”

施嘉珉：“五十万。”

袁克文：“喔！他肯吗？”

施嘉珉：“我有一批地契抵押呐！这些地皮见风涨。周介卿是精明人，会同意的，利息高一点没关系。不过趁机插手，跟我合营，我是不会答应的。”

袁克文：“真看不出，六哥成了满有头脑的生意人了。”

施嘉珉：“其实，我借这笔巨款，不是为了做生意。”

袁克文：“哦？那你想干什么？”

施嘉珉：“我要再建一座‘经纬堂’。”

袁克文：“再建一座？谈何容易。听说令尊用去四十年精力、花了无数银两才使‘经纬堂’成为华夏第三艺术宝库的。”

施嘉珉：“我父亲当时抓住一个百年难逢的机会——剿灭太平军。兵荒马乱中，最没用的就是书画古董。一斗米可以换一部宋版书，一幅明四子的字画只能换两只烧饼。唯其如此，父亲才把‘经纬堂’经营到如此规模。现在，我也抓住了一个天赐良机——沪宁铁路通车。我这一宝押下去，要造就一个无锡的外滩。几年后，我把那些地皮租赁出去，第一批租金就可以还清大部分欠款。然后，就可专心收藏了。”

袁克文万分感慨地呷了口酒：

“所谓游戏人间，各有各的把戏。我耽于声色，是最无聊的游戏。六哥经营‘经纬堂’是高雅的游戏，我想改变游戏方式已经不可能了。我祝你成功，要我帮忙处，尽管说就是了。”

施嘉珉：“人生得一知己，足矣！有你老兄助我，我还怕什么呢？”

无锡火车站。

一列火车，披红挂绿，带着轰隆巨响，发出冲天长啸，开进了无锡车站。

字幕：光绪三十四年五月，沪宁铁路开通。

北门东站内外人山人海，盛况空前。到处可以看见张着大嘴、伸着舌头观看怪物的百姓。商贾士绅有的大叫："怪物，不祥之物！"有的惊呼，"前无古人，后无来者，一千匹马也不抵这一个钢铁巨人……"

无锡崇安寺。

季子带着伯经、仲纬逛崇安寺。两个孩子显得非常兴奋。

伯经："这地方真热闹。"

仲纬："妈妈，怎么早不带我们来？多好玩啊！"

仲纬看到油炸臭豆腐，眼巴巴盯着油锅里剪得黄黄的臭豆腐不肯离去：

"妈妈，我要吃臭豆腐。"

季子："仲伟，臭烘烘的，有什么好吃的？"

仲纬："臭归臭，吃起来又臭又香。"

季子问价钱，掏出铜板付账。

仲伟从小贩手里接过蘸着红辣椒酱的臭豆腐。

季子："伯经要不要？"

伯经摇头。

仲纬："妈妈，你尝尝。"

季子弯下身咬了一小口，品品味道，眨眨眼睛：

"好奇怪，吃起来还真不臭！"

季子看到伯经目光投向梅花糕小烤炉。

烤糕师父正把稀面倒进梅花形模子里，须臾再灌以豆沙，用稀面封顶，撒上青红丝和玫瑰。

季子："这叫什么？"

烤糕师父："梅花糕，又香又甜，给小少爷买两只吃吃？"

季子："伯经，喜欢吗？"

伯经点头。

季子买了两只梅花糕给伯经，伯经一手拿着一只。

伯经："妈妈，这只给你。"

季子："你吃吧，妈妈一点都不饿。"

伯经："好吃极了。豆沙稀稀的，尝一口。"

季子咬了一口，轻吸豆沙：

"嗯，好吃。师傅好手艺！"

这时，寺院内的人忽然骚动起来，奔向一个方向。

有人在喊。"出会了！出会了！"

"城隍爷都从庙里抬出来啦！"

伯经："妈妈，我要看。"

仲纬："我也要看看。"

季子："人太多，你们不能离开妈妈，好吗？"带着两个孩子朝出会的方向走去。

只见许多农民装束的男人胳膊上挂着花篮、灯笼向前走去，那挂花篮、灯笼的钩子一并排儿勾在肉皮里，肉皮因此坠得很长。

有一个男人的肉皮在滴血……

旁观者议论道：

"心不诚的就会滴血，那是瞒不过菩萨眼睛的！"

伯经跟着那些看上去无所畏惧不怕吃皮肉之苦的男人，仲纬也随之而去。

季子扭过头去，不忍目睹。

接着，十六个大汉抬着城隍菩萨走过来。大汉们发出沉重的呼唤声，光着的上身满是油汗。

随着牛头马面的出现，几个孩子发出怪叫。人群开始动荡。

季子发现伯经、仲纬不在身边，喊着孩子的名字，排开观者，踉跄寻找。

这时，斜刺里走出一批扛着扁担、铁锹的脚夫，冲乱了出会的队伍。

有人喊：“伯渎的脚夫闹事了！”

人群大乱。

季子被挤倒，踩在人们脚下……

朱礼甲家。

朱礼甲宿酒未醒。有人敲门，一阵紧似一阵。朱礼甲披衣下地开门。

来人劈面一句：“不好啦！伯渎帮闹起来了。只怕要出事呢！”

朱礼甲：“赵伯夫真是按捺不住，把搬运夫也煽动起来了。马老大发话了吗？”

来人：“老大叫班头们上午在赵兴记过街棚下议事。”

朱礼甲：“你马上回去！我在茶馆等你消息。”

掏出两块大洋塞在来人手里。

普济医院病房。

季子躺在病床上，她在昏迷中呼唤着：

“嘉珉！嘉珉！找孩子呀，孩子……孩子……”

上海法租界。

情韵楼、袁克文、花月明、施嘉珉分别乘两辆马车行驶在幽静的林荫路上。

马车停下来。两对男女搀扶着先后下了车。

情韵楼敲开了路边的院门。

情韵楼：“来，进来看看。”

他们走进院子，稍作逗留后，他们鱼贯上楼，观看一个个家具蒙着布罩的客厅，起居室和卧室……

情韵楼：“怎么样？”

施嘉琨：“最好是深院小楼……”看看花月明，“嗯？”

袁克文：“外加一个半西式的花园，那才适合金屋藏娇哇！”

情韵楼：“哦！是不是要找一所像雨园那种格局的，那里面住上两个痴男情女，才符合六哥的身份？”

花月明：“也不一定要很有排场。”

施嘉琨：“可必须是只属于我们两个人的世界。守在路边，人来车往，就有一种睡在马路上把隐私表演给路人去看的感觉……”

袁克文、情韵楼哈哈大笑……

情韵楼：“六哥真是太神经过敏了！”

袁克文：“看起来，上海滩睡在马路上表演男欢女爱的还真是不少哪！”

又是一阵谐谑的笑声……

上海雨园。

家人匆匆上楼，急叩房门：

“夏夫人、夏夫人！”

夏雨慵倦地穿着睡衣打开门，不悦地：

“我说过，午睡的时候，不要打扰我。”

家人：“我知道，夫人，可是有电报。”

夏雨：“电报？哪里来的？”

家人：“无锡。”

夏雨接过电报，从抽屉里找出译电书翻电文：

季子受伤住院伯渎脚夫反对开坝聚众闹事

夏雨霍地站起来："真是祸不单行！嘉珉不知又浪荡到什么地方去了！"

无锡普济医院。

季子仍在病床上发出呓语：

"嘉珉！嘉珉！你在哪里？你在……哪里呀……"伸出手去。

卜北固守在床边，犹疑地伸出手去，轻按季子伸出的手。

季子一下子拉住卜北固的手：

"嘉珉！你来了！可孩子……丢了……"

卜北固："季子，孩子没丢，都安全回到家里了。你放心，你放心……"

季子："嘉珉，嘉珉？"睁开眼，看到握着自己手的不是施嘉珉，而是卜北固。

上海法租界。

情韵楼带着袁克文、施嘉珉、花月明走向一扇铁门。

铁门开了。他们的眼里都闪出惊喜的光。

四个人走进院子，这是一座法式的花园洋房。

袁克文；"哦！真有味儿！真地道！"

施嘉珉："这才是我心目中的小公馆！月明，可以吗？"

花月明笑吟吟地："很不错。"

他们穿过草坪，绕过花园，登上小楼。

花月明走进一间光线朦胧，布置得十分优雅舒适的卧室……

她拉开窗帘，推开落地长窗。清风把窗纱吹得飘飘拂拂……

施嘉珉悄悄来到她身后，将她拥在怀里。

朱良正府邸。

朱良正：“喔！赵先生来了。有何见教？”

赵伯夫：“伯渎搬运夫已聚众闹事，开梁公坝的危害已昭然于世。朱大人此时不执行江苏藩司‘严词诘责，限期查办’的批文，更待何时？”

朱良正：“赵先生以为，朱某该诘责谁？查办谁？”

赵伯夫：“首先是朱礼甲。杀鸡给猴子看嘛！倘仍不奏效，就该查办施嘉珉。”

朱良正：“施嘉珉，你知道他在哪里吗？”

上海法租界小公馆。

花月明：“二十年了……我总算有了一个自己的家……”转过脸来，两眼闪着泪光。

施嘉珉：“对，自己的。月明，你该高兴。我们都该高兴……”吻她的眼睛，用舌尖舔去眼角的泪……

情韵楼、袁克文进来，遂又悄悄退了出去。

施嘉珉动情地吻着花月明面部各处：

“月明，自从我认识了你，你总是那么抑郁，那么忧愁……”

花月明：“那是因为我只属于别人，不属于自己……我一无所有。后来，有一天，你来了，可是你忽然又去了……我等你，等得好苦，为了这一天，我好像已经等了一生……”

花月明也忘记了在没有搬入的新居里，紧紧抱住了施嘉珉：

“我不能没有你……不能失去你……不能。可嘉珉，我很怕……还是很怕……”

施嘉珉更加狂热地亲吻她，爱抚她：

“不怕，不要怕……我的心肝……你已经得到了我，不是吗？不是吗？”

青铜雕花大床上，一对男女忘记了一切，两情绸缪，共浴爱河……

袁克文在没关严的门缝里瞟了一眼：

“真是风流情种！”

他一下子搂过情韵楼，两个人在卧室门外如痴如醉地亲吻爱抚……

朱良正府邸。

赵伯夫走后，朱家骥从里面出来：

“父亲，赵伯夫是只笑面虎，伯渎脚夫闹事，十有八九是他煽动起来的。”

朱良正：“可是上有批文，下有麻烦。事情真要是闹大了，我就不好交代了呀！”

朱家骥：“父亲不妨先静观一两日，再作决断。”

门人来报：“朱礼甲先生求见。”

朱良正：“请他进来。”

朱家骥退下。

赵兴记过街棚。

赵兴记米店过街棚已聚集了五六十人。

赵少夫坐在账房间里喝茶，一面关注着外面的动向。

搬运工嗓子一个比一个大，吵吵闹闹，嚷成一片。

倪大拉着破锣嗓子：

“打开了梁公坝，米行要关门。米行关了门，还要我们脚夫做啥？西北风也吃不着！我们到县衙去论理，找朱老爷要饭吃！”

倪二：“打开坝是朱礼甲鼓动的，我看应该先把朱礼甲这个婊子养的拎过来，叫他尝尝伯渎帮的厉害！”

又出来一个脚夫：

“去县衙论理，冲撞了公堂，犯王法的。抓朱礼甲，人家会告你私设公堂，都不好。既然大坝是我们的饭碗子、命根子，我们就该把开坝民工赶走，死死占住梁公坝。谁敢再来开坝，就先朝爷们这里开！”拍拍胸膛，义无反顾地。

此间，高大敦实的马老大一直在河边石凳上吸旱烟，等大家说得差不多了，他才敲敲烟锅，站起身来：

“我去坝上看了看，民夫当中，我们南泉树的有五十多个，其余是四乡八镇来的。做一天三角钱，很多人都是大家的乡亲、邻里。我看，我们到民夫中去找熟人朋友，告诉他们开坝就是挖伯渎穷兄弟的生计，劝他们回去。要是不听劝说，伤了和气，那就要不客气了，我看就这么办。两个班头！各带二十人去坝上。倪大倪二留下，有事商量，中午去我家吃饭。”

朱良正府邸。

朱礼甲：“既蒙朱大人垂问，礼甲不揣冒昧向大人进一言：防止械斗，不可弹压，促成调解。”

朱良正：“嗯。不错。这十二个字提纲挈领，抓住了江督批文的要旨，我可以考虑采纳，谢谢朱先生。我要敦请程老爷、郁工部出面调解，只要大家肯坐下来，话就好讲了。”

梁公坝。

两支脚夫队伍直取梁公坝。

上千民工见伯渎帮长驱直入，纷纷停工，手握锹锨，目不斜视地注视着脚夫们的一举一动……

民工与脚夫们互相仇视而又警觉地瞪着对方。

梁公坝上乌云低垂，从人们头顶上汹涌而过……

一场械斗一触即发。

第九回

程府退思堂。

朱良正直奔退思堂，额上沁着津津汗珠：

“南门外大规模械斗，已有一触即发之势。情势危急，敦请翰翁，以首席绅董身份出面主持调解。翰翁在无锡乡里德高望重，倘能出面，化干戈为玉帛，只在旦夕之间。”

程木翰形容委顿，较前更加消瘦：

“入夏以来，身体一直不适。前天又偶感风寒，引起旧病复发。老夫年迈多病，心力交瘁，有负众望。”

朱良正的汗从两面额角上流下来：

“唉，倘若械斗一开，人命关天，便难以收拾了。恳望翰翁，化解局势，使伯渎乡民免遭涂炭哪！”

程木翰：“……请郁谦郁工部来主持吧，这位五品员外郎定可当此重任。”

朱良正：“可郁工部的威望远逊于翰翁，加之，他老成持重，一向怕多事，不知肯不肯出面？”

程木翰："我修书一封，你随身带去，如何？"

程木翰颤颤巍巍地站起身，向内室走去……

朱良正在程府登轿：

"去郁府。要快！"

轿子一溜烟似地直向前奔……

朱良正打开折扇飞快地扇着……

冯记茶园阁楼。

朱礼甲召集他手下的干将杨德明以及捕快班头张强等紧急议事。冯无胆也在场。

张强："马老大这一招好辣！脚夫们上了坝，连劝带吓，上千民夫转眼间就散去一半。到了下午，没有散的也不敢上工了。礼甲先生，我们可不能坐以待毙呀！"

杨德明："伯渎帮横行霸道，多年来没人敢动它。现在他们阻拦开坝，与官府作对，正好拿它开刀。朱先生，擒贼擒王，只要把马老大撂倒了，伯渎帮就群龙无首，溃不成军了。"

朱礼甲摇摇头：

"出了点麻烦，不能就此乱了方寸。伯渎脚夫与我等往日无仇，近日无怨，为什么要跟我们作对？他们后面的人是谁？昨天下午，赵伯夫在积余堂会见了马老大。昨晚，赵少夫又到脚夫最集中的草棚浜煽风。老百姓的血汗喂肥了这帮'米蛀虫'。他们称霸伯渎，富甲一方，还不知足，连程中丞、朱老爷都不放在眼里，竟敢蛊惑人心，反对官府。是可忍，孰不可忍？"

杨德明："对了！把姓赵的一老一小抓起来，这才叫擒贼先擒王哩！"

大家纷纷附议，唯冯无胆不语。

朱礼甲眯缝眼扫视了一番，眼缝中精光四射：

“杨德明，你带一帮弟兄，占领积余堂赵府。赵家的人只许进，不许出。可是你必须约束部下，不做违法之事，更不能伤人。我这不过是杀杀他的威风，出了人命就授人以柄了，晓得？”

杨德明：“晓得啦！德明遵命。”去了。

朱礼甲：“张强，你是捕快班头，朱老爷有何吩咐？”

张强：“朱大人命我带领衙役维持秩序，一定要防止械斗。”

朱礼甲：“朱老爷说得对，你辛苦啦！”

张强也告辞去了。阁楼里只剩下朱、冯二人。

朱礼甲舒了口气：“冯二爷，你不赞成占领赵府？”

冯无胆：“先生认定是赵伯夫挑动，根据不足。”

朱礼甲：“哈哈！你怎么也成迂夫子啦？根据是没有的。但必须这么做，那么……你怎么没有反对呢？”

冯无胆：“你把我们的人从梁公坝拉出来，避免同伯渎帮正面冲突，这处置是对的。”

朱礼甲：“好一个冯无胆，我朱礼甲耍的花招，全给你识破啦！”笑了一阵，又颇为郑重地，“伯渎帮不好惹，我们手下的人也不是吃素的。械斗一开，必定两败俱伤。惊动上司不说，开坝就得停下来。于是乎正中赵伯夫下怀，他可以坐收渔利了。然而马老大其人，也不是等闲之辈，他有理有节，轻易不越雷池，他出了第一步棋，而且占了上风……”

冯无胆：“先生是否已有对策？”

朱礼甲：“伯渎帮为保生计，才铤而走险，如果有了保障生计的办法……”

冯无胆：“朱先生便可以釜底抽薪了？”

两人相视而笑。

朱礼甲："只要朱老爷首肯，礼甲可以去会马老大了。"

冯无胆："老兄去会马老大，可要加倍小心哟！"

积余堂赵府。

杨德明的人把住了前后院门。

赵府中有人要出大门，被拦住：

"只能进，不能出。"

"你们是哪来的无赖，好不晓事！"

"啪！"一记耳光把赵府的人打了个趔趄：

"你好狂！'米蛀虫'喂出来的小蛀虫，吃饱了老子的血还要骂老子？滚回出！你敢胡放屁，割你的舌头！"

门外百姓中有人叫好：

"打得好！赵伯夫那条老蛀虫，怎么还不胀死？"

"姓赵的心狠手辣霸了老板娘，气死了老板，才发的财。"

"他要不老实，就把大院点火烧了！"

一条南长街早已水泄不通，万头攒动。

朱良正的轿子正在加紧赶路，忽然被刘巡检拦住：

"朱大人，一百多人包围了赵伯夫宅邸，有的已闯进前厅后院，其中不少是地痞无赖。"

朱良正："什么？！有这等事！为首的是谁？"

刘巡检："杨德明，是朱礼甲手下的人。"

朱良正："这，这不是火上浇油吗？朱礼甲呢？"

正好，朱礼甲汗淋淋地追过来。

朱良正把脸一沉："有人到赵家滋事，你可晓得？"

朱礼甲："听说了。"

朱良正严厉地："私闯民宅，是犯法的。叫他们立即散去！"

朱礼甲："太爷，众怒难平，恐怕很难做到。只有在调解中一并解决。"

朱良正："你要严加约束，不准扩大事态。"

朱礼甲："遵命，太爷。化解局势，在下有一对策……"

朱良正："请讲。"

朱礼甲："伯渎脚夫闹事。说到底是为了生计。生计问题解决了，化干戈为玉帛只在谈笑之间……"

朱良正："如何解决脚夫生计，朱先生可有高见？"

朱礼甲俯耳与朱良正讲了几句。

朱良正将扇子往掌心一敲：

"你去请马老大，如何？"

朱礼甲瞟了他一眼："在下遵命。"

梁公坝——伯渎港

两支脚夫队伍在坝上巡逻。坝上虽已停工，朱礼甲的人正与三五人群的民夫交谈，紧张地研究对策……

朱礼甲大摇大摆地走到坝上。几个脚夫呼啦一下围过来：

"朱礼甲，你来这里干什么？"

朱礼甲："我在这里主持开梁公坝，怎么来不得？"

"对不起，现在这里当家的是我们！"

朱礼甲："哦？好吧！我要见马老大。"

一脚夫："跟我走。"

赵兴记过街棚。

那脚夫把朱礼甲带到伯渎，迎面来了个倪大：

“朱礼甲！好大的胆！敢到这里来？你想干什么？”

朱礼甲：“面见马老大。”

倪大：“有啥事体，跟我讲。”

朱礼甲斜睨他一眼：“见了马老大才能讲。”

倪大火冒三丈：“什么？瞧不起我？来啊，绑了这个婊子养的！”

脚夫们不由分说将朱礼甲五花大绑，送进赵兴记门房关了起来。

积余堂赵府。

冯无胆排开人丛，挤到赵府门前，大踏步走进乱哄哄的赵府。

赵少夫发现是冯无胆，从积余堂内快步迎出：

“冯二爷，你可来啦！”

赵府积余堂。傍晚。

冯无胆：“小先生久违了。老先生怎样了？”

赵少夫：“嘿！一言难尽！朱礼甲这个……”环顾左右，把难听话咽下去了。

他把冯无胆领到父亲跟前：

“爹爹，冯二爷看你来啦！”

赵伯夫穿一身五品官服，闭着双眼，靠在椅子上，听说冯无胆来了，睁开眼睛抬抬身，叹了口气：

“冯无胆，你是吃过公事饭的人。青天白日，强占民宅，劫持全家男女，还有王法没有？朱良正身为父母官，为啥不管？”

赵少夫：“爹，有冯二爷在这里，谅他们不敢胡来。”

赵府大天井。夜。

灯笼火把相互辉映，七十余人或坐或站，散散漫漫吊儿郎当。

冯无胆登上台阶；

“弟兄们，辛苦啦！各位想过没有，倘若伯渎帮脚夫蜂拥而来，包围赵府，我们怎么办？”

人们纷纷围拢过来，注意力集中了。

有人大声喊：“跟他们拼了。”

杨德明：“伯渎帮太横，凭的是人多，一身蛮力气，没有真功夫。真要交起手来，我一人就能撂倒他几个。”

冯无胆平静地：“不，如果伯渎帮来解围，我们万万不能交手。”

又有人大声喊：“你叫我们等着挨打？”

冯无胆：“不，避免冲撞，撤离赵府。”

大天井里响起一片反对声。

冯无胆将双手一举：

“各位各位，有人在笑我冯无胆怕死。错了！我们干镖行的，还没出过孬种！走镖途中，恶虎拦路，以死相拼的事多着哩！各位不信，哪个先站出来比试比试！？”

天井里气氛顿时活跃起来。

有人喊：“冯二爷，把马老大约来，跟你单独交手，你干吗？”

另有人喊：“来一路‘夫子三拱手’，叫伯渎帮晓得厉害，也让大家见识见识。”

冯无胆：“马老大卖苦力吃饭，是朋友，不是盗匪。我们只会拉手，不会交手的。”

这时，后楼传来喝骂声和女人哭叫声。几个无赖裹挟着包裹箱笼奔向侧弄。

冯无胆：“杨德明，把他们捆起来！”

杨德明赶过来："站住！"

冯无胆："绑起来！"

杨德明："还不快把东西送回去？"

无赖们却拔腿冲向大门，冯无胆上前，轻而易举地撂倒了两个："杨德明，绑！"

后楼又传来哭叫声。冯无胆冲进积余堂，奔上后楼。

三个无赖正对一女子强行非礼。冯无胆一声断喝，把他们吓得呆若木鸡。

冯无胆："混蛋！还有廉耻没有？"

一无赖："是，混蛋。二爷到下边去看看，你手下有几个好蛋？"

冯无胆大怒，正欲发作，捕快张强匆匆上楼，把冯无胆叫到一边。

张强："礼甲先生被伯渎帮扣了。"

冯无胆："是马老大干的？"

张强："不清楚。"

冯无胆："朱太爷如何吩咐？"

张强："太爷命我去伯渎要人，如若不允，决不宽容！"

冯无胆："你暂且留步，由我先去一趟如何？"

张强："我来找你，正是这个意思。真相不明，县衙出面，事情会弄僵的。"

冯无胆："你留在这里，千万要稳住。"指指楼上楼下，"我们自己招来的祸水，说不定比伯渎脚夫更危险！"

冯无胆家。夜。

杨柳青将炒好的四只小菜一一摆到桌上。又在锡壶里温上加饭酒，拖着沉重的身子把筷子、酒盅放好，坐在下首舒了口气。

少顷，她又起身到镜前把那两只耳环带上。

门外一片嘈杂声。

杨柳青把门开了一条缝，听得外面在喊：

“米蛀虫今朝吃苦头了！”

“马老大也不是省油的灯啊！”

她看到蒋三从门前过，便喊了声：

“蒋三！”

蒋三回头：“哟，是冯阿嫂。”

杨柳青：“出什么事了？”

蒋三：“梁公坝要打起来啦！朱礼甲到坝上，给马老大扣了。”

杨柳青：“无胆呢？你看到无胆了吗？”

蒋三：“听说，冯二爷去找马老大了。”

杨柳青：“啊？！”

豆大的汗珠从额头上爆出来，杨柳青关上门，惊恐而又疲惫地靠着大门，垂下了眼帘。

草棚浜马老大家。

一个脚夫的孩子，带着冯无胆走向伯渎一条死河浜的尽头。一路上全是草棚，墙壁是竹爿编成的，里外糊了泥。

马老大家门开着，墙上挂了盏油灯，有个女人在洗碗。

冯无胆：“马老大在家吗？”

女人转身，打量这个陌生人：“你是……？”

冯无胆：“唔，是马嫂吗！我叫冯无胆，是老大的朋友。”

顿时，四个孩子（三男一女）从屋里冒出来，怯生生地围着冯无胆看。

冯无胆：“我找老大有要紧事，阿嫂能寻到他吗？”

马嫂：“他一定是在坝上，听说那里杀气腾腾，怕要出事体呢！”

冯无胆："我正是为这事来的。可去坝上，多有不便……"

马嫂解下围裙，拉过二毛一起走了：

"好吧！你坐。"

大毛立即扑上来："你不是活捉高一刀的那个冯无胆？"

三毛、四毛："阿对？阿对？告诉我们呀！"

冯无胆家。夜。

杨柳青在桌前坐下，揩去额上虚汗，忽觉腹中胎儿在动，两手捧住肚子，轻皱眉头，呻吟两声后微微一笑：

"这孩子，还没出世就这么调皮……"

少顷，将桌上的菜端到灶间重热一遍，扣了碗放在桌上，再换了热水重新温酒……

敲门声。

杨柳青蹒跚着快步去开大门："无胆？"

门外站着个李福臣：

"今天街上不太平，六奶奶要我来看看你。"

杨柳青："李总管！进来说话。"

杨柳青把李福臣引进客厅，泡了茶：

"六奶奶自己受了伤，还想着我，你回去替我望望她，好好谢谢她。"

李福臣："六奶奶好多了，只是人还是没有气力，显得很衰弱。她说啦，等到你临盆，她一定要亲自为你接生。"

杨柳青："喔唷，那我就一颗心落肚啰！这几天我正在为这事犯难哪！只要平平安安把孩子养下来，我一定要好好报报六奶奶的恩情！"

李福臣："一家人怎么讲起两家话来？夏夫人、六公子都很关心你呢！”

杨柳青：“六公子回来了吗？”

李福臣：“两封电报发到雨园，六公子至今杳如黄鹤。他把事情都交给了二爷和朱礼甲，就放心地玩去了，真正是用人不疑，疑人不用了。”

杨柳青：“那倒在其次。季子受伤，他倒是该回来看看的……”

上海“雨园”。夜。

家人敲夏夫人卧室门：

“夫人，又有电报！”

夏夫人开门，接过电报，坐下译电：

事态扩大朱礼甲被伯渎帮绑票械斗一触即发

夏夫人霍地站起来：

“六公子回来过吗？”

家人：“没有。听说……”

夏夫人：“听说什么？说呀！”

家人：“听说他给藕香院的花月明赎了身，还在法租界租了一幢小公馆……”

夏雨砰地一拍桌子：

“这个不争气的东西！”

马老大家。

马老大站在门口。门楣与眼眉在一条线上。他弓下身，跨进门，拱拱手：

“冯二爷，让你久等了。”

他闪过身，后面竟是朱礼甲：

“礼甲先生受了委屈，兄弟很不过意。”示意孩子离开，大毛带着弟妹出去了，“冯二爷，你也和开坝有关系？”

冯无胆含糊其辞地：“我受朱太爷委托，请老大明朝下午到一品香吃茶。”

马老大：“吃茶的事，礼甲先生讲了。我是个扛麻袋的脚夫，打架还有点力气，吃讲茶是外行。”

朱礼甲别别苗头觉得不对，便插进来：

“以小可之见，老大不妨去吃一杯茶。讲讲脚夫生计的艰难，要求绅董、朱太爷做主嘛！”

马老大突然问：“能停止开坝？”

朱礼甲：“那是办不到的。”

马老大：“这就谈不拢。”

朱礼甲：“倒也未必。世闻独木桥只一条，阳关大道宽着呢！还是坐下来商谈，找一条两全其美的……”

马老大打断他：“礼甲先生！人和人不一样。比如二爷，镖师不做了，可以当捕快；捕快不想干，可以开店做生意。我们穷苦力，除了背米袋就能扛麦箩。连这座独木桥都拆了，还有啥路可走呢？”

朱礼甲：“既然老大无意吃讲茶，做啥又要放我呢？”

马老大这才露了点笑容：

“问得好怪！两国交兵，不斩来使嘛！礼甲先生亲临伯渎，是看得起我们兄弟，应当以礼相待。”

冯无胆：“兄弟说几句，可以吗？”

马老大：“我是个粗人，二爷但说无妨。”

冯无胆：“据我所知，县令大人深知脚夫疾苦，考虑了一个调解方案。老大不妨去听听。再者，冯无胆和朱礼甲要是成心把脚夫们赶下独木桥，今天敢来见老大吗？”

马老大：“朱太爷有什么主意？”

冯无胆：“小弟不敢妄说，老大不妨去一品香走一趟。谈得拢就谈，谈不拢就散嘛！”

马老大：“嗯？嗯……”

冯无胆：“如果老大不放心，明日一早我让贱内来给嫂子做伴。等老大回到草棚浜，再打发她回去。如何？”

马老大：“冯二爷，这万万使不得！我相信二位，明朝一品香见！”

马老大：“我送送二位。”

朱礼甲：“不必了，请留步。”

马老大：“还是送送，免生意外。”

路上。

朱礼甲：“坝上兄弟，能否今夜撤走？”

马老大：“明朝再说吧！”

到了南长街，拱手告别。

南长街。夜。

冯无胆与朱礼甲边走边谈。

冯无胆：“明天一品香有一场恶战，先生可要助威的？”

朱礼甲：“不必。有我一人足矣！”

冯无胆：“对于礼甲先生的辩才，冯某一向十分佩服。只是明天面对的是伯渎绅商和八百脚夫，我们的对手算得上是文的武的都有，先生真有必胜的把握？”

朱礼甲："哈哈！冯二爷，你真以为吃讲茶能化干戈为玉帛？"

冯无胆很吃惊，不无戒备地研究着朱礼甲：

"……礼甲先生，此话怎讲？"

朱礼甲："茶馆里打官司，公说公有理，婆说婆有理，吵得一塌糊涂无法仲裁或裁而不决是常有的事。明天'一品香'吃讲茶由绅董会主持，县太爷朱大人也将到场，算得上无锡最高的民事仲裁了。可是冯二爷，这就一定能指望讲出什么结果了吗？"把目光直射冯无胆，带着几分讥诮地微微一笑，"鄙人的方略是吵得越凶越好，时间越长越好，讲得唾沫横飞，人人筋疲力尽，目的就达到了！"

冯无胆："礼甲先生葫芦里卖的什么药？"

朱礼甲神秘地："灵丹妙药。"说罢，扬长而去。

冯无胆伫立，望着他的身影远去。

冯无胆家。

杨柳青一听到敲门声就从椅子上弹了起来，穿过天井，直奔大门："啥人？"

"我。"

她连忙拉开门栓，打开大门。冯无胆一步迈进大门。杨柳青早已扑在他怀里：

"你可回来了！"

冯无胆："我才走了两天，你就……"

杨柳青："从来没过过这么长的两天！"

冯无胆："有多长？"

杨柳青："两年。唉，你不懂，你们男人心太粗……"

冯无胆笑了，凝视她的脸：

"哦唷，我的阿青……都愁老了。"挽着她的手进屋。抚摸她的脸，手停在耳环边，“哎，跟我在一起，日子是不是就短了？”

杨柳青：“当然，嫁给你三四年，就像过了三四天……”

冯无胆：“阿青，你跟了我，一直很快活？……”

杨柳青打了热水来，拧了毛巾给他揩面：

“你说呢？你不是要跟我养一群胖儿子吗？”

冯无胆：“像无锡大阿福一样？”

她替他解衣钮，然后给他擦身：“比大阿福还要福相，长大后不再舞刀弄棒。”

冯无胆笑了：“阿青，这几年，有了你，我才活得像个人。我也舍不得丢下你……”

杨柳青抚着他健壮的胸：“不走了？”

冯无胆：“吃了饭，还要走。”

杨柳青：“这次让我等几年？”

冯无胆动情地搂过她：“阿青，做完这件事，我再也不让你为我提心吊胆了……你讲的那些话，我这条硬汉子听了，心里都酸酸的。有你这么一个女人陪我半世，我就是世上最有福分的人了……”

他们俩相拥相吻，如痴如醉……

然后，在桌前坐下。无胆在上首，阿青在下首，在酒盅里斟满了酒：

“喝吧！这酒还是热的。”

上海法租界小公馆。

二楼楼窗，灯光映着一男一女的身影。

留声机上，一张唱片在旋转。

施嘉珉与花月明在跳着节奏很慢的舞……

花月明随手关掉了顶灯。

花月明娇嗔地看着施嘉珉。

他们跳得优雅而又默契。

花月明随手关掉了壁灯。

花月明默默望着施嘉珉的眼睛：

“嘉珉，你在想什么？”

“嗯？……唔？……你说什么？”

花月明顺手关掉了落地灯。

他们悠悠地跳着。

花月明柔声地：“哎，听见我说什么啦？”

施嘉珉：“嗯？说了吗？”

花月明闭掉了床头灯，屋里一片黑暗。

他们在黑暗中相拥而舞。

施嘉珉：“月明，什么也不需要说……什么也不必说……要的，就是这种境界……”

花月明：“嘉珉，周围一片漆黑，可我还是看得见你的眼睛……”

施嘉珉：“……唔？我的眼睛……比灯还亮？”

花月明忽然离开他，连续打开床灯、壁灯、落地灯和顶灯，屋里顿时一片光明。

施嘉珉：“你这是怎么了？”

花月明：“你说呢？你跟我在一起，我可是用整个的心在感受的……你那副神不守舍、心猿意马的样子，是最让人……伤心的。”

施嘉珉：“月明，你有点、有点……神经过敏了吗？”

花月明：“不，你的神情，我在黑暗中也能感觉到。”

施嘉珉：“是吗？这，这又有什么呢？我从小就常常心不在焉……”

花月明：“可我要求你跟我在一起的时候，要看着我，想着我，心里只有我……这要求过分了吗？”

施嘉珉：“你看你看，玩得好好的，又使起性子来了！”一屁股坐在沙发里，燃着了一支雪茄烟。

崇安寺一品香茶楼。

二楼上，十六张茶桌可容百余茶客，今天连坐带站，满满当当二百余人。

绅董四位坐在正中。伯渎商界四十人颇为光鲜。开坝造桥联筹会，则是以朱礼甲为首的三教九流。阵容最为壮观的，当然是坐在东南一角的以马老大为首的伯渎帮。

绅董郁谦起来主持会议：

“诸位，今天由于翰翁欠安，绅董们推举鄙人主持。我希望今天这杯茶，吃得和气，讲究礼让……”

朱良正在朱家骥陪同下微服登楼，向诸公拱手：“良正迟到，有罪、有罪。”

郁谦：“老父母请这边坐。”

朱良正：“不必、不必。”没有坐绅董席。

这时，老朝奉薛省洛站起来：

“各位绅董、朱大人：鄙人代表伯渎商界说几句话，要讨论梁公坝该不该打开，必先了解梁公坝和当地风水的关系。明万历三十二年，无锡名士梁漾兮陪同大堪舆学家孟章登惠山。孟章口占一诗云：‘祖龙现于西，跃跃向东南，龙脉潜于水，锁龙在伯渎’。于是，梁先生奔走呼号，捐银募工，在伯渎与运河交汇处筑成土坝一座，是为梁公坝。此后三百年，无锡风水大吉大利，东林巨子闻名海内，米市兴隆富足东南……”

朱礼甲起立：“薛老先生风水之说颇有见地，颇有见地。”

全场愕然。朱礼甲将话锋一转：

“不过，登惠山寻龙脊的不是孟章，而是刘伯温。”

对于这一闻所未闻的说法，全场哗然。

“我的根据是大明永乐十八年初刻的地方志，薛老先生大概只读了康熙六十年的刻本，因而只知其一不知其二了，刘伯温于洪武四年登惠山后说了一句话：‘祖龙过于活跃，龙脉自东南来，如锁之，当有五百年兴旺。’至于梁公坝的名字，则是为纪念东汉时梁鸿夫妇来锡隐居而取的。”

薛省洛也发起攻击了：“礼甲先生讲得十分精彩。唯其精彩，更证明打开梁公坝，龙脉切断，风水破坏，无锡必将灾祸连年。倡言开坝者，岂不是地方的罪人？”

伯渎商界纷纷响应，你一句我一句地责问朱礼甲：

“朱礼甲，你自设陷阱，自投罗网，还有什么话说？”

“你熟知风水，而又破坏风水，罪加一等，罪不容诛！”

伯渎帮脚夫也轰然站起来：

“朱礼甲你可知罪？”

“朱礼甲，你必须立即停止开坝！”

“请朱太爷从严处置这个老无赖！”

朱礼甲不动声色，眯缝眼扫视商界和脚夫们。他的目光落在马老大身上。马老大稳坐桌旁叭答叭答地抽着旱烟……

上海法租界小公馆。

一辆马车在门前停下来。

车夫把夏雨搀下车来。

施嘉珉卧室。

女侍敲门："六爷、六爷！夏夫人来了。"

夏雨上楼后，女侍退在一边。夏雨径自推开房门，施嘉珉、花月明刚刚穿好睡衣。

施嘉珉："娘？"

夏雨盯了施嘉珉一眼，又把目光投向花月明，从头打量到脚。

夏雨将电报"啪"地摔到施嘉珉面前的桌子上。

施嘉珉拿起两份电报匆匆读过：

"季子受伤了？"

夏雨："眼下是死是活，你知道吗？"

施嘉珉："这可……真出乎意料……脚夫闹事倒不怕，有一文一武两员大将，赵伯夫岂能……"

夏雨打断他的话："嘉珉！你什么时候才能让娘不替你操心？"转身而去，走到门边又回身，"你是个有家室的人了，该收收心了！"冷峻的目光在施嘉珉、花月明身上扫了一遍，拉开门走出去，"砰"地关上了房门。

花月明走到窗前。

夏雨穿过草坪，走出大门，登上马车。

马车发出清脆的声响，在林荫路上远去……

第十回

无锡崇安寺一品香茶楼。

朱礼甲面对一片喧嚷仍面不改色：

“郁工部，礼甲的话尚未讲完。是否可以继续讲？讲完了再定罪？”

郁谦：“今天是吃讲茶，调解纠纷，何谈定罪？你讲、你讲。安静！请安静！”

朱礼甲：“礼甲想提请各位注意：梁公坝自永乐六年筑成到如今——光绪三十四年，正好五百年。现在，风水起了大变化。上海到南京铁路修通，铁轨由东而西，横断了无锡二十七条水脉。北有金断，南有土阻，龙脉就再没有活跃之势了。刘伯温预言的五百年风水之变，完全应验了。《周易》说：‘穷则变，变则通，通则久’。如知其必变而强求不变，则结果定然是顺之者昌逆之者亡……”

朱札甲的话，能听懂的不多，喝茶、吃瓜子，相互议论的声音越来越大。

赵少夫不断地抹汗，见败势已成，更是焦急万分，站起来打断朱礼甲：

“请问礼甲先生，梁公坝打开后，大部分船只是不是不再经过伯渎了？”

朱礼甲：“是的。”

赵少夫：“那么，对伯渎米市有何影响？”

朱礼甲：“方才讲的是风水，并未谈及经济。”

赵少夫：“那么我来讲吧。”抹了把汗，“无锡居全国米市之首，每年汇集漕米一百多万石，上市粮二百万石，其中八成是在伯渎港集散的。所完税金，占全县六成。米业从业者八千，靠米业吃饭的达五万人。梁公坝一旦打开，米市必将衰落，米市衰败，各行各业一衰俱衰。这经济上的损失，无穷的后患，请问礼甲先生，由谁来承担？”

米行老板们趁机又叫喊起来：

“伯渎港商店二百家、工厂十一家，从业者四千，谁开坝谁给饭吃！”

“光给饭吃就行啦？伯渎商工年赢利白银五十万两，开坝人要赔偿全部损失！”

“开坝祸国殃民，要求绅董会主持公道！”

朱礼甲无法回避伯渎衰落这一必然趋势，也在冒汗了：

“诸位诸位，损与益，利与弊，经权衡取其大端，才是明智之举。譬如：我们的程中丞把千年河漕改为海漕，解决了南粮北运的困境。可是，漕运督衙门裁撤了，数千条漕船失业，运河沿岸许多城镇衰落了。这才是大文章、大手笔！伯渎狭窄，米市旺季，河道阻塞，粮船碰撞沉没的惨剧年年都有发生。梁公坝打开后，航运畅通了，交通便利了，无锡的米市怎么会衰落呢？只不过服从大文章的需要重新布局罢了。因此，敝人衷心呼吁伯渎诸公不以一己私利妨碍大局，如此则生民幸甚！乡里幸甚！无锡幸甚！”

冯无胆家。

杨柳青挺着大肚子炒好最后一只菜，一只只摆在桌子上，欣赏了片刻，又尝了一口：

“今朝一只烂焐肉丝……的的刮刮苏州味道……无胆吃仔要焐心煞哉！”

随手用四只盏碗把小菜一一盖好。

她将加饭酒倒在锡壶里，用热水温起来。将两双筷子摆在桌子上。

她忽然想到什么似的到镜前戴上那两只耳环，打量了一番，又回到桌前，坐下，看着每天无胆坐的那把椅子，脸上漾出温馨的笑容。

一品香茶楼。

郁谦轻摇折扇：

“梁公坝的利弊，见仁见智，都讲得很有道理。开坝关系米市兴衰，乡里繁荣。近日，无锡人食不甘味，夜不能寐，街谈巷议，无不以梁公坝为中心。县令朱大人急商民所急，对开坝一事已有成竹在胸，必能秉公而断。老父母——”

朱良正向郁谦拱拱手，站了起来。他含笑扫视全场，突然发问：“哪一位是马寿康？”

马老大一怔，这大名早已不用，待到朱良正又发问，才怯怯地：

“在下就是马……寿康。”

朱良正：“唷嗬！好一条汉子！倒像俺们山东老乡嘛！”

全场大笑，气氛顿时活跃。

朱良正并不笑，正色地：

“此地不是公堂，不必拘礼。马寿康，你坐下。”

县令几句出场词，镇住了全体与会者。

朱县令：“你们江苏有位画家郑板桥，曾在俺家乡潍坊做过县令。俺书房挂的墨竹正是他在任上写的。上面有两句题诗：‘衙斋卧听萧萧竹，疑是民间疾苦声。’说来惭愧，良正对伯渎脚夫的疾苦，不曾有过关切和体恤。开梁公坝，县衙既有批文，又有布告，已成主事一方，不再有公断身份。故此，我表示一定服从绅董诸公的仲裁。倘若开坝殃及八百脚夫生计，良正当然不能漠不关心。马寿康，俺有几个问题，你要切实地回答，不要有顾忌，行吗？”

马老大已镇定如常，站起来：“大人请讲。”

朱良正：“打开梁公坝，伯渎米市会衰落吗？”

马老大：“那是一定的。”

朱良正：“那么，无锡米市会不会一蹶不振呢？”

马老大：“不会。”

朱良正：“米市在就有脚夫的衣食。不是吗？”

马老大：“朱大人，常言道一方山水养一方人。我们伯渎帮又叫南门帮，倘若米市迁到西门北门，弟兄们要到别人嘴里抢食，那就难了！”

朱良正：“说得好，很透彻。今天你们来了多少人？”

马老大：“总共十八个，十六个是班头，还有两位请来的先生。”

朱良正：“本县有个主意，由县衙布告全县，伯渎脚夫享有无锡米业搬运的专利，每户发一证书，盖上无锡县大印，证书可传之子孙。今后，不论原有的或是新开的米行，不得雇用无证脚夫。你们看，这个办法如何？请回去商议后再答复我。”

脚夫们子子孙孙饭碗有了保证，变得万分兴奋，哄哄然议论片刻后，马老大发问了：

“朱大人可是当真的？”

朱良正笑了：“良正是北方侉子，说话直来直去，办事实实在在，各位倘不反对，明天就可来县衙商订章程，颁发证书。”

马老大突然离开座位，抢前几步，拱手下跪：

“伯渎八百脚夫、三千家眷叩谢青天大老爷！”

十六个班头几乎同时起立，齐刷刷面向朱良正跪下。

在座的除米业老板外，无不为之动容。

朱礼甲眯缝着眼，得意于自己给县令出了一个高招。

朱良正：“起来起来，万万不可……”

赵少夫急得满头大汗：

“不可，不可！朱大人，难道你就置伯渎工商业利益于不顾了吗？”

朱良正：“开坝造桥，事关长远，势在必行。富商巨贾，当以大局为重，另择利市。不唯如此，还当慷慨解囊，捐资相助才是。”

赵少夫：“开坝是施家发起的，至今尚不知他们出了多少银子。”

朱礼甲冷笑几声：“施家一次捐出五万两银子。集资不足部分，由施家全包啦！”

全场轰动，人们纷纷离座。

朱礼甲：“小赵先生，赵家是全场首富，府上打算捐多少银子？”

赵少夫：“只要你朱礼甲主持开坝，赵家不会捐一两银子。赵家有肉馒头，宁肯喂狗，也不养小人。”

朱礼甲开怀大笑，吃讲茶的早已散去大半。

郁谦陪朱良正下楼。

郁谦：“老公祖大才槃槃，人情练达，实在令人佩服！”

朱良正：“不敢！前辈过誉了。无锡毕竟民风开化，此事倘若出在俺家乡，不死几百条人命才怪呢！”

冯无胆家。

杨柳青看着平日无胆坐的那个位子，耳边响起自己的声音：

“床上床下的，我都喜欢！”

冯无胆：“阿青，你是这么说的？真是这么说的？”呼地站起来，拖起杨柳青走向内室……

两人共浴爱河的虚幻景象……

杨柳青的笑容忽然凝住，腹痛大作，呼吸急促，面色惨白：

“来人，来人，来……人哪……”

她吃力地移到门边，想开门喊人，却晕倒在门边……

迎宾楼菜馆二楼单间。

三只酒杯碰在一起，酒花四溅。

李福臣：“今天大喜，我们该连喝三杯！”

冯无胆：“从来没见李总管这么开心过。礼甲先生，祝贺你，力排众议，果然身手不凡！”

三人干杯。李福臣又把酒盅满上。

李福臣：“关键是礼甲先生给县令大人出的主意好，不仅解决了伯渎帮眼下的饭碗子问题，儿孙八辈都有饭吃了。这等于断了赵伯夫一条臂膊！”

朱礼甲不无得意地：“所以那讲茶吵得越凶越好，时间越长越好。”斜睨一眼冯无胆，“唯其如此，才益发反衬出朱太爷体恤民情的苦心，力挽狂澜的魄力。”

跑堂上菜：“清蒸鲥鱼好了！礼甲先生，这可是傅庚辰师傅亲自烧的。”

朱礼甲：“哦？尝尝看，请……”

李福臣：“那天，一脑门子官司，都没吃出鲥鱼是啥味道。”下箸。

冯无胆也吃了一口：

“不过，官司的事还不容乐观，赵伯夫是不会善罢甘休的。上海的顾青卫顾师爷调到江苏巡抚瑞征手下，赵伯夫跟顾的关系非同寻常，我们还不能就此马放南山啊！”

李福臣的筷子又停在了半空：“唔？”

冯无胆：“李总管，这一仗我们还是打胜了，而且声威大震。礼甲先生是要记头功的！干！”

朱礼甲：“二爷也功不可没。”与冯、李碰杯。

跑堂又来上菜：

“冯二爷，恭喜呀！听说二奶奶临盆了！”

冯无胆：“你怎么晓得？”

跑堂：“刚才一辆马车把二奶奶送到普济医院去啦！”

冯无胆霍地站起来：

“二位请原谅，无胆少陪了！”

推开房门，三步并两步下楼出店去了。

冯无胆跳上一辆马车：

“快！普济医院……”

马车疾驶而去……

普济医院产房。

杨柳青痛苦万状，大汗淋漓。

季子：“阿青，坚持，坚持，千万要坚持住……”满头虚汗，脸色苍白。

马车上。

冯无胆大叫："快！听见了吗？"

上前推开车夫，夺过马鞭，猛抽两鞭。

马车在街市上疯狂地奔驰起来……

普济医院产房。

杨柳青发出一声声惨叫。

季子走到屏风外，与卜北固商量。

卜北固："怎么样？"

季子摇头："我怕是无能为力了。要么母子双亡；要么破腹，还可以留下孩子……"热泪盈盈。

卜北固："冯无胆呢？"

季子："找不到他。"

卜北固："能等一会吗？"

季子："只怕来不及了。"

卜北固："破腹！救孩子。季子，快一点！"

普济医院前。

冯无胆跳下马车，冲进医院。

普济医院产房——手术间。

季子："阿青，我来给你动手术，你要顶住。"

杨柳青："无胆来了吗？"

季子："他会来的。"

车子已将杨柳青推进手术间。

手术准备就绪。

冯无胆冲到妇产科：

“阿青，不，杨柳青在哪儿？”

一护士指指手术间。

冯无胆冲进手术间大喊：

“阿青！我来了！”

一护士把他推出手术间：

“产科手术间，男人怎么可以进来？”

手术间内。

季子筋疲力尽仍在勉强支撑。

杨柳青脸上渐无血色。

手术器械从季子手中掉下来，落在地下，留下一片血迹……

画外传来婴儿啼哭声。

手术间外。

冯无胆大喜：“孩子！我的孩子！”

须臾，季子木然走出手术室，走到冯无胆面前深深一躬。

冯无胆：“阿青怎么样？阿青怎么样？”冲进手术室。

手术室。

杨柳青安详地睡在那里，脸上再没有痛苦的神情。

冯无胆：“阿青，阿青！阿——青！阿——青！！！”

手术室外。

卜北固走向仍一躬未起的季子：

“季子？”

季子直起身来，脸上挂着两行清泪，瞟了卜北固一眼，突然晕倒在他怀里。

冯无胆家。

门被推开。门内地上有血迹。

冯无胆凝视血迹，愣怔怔地穿过天井，跨进厅堂。

八仙桌上摆着四只小菜，两只酒盅，两副筷子，锡壶里温着老酒。

冯无胆在上首坐下。

他捧起酒壶，先给下首的酒盅斟满，再斟自己面前的酒盅。

他端起酒盅，目光转向下首空空的座椅，举杯，有顷，仰头一饮而尽。

“咔啦”一声，酒盅在他手心中碎裂。

碎瓷片缓缓落到地下。

冯无胆手中滴下一滴一滴的鲜血……

忽然，他伏在八仙桌上，渐渐地发出哽咽的声音……

蓦地，他抬起头来，已是热泪纵横：

“阿青，你不该丢下我，你不该丢下我！冯无胆不能没有你！不能！不能！”

废园。

卜北固扶着虚弱的季子走进废园。

李福臣迎过来，喊侍女：

“快，搀着六奶奶。”对季子，“六爷刚刚到家。”

卜北固和被搀扶的季子走进客厅。

施嘉珉一阵风似地从楼上跑下来，

“季子，听说你受伤，我就赶回来了。”

季子瞟了他一眼：

“我该救活她的……”

施嘉珉：“伤着哪啦？好些了吗？你看上去……还很虚弱。”

季子：“我该救活她的……”

施嘉珉：“北固，她在说什么？”

卜北固：“杨柳青难产。季子身子很衰弱，还是尽了最大努力……”

施嘉珉：“阿青她？……”

卜北固：“留下一个女孩。”

季子哭起来，哭得很痛，她已无法控制自己。施嘉珉一屁股跌坐在椅子上。

李福臣示意侍女：“扶六奶奶回房歇息。”

女侍扶季子走了。李福臣也退下。

卜北固：“嘉珉，我们是老同学、老朋友，有些话，我想了很久，今天见到你，由不得要说一说。”

施嘉珉放下捂着前额的右手，在座椅上抬起头来，望着卜北固。

卜北固：“你和季子当年在东京那一段罗曼史，曾经轰动了早稻田学院。季子，作为一个日本姑娘，丢开父母弟妹，跟着你漂洋过海到中国来，这要下多大的决心？嘉珉，我曾经非常羡慕你们。这才是倾心相爱，为了心上人一切都可以摒弃，什么都可以不管不顾，甚至那片世世代代生活过的，生她养她的土地……可是到了上海，你是如何待她的？到了无锡，你又是如何待她的？在她最需要你的时候，你守在她身边了吗？嘉珉，你该扪心自问了！”

冯无胆家门前。

施嘉珉从轿子上下来，一身素服，眼含哀伤。

抬眼望去，庭院静穆，一片白色。

冯无胆家。

施嘉珉徐徐穿过庭院，来到灵堂前。

冯无胆肃立灵前，眯着眼睛，似在寄托不尽哀思。

施嘉珉走到冯无胆面前，轻唤：

“无胆……”

冯无胆陡地睁开眼：

“哦，六爷！”

施嘉珉：“太突然了……”瞥了一眼灵堂。

冯无胆转身对着杨柳青灵位：

“阿青！六爷，看你来了……”

施嘉珉走到灵前，深深一躬：

“八妹，无胆为了施家，东奔西忙，无日无夜，在你最需要他的时候，他没能守在你的身边。这不能怪他，不能。这是哥哥我的罪过，我的……罪过，我的……罪过呀！”扑通一声跪在杨柳青灵前，眼泪潸潸而出。

冯无胆震动，肝胆欲裂，轰然倒地。

黑片。

唢呐吹出凄楚哀婉的音乐，

鼋头渚。

湖水澄碧，桂树飘香。

卜北固、季子漫步其间。

卜北固："季子，养了几个月，气色好多了。"

季子："面对无边无际的太湖，我胸中的闷气一扫而光。北固，你可知道太湖让我想起了什么？"

卜北固茫茫然地看着她，摇了摇头。

季子："让我想起了日本的琵琶湖，我的童年是在那儿度过的。"

卜北固："琵琶湖我没去过。听说，它很美，是吗？"

季子："很美。美得像一个梦。到了夜里，我常常望着它绸缎一样的湖水，望着对岸京都明明灭灭的灯火酣然睡去，梦见的都是仙女啊，白鹤呀，古老的宫殿哪……"

卜北固："哦，季子，你讲得我好眼馋，要是有机会再去日本，一定要到琵琶湖住一宿，体会一下你童年的感受。"指指桂花下的石桌石凳，"我们到那儿坐坐吧！"

丛丛桂树，金桂盛开，馥郁芬芳，令人沉醉。

季子："哦，这桂花香得好醉人！"

卜北固："我都简直被花香熏得昏昏欲睡了！"

季子："好久没有这么痛痛快快地跟大自然在一起了。"

卜北固："但愿它不再勾起你的思乡之情。"

季子："是的，六年了，我几乎把家乡忘在脑后了。"

卜北固："季子，我希望你忘记自己是个日本人。"

季子："嗯？为什么？"

卜北固："因为我希望你永远留在中国。我们一起把中国的妇产科发展起来。"

季子："北固，有什么计划吗？"

卜北固："美国教会要在广州办一所产科医院，派我南下主持其事。"

季子："听说南边不太平。"

卜北固："是的，孙中山搞了个革命党，要推翻帝制，建立共和哪！我倒想趁此机会去感觉一下革命的滋味！"

季子："北固，你可真不安分！"

卜北固："我笃信科学，而帝制是反科学的。中国的天下应该属于神州大地上的芸芸众生。"

季子："北固，几个月不见，我对你要刮目相看了！"

卜北固："季子，今天我约你出来，是希望你跟我一起南下去开创事业，去感应时代的脉搏……你愿意吗？"

季子望着他，兴奋地眨巴眼睛：

"北固，谢谢你。那个全新的世界非常吸引我，可是我不能……"

卜北固："为什么？"

季子："你想没想过，人们会怎么看？北固，我们是老同学、老朋友，志同道合，情同手足，但只是朋友，即使天各一方，我们在事业上还可以互通信息，互相勉励。可我如果跟你南下，人家会认为我们两个人私奔了，我们的友情也因此被亵渎了。你说是吗？"

卜北固："季子，或许，我想得太简单了，或许，是因为这个世界太不简单了。"

季子："我们永远做朋友，做好朋友。北固，好吗？"

卜北固："季子，我很愿意。我会非常珍惜的……"

"芳洲"。

施嘉珉陪着卜北固登上"芳洲"画舫，季子也被两个男人一前一后护送登舟。

绿娘迎过来："是六奶奶吧？有失远迎啦！"

季子直视绿娘："你是……绿娘？你这一身衣服跟你的名字很

相配。”

绿娘回头对杜若：“见过六奶奶。”

杜若从眉毛下面看着季子：“给六奶奶请安。”

季子：“哦，杜若，比我想象的还要年轻，用中国话讲，像一株出水芙蓉。”问施嘉珉、卜北固，“对吧？”

卜北固：“这个比喻很贴切。”

施嘉珉：“哦，介绍一下：卜北固先生，我和季子的老同学，今天，就是给他饯行的。”

绿娘：“六爷到小船上来饯行，真是抬举我们母女了。卜先生喜欢吃什么？我还不晓得能不能对先生口味？”

卜北固搔搔头：“好吃的东西……我都喜欢，随便烧吧！”

人们笑了起来。

施嘉珉：“我看，还是烧一桌‘船菜’吧！到了太湖上该领略一下真正太湖风韵，让北固从今以后做梦都梦见船娘亲手烧的船菜。”

季子：“什么叫船菜？”

卜北固：“跟……跟岸上的菜有啥两样吗？”

杜若扑哧一笑。

施嘉珉瞟了她一眼，不无调侃地：

“船菜，顾名思义姓船，船离不开水，而水就是我们面前的泱泱太湖……哈哈哈……杜若，还是你来说吧！”

杜若：“六爷说得不错。船菜出于太湖，所以讲的是鲜活天然四个字。”

季子：“鲜活天然……”

卜北固：“有什么考究么？”

杜若：“鲜鱼活虾，原汤原汁，以清蒸白炖为主，很少煎炸烹炒，清清纯纯，不加修饰，完全天然风味。许多文人学士吃了船菜，都说这是吴越文化的一个方面呐！”

季子拍手称赞：“杜若姑娘的话让我大开眼界……”

卜北固：“清清纯纯，自自然然，才真正有一种返璞归真的美……”

季子：“听说杜若姑娘弹得一手好琴，唱得又很动听，是吗？”

卜北固：“哦！船菜米酒，配上一曲吴歌，那可真是地地道道吴地风情啦！”

杜若：“请稍候，我去帮姆妈烧了菜再来陪卜先生、六爷、六奶奶……”退下。

《无锡景顶数太湖好》音乐起。

绿娘、杜若一个接一个地将船菜端上来，施嘉珉一杯又一杯地给卜北固斟酒，劝饮。

季子望望施嘉珉，又望望卜北固，心中顿生惆怅，顺手捡起放在船舱一隅的绣绷，一块未绣完的汗巾上绣着红菱、白藕、戏水鸳鸯。

施嘉珉看见了，一怔，酒被倒在杯子外面。

卜北固叫起来：“罚酒，罚酒！”

杜若进来：“六奶奶，请尝尝这只银鱼羹。传说，这是孟姜女跳了太湖才变的呢！”

季子：“孟姜女？就是那个万里寻夫的中国女人？”

杜若：“是的，六奶奶，你对我们中国的事知道得真不少呐！我敬你一杯……”斟酒，举杯，一饮而尽。

季子：“好爽快！”抿了一口，“哦，比日本清酒厉害多了……”

杜若：“六奶奶慢用。”顺便藏起了那只绣绷。

卜北固：“嘉珉，我听说吃船菜的时候，画舫常常要穿行在莲荷之间，跟清新淡雅的菜肴相映生辉。眼下荷花已谢，只有请‘出水芙蓉'唱一曲吴歌助兴啰！”拍手。

季子、施嘉珉跟着拍起手来。

施嘉珉拿起洞箫，绿娘横过了笛管，前奏过后，杜若唱起了一首清丽的小曲……

废园卧室。夜。

季子在梳妆台前打开发髻。

施嘉珉穿着睡衣从她身后走来：

“季子，累了吧！”

季子：“今天吃得好，玩得好，很尽兴。”

施嘉珉：“尽兴就好。只是北固走了，少了一个朋友……”

季子：“他是个对生活充满热情的人，是个真正可以当作朋友讲讲心里话的人……嘉珉，我这样讲，你不在意吧？”

施嘉珉：“不，怎么会呢？”抚她肩膀，“我们睡吧！我今天兴致格外的好，想重温一下我们的樱花之梦呐！”把她拥过来。

床上。

施嘉珉：“季子，我在构思一张图画……”

季子：“画些什么？”

施嘉珉：“烂漫如雪、灿烂如霞的樱花，樱花下面朦胧着一个少男和一个少女……”

季子：“那是你和我？”

施嘉珉：“还会是谁呢？”吻她，温柔而又热烈。

季子闭上眼睛，融入爱河……

上海外滩。

施嘉珉乘在马车上，穿着一身西装，嘴里咬着雪茄烟……

上海信盛商业银行。

施嘉珉下马车，手里拄着一根“司的克”，咬着雪茄，器宇轩昂地登上台阶，走进银行……

上海信盛商业银行总经理室。

周介卿：“嘉珉，这张协议书你过一下目。三年内给你借贷三十万两。第一年十五万，第二年十万，第三年五万。你看如何？”把协议书递给施嘉珉。

施嘉珉只在协议书上扫了一眼：

“介卿，你帮了我大忙，我该怎么谢你？”

周介卿：“总不能把花月明送给我吧？哈哈哈……你的地契，我先留下，作为抵押。这样，我跟联营的股东们好作交代。哦，你在这下面签个字。”

施嘉珉签字、盖章。

周介卿：“不过嘉珉，我有个附加条件。”

施嘉珉：“嗯？”

周介卿：“当然，是非正式的。实际上对你只有好处，没有坏处。”

施嘉珉：“介卿，尽管讲就是啦！”

周介卿：“把信盛商业银行无锡分行办起来！”

施嘉珉：“我？开银行？！”哈哈哈地笑起来。

周介卿：“你忙你的，只要参与投资就好了。让冯无胆一手操办，我跟他提过。他说要征得你的同意。这件事要做好、做大，最好能把赵氏父子弄进来……”

施嘉珉漫不经心地："介卿，你说的，我都照办。"

周介卿："嘉珉，你可真变了。只有一点，依然故我……"

施嘉珉："嗯？什么？"

周介卿："而且手段更高明了，还租了花园洋房，在法租界。老弟，我可是属猫的，你做得再隐秘，我也能闻到味儿！哈哈哈……"

上海法租界小公馆。

花月明在窗前看到门前马车走下个拎着"司的克"的施嘉珉，立即到镜前飞快地梳妆。

施嘉珉一路喊着"月明！月明！"穿过院落，上楼，开门。花月明已换了一个人，不再如刚才窗前那样慵懒而散淡……

施嘉珉："喔！真个是如花似月！等着谁呢？"

花月明："你说呢？"却不上前。

施嘉珉丢下司的克，把她拥在怀里：

"还在生我娘的气？"

花月明："名不正言不顺嘛，有什么法子？嘉珉，你打算怎么办，金屋藏娇要藏到什么时候？"

施嘉珉："总要……藏一阵子吧！"

花月明："藏到不娇了，再甩掉？"

施嘉珉："多日不见，我们不谈这个，好吗？"

花月明："这回住几天？"

施嘉珉："嗯……少则一两天，多则三五天。"

花月明推开他，转身而去。

施嘉珉："春宵一刻值千金，三五夜起码有三五十万金了嘛！"

花月明走到窗前，以背相向：

"嘉珉，你把我送回藕香院去吧！花月明多年来等啊盼啊，难道就是为了做一个独守空房的怨妇？”把衣服往箱笼收拾。

嘉珉：“月明，你，你疯啦！”

花月明继续收拾东西：“什么人什么命。阿青虽然七波八折，总算嫁了人，有了个实实在在朝夕相处的丈夫，马上又要做妈妈了……唉，终于也不能不相信命运了……”

施嘉珉：“可是好景不长，阿青难产，给冯无胆留下个没娘的小女儿……”

花月明如雷轰顶：

“你说什么？阿青她……”扑在嘉珉怀里，“……是，是真的？”

见嘉珉点头，伏在嘉珉怀里哽咽起来……

第十一回

冯无胆家。

冯无胆独酌，脸上满是胡茬。

有人敲门，他去开门，何一鸣身后站着陈子明老夫妇。

“一鸣！哦，师叔，师婶，无胆有失远迎，望请恕罪。”

何一鸣：“怎么一个人喝？嫂子呢？”用手捏了一块鸡扔在嘴里。

冯无胆：“她给我生了个女儿。”望了望墙上的遗像，端来洗脸水，“师叔，师婶，洗洗吧！”

陈子明老夫妇揩过面，冯无胆已泡了茶给他们端来：

“师叔此次吃了冤狱，受苦啦！”

陈妻：“多亏了你呀！要不，说不定在大牢里就交代喽……”用袖角擦眼泪。

何一鸣：“师兄，为什么老天爷不向着好人？我嫂子……”

冯无胆瞟了他一眼：“我去买点熟菜。酒有的是，花雕，要几坛有几坛。师叔来了，我腰杆子硬了，好好庆贺庆贺！”

床上，孩子哭起来。师婶当即去抱了起来："好孩子，乖，乖……"

废园中的小院。

李福臣带着陈子明夫妇看房子。

陈妻："这房子还有什么说的？"

陈子明："只是李总管把自家住房腾出来给我们，实在太不过意了。"

李福臣："我还有一半，足够了。你们来了，早晚有个照应，也有了个说话的地方。六爷在废园里大兴土木，造'经纬堂'。往后，有劳陈大师的地方还多得很哪！"

陈子明："那是应该的，应该的。李总管尽管吩咐就是了。"

何一鸣从院外扛行李进来，往一个厢房门口一放：

"李总管，你还得给我点事做做。我这手闲不住，闲了就会……"

陈妻："偷鸡摸狗！"

李福臣："嗯，有你的事做。废园改建，工程浩大，旷日持久，进出人杂，买进的各种贵重材料也多，你就专门对付盗贼，如何？"

何一鸣："那我是内行。李总管八成儿是以毒攻毒哪！"何一鸣佯作走开，在李福臣身上轻轻碰了一下。

李福臣一愣，摸摸衣襟：

"哎，六爷送我的金表……怎么没啦？会不会放在桌子上啦！"往自家屋子走去，一抬头，见金表挂在门楣上，还在来回晃荡。转过身，只见何一鸣在院门外窃笑，"何一鸣，你这浑小子！你要是破脾气不改，我打断你的骨头！"

何一鸣："李大叔，你可不能冤枉好人哪！我何一鸣偷天偷地，也不敢偷你大叔的金表哇！"

废园书斋。

施嘉珉、季子哈哈大笑。

季子："何一鸣，你真有这么大本事？"

何一鸣："我要是没本事怎么会把工匠头儿存放赃物的窝给端了？"

李福臣："一连抓了七八个小偷，后来知道何一鸣是个大内行，谁都不敢上门了。"

施嘉珉："何一鸣，好生干，我会犒赏你的！"

何一鸣："谢六爷。"

季子："何一鸣，我要试试你的本事。"扬起左手，无名指上有只闪闪发光的钻戒，"三天之内，你能把这只戒指偷去，我赏你十两银子。"

施嘉珉一怔，脸沉了下来。

李福臣吸了一口冷气：

"太太，这个玩笑开得太大了。那是六爷给的结婚信物哇！"

季子："那有什么？反正偷走了还要物归原主的。"

入夜。灯下。仍在书斋里。

施嘉珉与季子相对而坐。

季子："嘉珉，我已经完全恢复了。就这么待着，怪烦闷。我还是想到普济医院去做事。"

施嘉珉："难得客串，未尝不可。你是我夫人，我又在做大事。我们后半辈子将在自己营造的经纬堂里度过。你该守着我，多出点主意……"

季子："你让我永远守着那一座大院子？"

施嘉珉："那是许多人梦寐以求的事情……能为这个家造一座传之后世的大建筑，里面藏着稀世文物和名家书画，难道不是人生一大乐事？"

季子："那么，帮助新生命降生呢？把母亲和孩子从地狱边上拉回来呢？"

施嘉珉站起身，在案上展开他的设计图：

"季子，看了这张图，你会大吃一惊的，来，来啊！"

季子起身走到案前。

李福臣进来："六爷，冯二爷带了一封信来。"

施嘉珉："哦，一起来看看吧！"

李福臣、冯无胆来到案前。

冯无胆看图："哦，气势宏大，无锡名门望族的深宅大院，都没有这等规模。"

施嘉珉："无胆，你倒不怕我大手大脚啦？"

冯无胆："现在不但不怕，倒觉得把排场做足，正可以显示官势财势，这本身也是对反对者的威慑。"

施嘉珉："好！又多了一个知音。"反手向设计图一指，"这是我参照苏州一家著名宅第绘制的。"

李福臣向冯无胆投去深深的一瞥："六爷，这可要开销几十万两银子哪！"

施嘉珉对李福臣："你不用愁钱，我有摇钱树，就长在手心上。我这张图，画了三进院子，中轴线上的轿厅，'经纬堂'大厅、花厅，都要有江南第一的气势。东侧的布局为藏书楼、藏拙阁，用于收藏，以中式建筑为主，适当采用西式建筑通风、透风和封闭性好等长处。西侧鸳鸯厅、小花园、起居楼，主要是西式建筑了。季子，我请人设计了一套带榻榻米的和式房间，是给你用的。"转身看季子，季子已不在身边。

她在远远的书橱旁读一本医书。

施嘉珉很扫兴：

“福臣，这图交给你。照图上做，不能随意改，要改，必须经我审核。”

李福臣：“是，六爷。”

施嘉珉：“无胆，谁来信了？”

冯无胆：“周介卿。”把书信递过去。

施嘉珉：“唔，那是写给你的。说什么了？”

冯无胆：“周老爷问信盛商业银行无锡分行的筹备情况。”

施嘉珉：“什么银行？”

冯无胆：“我在的时候叫大盛，不知什么时候又出来个信盛，还要在我们这里建分行。”

施嘉珉一拍前额：“哟！是有这么回事！周胖子说过，忙着造房子，忘啦！”

冯无胆：“那么，分行的事……”

施嘉珉：“我答应过的。办，办，你去办！”

家人来报：“何一鸣突然肚子疼，疼得满地打滚！”

冯无胆呼地站起来向外奔去。

季子丢下书，也匆匆去了。

小院厢房。

何一鸣在哇哇乱叫。陈子明十分焦急。

冯无胆、季子先后赶到。

季子让何一鸣睡到床上，为他检查。她在腹部轻轻一压，何一鸣便呼爹叫娘。

季子："快送医院吧！说不定是盲肠炎，耽误不得的。"

话犹未了，何一鸣一骨碌坐起来，手里捏着一只闪闪发光的钻石戒指，正嘻嘻笑呢：

"六奶奶限我三天，我提前了不是？"

季子先是一怔，随即放声大笑。人们也都一起笑得不亦乐乎。

清晨，废园门外照墙前。

废园内外一片大兴土木的气象。

陈子明正在照墙下教习刀枪拳脚，队伍蔚为壮观。

路人侧目："施家这是做啥，训练保安团呐！"

"这还用问，有钱也有势，哪个贼骨头敢动他家脑筋？人家府里就养着一个大贼，阿要结棍？"

季子从废园出来，站定了，看了片刻习武，登上马车，对车夫：

"普济医院。"

"芳洲"。

"芳洲"画舫漂于湖上。

赵伯夫与顾青卫对酌。

杜若上菜："请。"为他们斟酒，"慢用。"退下。

顾青卫的眼睛一直盯着她。

赵伯夫："顾师爷，请。"

顾青卫这才收回视线："啊，好，好，就叫我青卫吧，这样更随便些。"吃菜，"嗯，几年不来无锡，这船菜大有长进。"

赵伯夫："你从上海调任苏州，通了火车，到这里只是咫尺之遥，有空的时候就到无锡来散散心。"

顾青卫："好哇，不来则已，来了就要吃'芳洲'的船菜，如何？”

赵伯夫：“包在我身上啦！青卫兄到了瑞征大人那里，真是如鱼得水呀。你和瑞征是莫逆，伯渎商界从今往后有指望啦！”

顾青卫：“官场的事讲的是出以公心，交情不交情还在其次。”

赵伯夫：“打开梁公坝，危及无锡半壁江山，如果出以公心，就不该像朱良正朱太爷那样，以蝇头小利收买脚夫，而置伯渎商界每年数十万两银子的损失于不顾吧！”

顾青卫说：“凭伯夫兄的威望和才干，怎么会把一杯讲茶吃砸了锅？”

赵伯夫叹气：“我高估了伯渎帮，低估了朱礼甲，才吃了这当头一棒。可是要我赵伯夫认输，任其开坝，毁我基业，是万万不可能的。”

顾青卫：“这官司还要继续打下去？”

赵伯夫：“那就要仰仗老知交青卫兄啦！”

杜若端上来清炖甲鱼：

“清炖甲鱼。两位老爷请用，吃了它多福多寿呐！”

顾青卫眼睛又粘在杜若身上：

“姑娘聪慧灵秀，可否告知芳名？”

杜若：“我叫杜若。”欲退下。

赵伯夫：“慢，给顾师爷唱支曲子吧！杜若的歌喉，在五里湖上名声还是满响的呢！”

顾师爷：“哦？果然如此，我要破费一下啦！”拍出一锭银子。

赵伯夫：“青卫，收起来，由我一并付账。”

顾师爷：“不，这是我顾某人赏给杜若姑娘的！”

绿娘出来：“杜若稚嫩，瞎吹而已，让两位老爷见笑了。”操起笛子，吹响前奏。

音乐在太湖上飘向远方……

废园。

季子在门前下了马车。家人当即从车上把几篓油面筋和肉骨头拎下来，随季子走进废园。

伯经迎上来："妈妈，天天吃肉骨头，你还买。我都吃腻了。"

仲纬："我没腻。顶顶好吃的就是肉骨头。"

季子："伯经、仲纬，阿晓得好婆最喜欢吃啥？"

伯经想了想，摇摇头。

仲纬："好婆最喜欢油面筋塞肉。"

季子："你怎么晓得？"

仲纬："我总跟她抢着吃。"

季子："是啊，有孙子抢着吃，才香。好婆一个人好孤单。"

仲纬："那，那……我们去陪陪她！去跟她抢东西吃！"

伯经："我也去。不过我不抢。"

季子："阴历年快到了，妈妈带你们去好婆那里过年，好吧？"

两个孩子一迭声叫好。

说话间，母子三人已来到起居楼下。

施嘉珉在厅里写字：

"买了这么多东西！"

季子："给娘买的。我想带孩子去她那里陪她过个年……"

施嘉珉："哦？也好……等造房子的事步入轨道，我也去'雨园'。这里到处有工匠出没，乱哄哄的……"

季子："那么，我带着孩子先走一步。你要自己照应自己了……真对不住。"行礼。

施嘉珉："日本人把中国的礼节学过去，而且发扬光大，连中国人都嫌学生过于虔诚了。”

季子：“是不是中国忘记了传统，已经礼崩乐坏了？”

施嘉珉看了她一眼：“是不能丢了传统。中国文化有许多东西使人终身无法解脱。到了异域，令我魂牵梦萦的，正是那些平日全不在意的东西……”

季子：“嘉珉，季子也在异域，你从没问过我，有没有叫我无法解脱的困惑……我也有许许多多令我魂牵梦萦的东西。这些你知道吗？”说罢，向施嘉珉投去意味深长的一瞥，带着孩子上楼去了。

上海雨园听雨阁。

夏雨从楼上下来召唤女仆：

“六奶奶回来了吗？”

女仆：“夫人，还没有。中饭都热了几遍了，眼看都要吃夜饭了。”

夏雨：“她还从来没带着孩子出去这么长时间。”

女仆：“会不会走迷了路？要不要出去找找？”

夏雨：“这么大个上海，上哪去找？”

门口传来欢笑声，夏雨倏地站起来向外走去。

季子带着兴高采烈的伯经、仲纬从外面回来。

看到夏雨，伯经、仲纬立即扑过去。

伯经：“好婆，妈妈今天带我们去玩了许多好玩的地方！”

仲纬：“还买刚烙好的酒酿饼、滚烫的鲜肉月饼给我吃……桂花酸梅汤，我不喜欢！”

夏雨：“那是为什么？”

仲纬：“我最喜欢肉，没有肉的东西都不灵！”

季子走过来捧给婆母一块衣料，一件高领黑丝绒旗袍。旗袍一角，还绣着一朵紫红色的花。

夏雨：“这衣服真漂亮！季子真有眼力！”

季子：“娘，试试吧！”

夏雨：“好！”

餐桌上。

最后到来的是夏雨。她穿着黑丝绒旗袍出现在门口，显得光彩照人。

季子：“哦！——”

伯经：“好婆真好看！”

仲纬：“人家的好婆都是老奶奶，只有我家好婆，标致是标致得来……”

大家又笑了。

晚上，孩子的卧室。

季子披散着长发从外面进来。

孩子们同时从床上起来：“姆妈！”

季子：“姆妈好久没跟你们一起睡了，今天陪陪你们，好吗？”上床。

伯经：“太好了，我要搂着姆妈！”紧搂母亲。

仲纬：“我要吃奶……”钻进母亲怀里。

季子眼里溢满泪水。她闭了床头灯。

月光如水，照着搂在一起的母子三人。

上海法租界小公馆。

花月明的起居室，墙上一管洞箫、几幅丹青。

此刻，她正投入地画一幅月下芙蓉。

女仆进来：“有一位太太来看你。”

月明停下笔：“是谁？”

女仆：“她不肯报姓名，看上去是位大户人家的夫人。”

花月明：“请她进来吧。”又画了几笔，听到脚步声，才握着笔转头打量来客，女人的敏感告诉她，那是季子。她把笔放进笔洗里，清水染成一片胭脂色……

花月明：“你是……季子吧？”

季子微笑：“初次见面，请多关照！”鞠躬，“一直想找个机会看看你。前日去藕香院，说是嘉珉已为你赎了身，搬出来住了……”

花月明：“现在这样……我也觉得很不适意。”

季子：“你的画真美，跟人一样。我想象中的你，就是这个样子。像鲜花一样有光彩、像月亮一样宁静，用中国的话讲，是不是叫花容月貌？”

花月明：“我倒确是习惯了静，习惯了一个人独处。季子，你恨我吗？”

季子：“如果我不是一个女人……如果我不爱嘉珉，我就不会妒忌你了。可是这是一个事实，我必须面对它。时间久了，也就习惯了。但是有一个冲动在心里越来越强烈，就是想看看你是个什么样的女人……”

花月明：“现在你看到了……我不过是个在青楼里不敢相信世间还有真爱的女人……嘉珉他一开始找我，不过是逢场作戏。半年前，我才发现他很苦闷、很寂寞……”

季子：“知道是为了什么吗？”

花月明：“我想，大半是为了你……他要得到一个完完全全的你，尽管你永远也别想得到一个完完全全的他。”

季子："如果你是我，你会怎么样？"

花月明："不管他在太湖上有绿娘母女，也不管他在上海法租界里养了这么一个没有名分的女人，丢开一切，给他一个完完全全的我。对不起，季子，这只是一种设想。"

季子："我很高兴你有这种设想。你完全不是个一般的风尘女子。沦落青楼，是命运的安排。见到你，我才完全明白，你是一个不可多得的女人。因此，我也可以放心了……"

花月明："季子，你这是什么意思？你可不能寻短见哪！如果是为了我，我宁可再上青楼……"

季子："有你这句话，我觉得自己不枉此行了。"泪光闪闪，"你是我的知音。月明，我不会去死的。我有许多事要做。我的确是一个不可能完完全全属于丈夫的女人……但是我一直完完全全地爱着他，完完……全全……"哽咽，"对不起，我失态了。突然来打扰你，我很不安。再会。"

花月明拉住她的手："季子，不要走。我忽然感到在世界上终于有了一个知心的姐姐。你在这里吃饭，我们好好谈谈，行吗？"

季子："哦，好妹妹，我要去了。我在上海没有多少时间了，还有许多事。那么，一切拜托了。"鞠躬，离去。

花月明不理解她最后的话。季子临行丢下一个哑谜走了。

她慢慢坐下来，渐渐陷入沉思……

上海雨园。

夏雨在修剪花草，摘下一捧鲜花给伯经：

"香吗？"

伯经："比好婆洒的香水还香。"

夏雨笑了："去把它插到你娘的花瓶里。"

伯经应了一声去了。

仲纬："我呢？好婆……"

夏雨："有你的。你等着。"又采了一捧花，"给，你有地方插吗？"

仲纬："有！"跑回屋里。

冯无胆两手拎着年货走来。

夏雨："无胆！？"

冯无胆："夫人！要过年了，给您送点年货，都是无锡土产。"

夏雨在石桌前坐下，冯无胆也落座。

夏雨："难为你还想着我。"打量冯无胆，"无胆，你瘦多了。阿青的事，真是做梦都想不到……我想去无锡看看，正遇上那件事，多有不便……可心里总觉得不过意……哎，我外孙女呢？你没把她带来玩玩……"

冯无胆："还小，离不开奶妈。"

夏雨："孩子很逗人吧？"

冯无胆："长得……跟阿青……一模一样，怪疼人。好像知道自己没有妈，特别懂事，特别乖觉。"

夏雨："唉，可怜的孩子……"眼睛湿润了，"……嘉珉怎么样？"

冯无胆："六爷从来没这么认真过，整天忙着造经纬堂的事。"

夏雨："这孩子怪得很，想当年从合肥经纬堂逃出来，现在又孤注一掷地在无锡再造一座经纬堂。"

冯无胆："我也问过六爷。他几次都笑而不答。最后一次，他说我不懂，还说钱是身外之物，而文化是永恒的。他这番话云里雾里，把我都听糊涂了……"

夏雨笑了。

季子从屋里走来，手里拎着菜篮子：

"二爷来啦！"

夏雨："季子，家里有佣人，你就不必拎菜篮子了。"

季子："二爷难得来，我想给他烧几只日本菜。娘也不大有机会吃到我烧的家乡菜哪……"

夏雨："还是季子想得周到。"

冯无胆："我一来就让你受累……"

季子："孩子的姑父来了嘛，应该的……我走啦！"离去。

这时，仲纬忽然在阳台上喊：

"好婆，好婆！你看我的花派上用场了吧？"

夏雨、冯无胆仰头望去只见仲纬插了满头鲜花，连耳朵里、鼻孔中都塞着花朵。

夏雨笑弯了腰，笑出了泪：

"……哎呀，这孩子……这孩子……怎么这么娘娘腔……做起女孩子的事来啦……哈哈哈……哈哈哈……"

季子在留声机上放了一张唱片，片刻后响起日本歌曲……

她在梳妆台前打开头发，开始梳日本式发髻。

雨园。餐室。

夏雨、冯无胆纷纷入座，伯经、仲纬也坐了下来。

仲纬："妈妈呢？"

夏雨："你娘在忙。"

两个女佣端着五只食盒一一放下。

夏雨："好像一幅画，精美极了。"

冯无胆："季子好手艺。"

伯经："可以吃了吗？"

夏雨："你娘还没来呢！"

话音刚落，餐室门开了。

穿着和服、梳着日本发髻的季子出现在门口，身后响着幽幽的日本传统歌曲。

几乎每个人都被惊呆了。屋子里变得十分寂静。

少顷，仲纬第一个叫起来：

“妈妈真好看！”

伯经也很兴奋：

“差一点认不出我娘啦！”

夏雨：“季子，你这是……演的哪一出？”

季子拿起酒壶给夏雨、冯无胆斟酒：

“我只是想……让你们身临其境地感受一下日本式料理……二爷，请！”

冯无胆：“谢谢！到底是日本人，这和服像从身上长出来的一样。”

季子：“请用吧！请用吧！娘，好吃吗？二爷，吃得惯吗？”

冯无胆：“日本人是不是喜欢吃生冷食物？”

季子：“是的，那样营养成分会保存得更全面一些。伯经、仲纬，蘸上佐料吃，对啦！”

伯经：“娘，你是日本人，爹爹是中国人，那我算哪国人呢？”

季子：“你是中国人。有日本血统的中国人。”

夏雨脸色沉了下来。

仲纬：“娘，什么叫日本血统啊？”

夏雨：“仲纬，吃饭的时候少讲话！”忽觉话说重了，“你娘烧的菜好吃得很，吃了再添。季子，菜还有吗？”

季子点头，起立：

“我去拿。你们多吃一点，多吃一点……”

上海法租界小公馆。

施嘉珉在一张宣纸上颇有灵感地涂抹着，须臾，笔下现出一片烂漫樱花。

花月明：“那是季子的地方？”

施嘉珉：“那也是我的地方。在上野驿，平生第一次对一个女人一见倾心。”

花月明：“有没有第二次？”

施嘉珉继续在宣纸上涂抹，花瓣如雨，飘飘洒洒……

花月明：“哎，我在问你。”

施嘉珉：“嗯？什么？”

花月明：“有没有第二次？”

施嘉珉瞟了她一眼：

“如果有，那就是你了。”

花月明：“你在敷衍我。”

施嘉珉：“没有哇！”

花月明：“既然没有，你该让我有个名分。”

施嘉珉：“名分？什么名分？”

花月明：“你要我永远不明不白地住在这幢小楼里？”

施嘉珉：“这小楼……不是很好吗？”

花月明：“嘉珉，你别总是顾左右而言他。季子做大房，天经地义，我做个二房就不行吗？”

施嘉珉摇头。

花月明：“季子是个顾大局的人，我会跟她和睦相处的。”

施嘉珉摇头：“不，你不了解季子。她不习惯家里有三妻四妾，她在日本是受过高等教育的，她不能接受第二个女人……”

花月明："这是她的想法，还是你的托词？"

施嘉珉丢下笔，坐到沙发里，点了一支雪茄。

花月明："为什么不说话？"

施嘉珉："怎么说呢？月明，你戳到我伤口上了……"

花月明："怎么？我伤了你的心？……天哪！"

施嘉珉："月明，你该知道，我娘是四姨太，我是姨太太的孩子。你想象不出我们在大家族里过的是什么样的日子？我不能娶妾，也不愿养下姨太大的儿子！所以月明，我很对不住你，我们只能到这一步。只能如此……"

花月明眼圈红了，头渐渐垂下去……

施嘉珉搂过花月明，抚慰她。花月明却挣脱了他，扑到床上抽咽起来。

施嘉珉坐到床前："月明，月明……不要这样……"

花月明转过身："嘉珉，你骗我，季子不是你讲的那种女人……"

施嘉珉："你了解她？"

花月明点头："我见过她。她雍容大度，善解人意，看得出是个很顾大局的女人。"

施嘉珉："她到这儿来过？"

花月明坐起来："总有一个礼拜了。我当时很意外，可我们很快成了朋友。一开始，我以为她要寻短见。后来，我看出来，她在安排什么……"

施嘉珉："嗯？安排？"

花月明："看看我是不是适合你。"

施嘉珉："不，这不可能！"

花月明："是的，她确实在安排什么，也的确是在观察我，研究我。最后，她非常满意我，非常信赖我……"

施嘉珉："这太滑稽。月明，你不会在讲你做过的一个梦吧！"

花月明："我希望是梦，可它不是。我面前站着一个实实在在的季子。看到她，我明白了你为什么丢不下她。我也因此相信她会接受我……"

施嘉珉苦笑："我完全给你搞糊涂了。那么，季子还说了些什么？"

花月明："她说她在上海的时间不会太多了，还莫名其妙地讲'一切拜托了'。"

施嘉珉倏然从床上弹起来，"啪"地扇了花月明一记耳光：

"你怎么不早说？季子出了事，我唯你是问！"

上海外滩。

身穿和服的季子乘马车驶过外滩。当年伉俪同行来上海的景象历历如在跟前，令季子百感交集。

画外响起她写给施嘉珉的信：

"嘉珉：

我用日文写这封信，是因为我不希望有第三个人知道它的内容。嘉珉，我亲爱的，我要请你谅解，当你读到这封信的时候，我已离开中国国土……"

上海雨园。

施嘉珉奔进雨园，登堂入室，冲到楼上卧室，发现人去屋空，桌上留着季子的信。信上放着钻石戒指。

他抖抖颤颤地撕开信封，面对着满纸日文的信笺。

其间，读信的画外音一直在响：

“我要走，并非因为你不爱我。不，你的爱给过我许多终生难忘的时光。”

施嘉珉冲出房间，奔向大门外，跳上马车。

马车迅速驶去。

画外音仍在响。

“……我必须走。不是因为上海有个花月明，无锡有个杜若。”

“嘉珉，我们共同生活了七年。七年中，我一直在想……”

季子的马车驶向轮船码头。

“……我是中国人吗？我是施家的儿媳妇吗？在你生活的天地里，我一直是个外人，一个外国人。”

施嘉珉的马车驶过外滩……

画外音在继续：

“……而你并没有注意到。你这个人太粗心了，你不善于为别人着想，太自私了。这是本性使然，难以更改。那么，这不幸也就无可挽救了。”

季子拎着一只箱子登船，倚着船栏回顾。

画外音在继续：

“……卜北固把我带进了另一个天地。在医院里，同事尊重我，产妇需要我。而你，对我的天地没有一丝一毫的兴趣。我感到了前所未有的孤独。”

施嘉珉的马车在奔驰……

施嘉珉一催再催。

画外音：

“……我必须走出孤独。我终于明白了，同床异梦是比夫妻失和深刻多的矛盾。我痛苦地面对了这一事实，做出了与你分手的抉择。”

施嘉珉跳下马车，奔向轮船码头。

轮船已远去。

施嘉珉用拳头猛击栏杆。

画外音仍在响：

“嘉珉，忘了我吧！对于你，做到这一点，不会十分困难的。”

黄浦江口。

季子站在轮船上远望上海，眼里噙着一泓清泪……

画外音：

“如果你愿意再听我一句话，那么把花月明娶到府上去吧！她是个好女人。”

码头。

施嘉珉任江风吹拂着自己，不胜痛惜地望着消失在海平面上的轮船。

画外音：

“季子

戊申腊月于上海手笔”

第十二回

冬日的上海下起淅淅沥沥的细雨来。

施嘉珉在雨中昏昏沉沉、茫无目的地走着，走着……

行人撞了他，叽里咕噜地骂他；他撞了摊贩，给拦住去路……以至天黑了下来，街灯一盏盏亮了，他都浑然不觉。

上海雨园。

暮色四合，细雨蒙蒙。

施嘉珉从外面进来，浑身上下都被细雨濡湿了。

门人："六爷，你怎么才回来？"

跨进客厅，女仆迎上来：

"六爷，快把湿衣服脱了，要生病的……"

施嘉珉上楼，看见轩台上站着两个孩子。

施嘉珉："你们在望什么？"

伯经："望妈妈……"

仲纬："妈妈一个人出去玩，没带我们……"

伯经：“好婆说，她要玩很久才回来……”

仲纬：“可我不信。她不像你，从来没丢下过我们……”嘴一撇，眼角流出两行泪水。

施嘉珉用食指抹去那泪滴，把孩子紧紧搂在了怀里：

“孩子，妈妈会回来的。妈妈……会……回来的。相信爸爸的话吗？相信吗？”

伯经：“我相信。”

仲纬：“我也相信。”

孩子们直视爸爸的眼睛，爸爸却避开了他们天真的目光。

听雨阁。

夏雨、施嘉珉默坐灯下，听窗外冬雨淅沥。

夏雨：“肥子，你心里怨季子吗？”口气十分冷峻。

施嘉珉：“不。”泪水悄然滚落。

夏雨不语，站起身，独自绕室徘徊。她蓦然站住，歪过头，静思片刻，燃着一支奇南线香，轻插炉中，然后抽出洞箫，走到儿子身旁：

“九年前，你去东洋的那一天，也是这么个寒冷的雨夜，我们俩唱过一支曲子。还记得么？当时，原是不该唱的。现在却是该唱了。”把洞箫给儿子，“今晚，咱们娘儿俩一边哭一边唱吧……”

夏雨在琴桌前坐下，揭去琴罩，轻抚琴弦，随着幽怨的旋律吟唱：

良时不再至，离别在须臾。
屏营衢路侧，执手野踟蹰。
仰视浮云驰，奄忽互相逾。
风波一失所，各在天一隅。

长当从此别，且复立斯须。

欲因晨风发，送子以贱躯。

不知何时，嘉珉的洞箫也参与进来。他泪眼迷蒙，第一次感到了失落的苦痛……

上海法租界小公馆。夜。

细雨中，冯无胆从门外进来。

女仆带着他穿过院子，进屋，上楼。

花月明卧室。

花月明在一杯接一杯地喝酒。

女仆进来："冯先生来看你了。"

花月明愣愣地："哦？还有人来看我？还有人怜惜我？……不，你跟他说花月明病了，不见人。"

冯无胆走进卧室：

"怎么，连我都不见了？"

花月明陡然站起来："冯无胆？是你！"又瘫坐椅上。

女仆："冯先生衣服淋湿了，脱下来烘烘干吧！"

冯无胆脱下袍子，交给女仆。女仆退下。

他坐在花月明对面。

花月明又拿起酒瓶。

冯无胆按住：

"你什么时候喝起酒来了？"

花月明："无胆，现在只有酒是我的知己，我的朋友……在这个世界上，花月明已经举目无亲了。"

冯无胆："这话从何说起？六爷为你赎了身，买了小公馆，待你不薄呀！”

花月明：“可是，我能躲在这座小楼里不明不白地过一辈子吗？阿青嫁了你，生了孩子，这一辈子总算过了几天人过的日子……哦，无胆，我伤你心了吧！我可不是……有意的……”

冯无胆：“不，月明。我已经……熬过来了。我冯无胆还是有福之人，阿青也死而无憾。只是……我欠她的。永远也没法补偿了。”拿出一只首饰，“这是阿青的遗物，你们是好姐妹，留个纪念吧……”

花月明打开首饰盒，里面是两只金光闪闪的耳环：

“阿青！阿——青！”

黯然泪下，抓过酒瓶，对着瓶嘴喝起来。

冯无胆夺过酒瓶：

“月明，不要太伤感了，你还年轻，日子还长，要多保重……”

花月明：“还没有人跟我说过这么贴心贴肺的话，没有……”又抓过瓶子，“我要喝，我要喝，你为什么不让我喝？为什么？”饮泣而至于嚎啕。

冯无胆夺过瓶子，抱住她，不让她再喝。

花月明转过脸，痴痴地望着他。

冯无胆：“月明，你喝多了，睡一会儿吧……”扶她到床上躺下，替她盖好被子。

上海“雨园”。夜。

施嘉珉躺在床上，睁着眼睛，不能入眠。

窗外雨声如泣……

他起床，披上衣服在屋里徘徊……

上海法租界小公馆。夜。

花月明已酣然睡去……

冯无胆坐在桌前，面对打开的首饰盒，捏起耳环，触动情怀，便拿起酒瓶喝酒，一口，又一口……

上海雨园。

施嘉珉披衣站在曙色初露的窗前。

他穿好衣服，拿起司的克，戴上礼帽，走下楼去，穿过雨园的草坪……

夏雨在窗后凝视走出雨园的施嘉珉。

她眼中是冷冷的思虑的神情……

上海法租界小公馆。晨。

冯无胆醉酒，伏案睡去。桌上是两只空空的酒瓶。

花月明醒来，见冯无胆伏案而睡十分感动，便从床上起身，向他走去……

施嘉珉乘着马车来到法租界，街边的法国梧桐挂着片片黄叶向他身后退去……

上海法租界小公馆花月明卧室。

施嘉珉推开花月明房门。

花月明在梳妆台镜子里看到了施嘉珉，停止了梳头的动作。

施嘉珉正要跨进门来，却见床上睡着冯无胆，旋又把目光投向花月明。

花月明倏地站起身，转过脸，欲语又止。

施嘉珉蓦然转身，砰地带上了房门。

上海雨园。

夏雨和施嘉珉对弈，她不时观察着儿子的神情：

“嘉珉，你今天的章法怎么这么乱？还在为那件事烦神？”

施嘉珉把棋一和，站起身，绕室徘徊：

“娘，我像吃进了一只苍蝇……季子走了，此一去恐怕是有去无回了。我本想把花月明接到无锡收个二房，谁曾想她这么快就跟了另一个男人，而这男个偏偏又是冯无胆！”

夏雨：“花月明既然是这样的女人，那就不值得痛惜。嘉珉，冯无胆是你手下第一员大将。他为买地、开坝，殚精竭虑，日夜操劳，阿青临死都没见上一面，对施家该算得上赤胆忠心了。既然他跟花月明生米已经煮成熟饭，我看不如顺水推舟……”

施嘉珉：“娘！你知道花月明在我心上的位置吗？除了季子……”

夏雨：“不是还有个叫杜若的船娘吗？”走向窗前，“阿青死后，冯无胆的心冷下来了。这可不是个好兆头。嘉珉，鱼我所欲也，熊掌亦我所欲也。二者不可兼得，舍鱼而取熊掌也！古人说得很明白。该舍的时候就是要舍，更何况不过是一个青楼女子。”转过身子，直视施嘉珉。

施嘉珉：“娘！你这是在我创口上撒盐！”

夏雨：“要成大事，就要有大家风范。不然，就很难真正有出息。嘉珉，这事，我看就这么定了吧！”

施嘉珉气冲冲地走出听雨阁。

钢磨粉厂。

赵少夫围着正在运转的德国钢磨转。运转正常，洁白细腻的面粉源源而出……

赵少夫不无得意地捧起白面，从指缝中漏下去。他笑对身旁技师："日产三百袋面粉。从现在起，我第一步要把洋面粉从无锡市面上挤出去……"

一职员来报："有一位姓冯的先生要见你。"

赵少夫拍拍手上的面粉："他在哪里？"

职员："在小客厅。"

钢磨粉厂小客厅。

赵少夫一进客厅就拱手致礼：

"二爷！这里太简陋了，委屈你了。"

冯无胆："听说小先生德国机器开动很正常，日后就要财源茂盛啦！有了你的精制面粉，我第一个不再买洋面吃，一定吃你的面。"

赵少夫："二爷这么看得起少夫的小厂，我叫人今天就送两袋到府上去。吃着好，下次再吃，就到我家米行再去拿。"

冯无胆："小先生，我是无事不登三宝殿的。你晓得，我在大盛钱庄做过事。我也晓得，府上同周介卿是老交情了。而周家跟施家，又是几代世交。因此，周介卿有个极好的建议……"

赵少夫："是不是在无锡建信盛分行的事？"

冯无胆点点头。

赵少夫："我们谈过，只是没有结果。"

冯无照："因此，周介卿总经理委托我玉成此事。"

赵少夫："二爷，你打算怎么办？"

冯无胆："分行实行股份制，开办资金为十万两银子，你和施家各四万，我两万，我们三人都是股东。"

赵少夫："谁来做经理？"

冯无胆："你们两家股金一样……你看……经理是不是先由我来做？"

赵少夫："也好。但必须实行'三董事一致'的原则。"

冯无胆："小先生所言极是：银行大政方针，一定遵循股东一致的原则。以后逐步吸收外股，扩大业务，在适当的时候成立董事会，推选董事长。"

赵少夫："二爷已经深思熟虑了。这办法很好。只是，我刚进了德国机器，手头拮据，没有多少现银……"

冯无胆："你们赵府不是有一家赵记钱庄吗？如果分行设在那里，钱庄现有的不动产和流动资金，可折算作为赵家的股金。"

赵少夫："哦？这些你居然都想到了！而且，还打了我家钱庄的主意！"

冯无胆："不这样，你付现银入股也可以。"

赵少夫："那么……就照你意见办吧！我和父亲，对你还是很放心的。"

职员来报："机器出毛病了，谁都弄不了。图纸上的洋文没人看得懂！"

赵少夫："什么？我要去到上海，找德国洋行算账！"

冯无胆："小先生需要找技师的话，我倒认得上海面粉厂一位技工，什么机器都会摆弄。"

赵少夫："哦？他叫什么？"

冯无胆："史狗大。只是有两个毛病，酗酒、赌博。"

冯无胆家。

冯无胆推开家门，穿过天井，直走进客厅，发现八仙桌上摆着四盘菜、两双筷子，两只酒盅，顿时吃了一惊。

他疑疑忽忽地向灶间走去，看见一个女人的背影：穿一身蓝布印花衣服，腰里扎一条围裙，仿佛杨柳青的模样……

冯无胆："阿青？"摇摇头，闭上眼睛又睁开，那背影仍在，活生生地，在忙着灶上的事。

冯无胆大声问："厨房间谁在那里？"

那女人闻声回眸，竟是洗尽铅华的花月明：

"冯二爷，连我都认不出来啦？"

她端着一壶温好的酒，姗姗走出来：

"累了吧，先喝点绍兴加饭，尝尝我烧的小菜，阿对你的口胃？"给酒盅斟上酒，便在下首坐下来，把上首空在那里，"坐呀！"

冯无胆还愣在那里。

花月明："无胆？你是怎么啦？"

冯无胆坐下，望着花月明：

"月明，我给弄糊涂了。先是以为阿青还魂，后来看准是你，我更是丈二金刚摸不着头脑。"

花月明："怎么？不欢迎？我可是夏夫人打发来的！"

冯无胆："夏夫人？"

花月明："她说，阿青不在了，你一个独身男人多有不便，叫我帮你带带孩子，侍候你饮食起居。"

冯无胆忽地站起来：

"这我可担待不起。"

花月明："哈哈哈……无胆，都说你是个拿得起放得下的好汉，今朝的举动中可不大像你……"

冯无胆："不，夏夫人误会了。"

花月明："她就没有误会我吗？"

冯无胆："岂止是误会了，还小看了我冯无胆！"

花月明："你就不想将错就错？"

冯无胆直视花月明：

"月明，你说我们这叫什么？"

花月明黯然：

"我也不知道。或许，这是命运的安排。我是个女人，是个不能主宰自己的女人。给人玩弄于股掌之间的生活，我过够了。我本来想说说清楚。后来问自己，清楚了又能怎么样？既然人家很容易就看轻了你，你又何必痴心不改，恋着那个漫不经意，不理解我心曲的男人？我想起了阿青的煞辣、阿青的决断。当然，我能不能在你的心目中代替阿青，我不知道……"

冯无胆："月明，我很抱歉，至今没有想过由谁来代替阿青的事。好了，你一路风尘，我还是先来为你洗尘吧！"坐下，举杯。

花月明："无胆，今天跟你在无锡对酌，真像做梦一样。"

冯无胆："文人们讲的人生如梦，是不是也包含这一层意思？干！"一饮而尽。

花月明："我也干掉？"瞟了他一眼，仰头饮尽杯中酒。

传来敲门声。冯无胆去开门。

门外站着李福臣：

"冯二爷，夏夫人差我送喜礼来啦！"作揖，"恭喜，恭喜！"

他身后，几个家人挑着几担彩礼鱼贯而入。

冯无胆："不敢，不敢……"面色严峻，肃立一旁。

当夜。

冯无胆在卧室里抱起一卷被褥：

"月明，我到堂屋去睡。你早点歇息吧！"

花月明看着冯无胆离开卧室才走过去掩上了房门。

孩子哭起来。

花月明去拍孩子。

孩子仍哭个不停。

花月明将襁袍抱起来："啊啊"地哄，孩子仍闹。

花月明："唉，你这孩子，脾气犟着呐，跟你妈一个样……"

孩子越哭越厉害。花月明解开衣襟，把奶头塞在孩子嘴里，没有奶。顷刻之后，孩子又大哭起来。

冯无胆推门进来。

花月明忙把奶子塞进衣襟里，脸腾地红了。

冯无胆也十分尴尬：

"我把孩子送到隔壁奶妈家去吧！"

花月明："也好。"瞟了冯无胆一眼。

上海法租界小公馆。夜。

两个花枝招展的妓女搀扶着烂醉如泥的施嘉珉走进小公馆，上楼来到卧室。

卧室。

施嘉珉打开衣橱。

两个妓女惊叫起来：

"这么多衣服！多漂亮啊！"

施嘉珉挥手："喜欢哪件，穿上，带走，都带走，统统，统统……"

两个妓女欢呼着、嬉笑着穿上这个戴上那个，开心得不亦乐乎。

施嘉珉忽然眼睛一瞪：

“脱下！都给我脱下！你们不配！你们——不配！”

妓女们十分委屈地脱下刚刚穿上的华贵衣衫。

施嘉珉：“脱呀！快脱！”

两妓女：“这是我们自己的衣服，还脱呀！”

施嘉珉：“脱！脱！”

施嘉珉：“脱……”

妓女们脱掉衣衫……

施嘉珉用挑剔的眼光看着她们，然后，在留声机上放了一张舞曲的唱片。

节奏强烈的音乐响起来。

施嘉珉哗地脱去外衣：“跳！跳！今天不睡了，跳它一夜，跳到天亮！”

妓女们又笑闹着尖叫着跳起舞来。

冯无胆家。夜。

堂屋里，冯无胆睡如翻饼。

卧室里，花月明辗转难眠……

花月明坐起来，想了想，披衣下床，走到门边。

冯无胆感觉到花月明的动静，便闭上了眼睛。

花月明站在门边，听到堂屋里传来了鼾声……

上海法租界小公馆。东方露白。

两个妓女疲倦已极，一个倒在沙发上，一个趴在床上。

施嘉珉端起银烛台向窗口走去。

他用烛火点燃了窗幔。

楼下，女仆奔向庭院：

“不好啦！救命啊！救火啦！”向外跑去。

火势渐旺，屋子里浓烟滚滚。

两个妓女醒来哭叫着向外跑。

施嘉珉狂笑。

女仆带了几个邻居来救火，朝楼上喊：

“六爷，消防队马上就到！你快下来！”

施嘉珉：“谁叫你喊消防队的！这是我的房子！我要把它烧掉！烧掉！”

无锡信盛商业银行无锡分行。

一阵震耳欲聋的鞭炮声中，一块红绸子从“信盛商业银行无锡分行”招牌上飘飘落下。

冯无胆一身绅士打扮，站在分行门口，向前来祝贺的各界人士拱手致意：

“各位绅董、各位贤达、各位至亲好友：信盛商业银行无锡分行，今天开张了。本行欢迎各位入股，多多益善。信盛是无锡第一家开展储蓄业务的银行，开源节流，聚沙成塔，信盛随时恭候无锡各界人士光临！”

周围响起一片掌声……

无锡废园。

冯无胆从外面进来，穿过大兴土木的废园，跨进客厅。

冯无胆：“六爷回来了。多日不见，你清瘦多了。”

施嘉珉：“你还好吧？这里情况如何？”

冯无胆：“梁公坝打开后，伯渎没什么船靠岸了。米店纷纷迁到北塘。米市转移之快，超出我们的预料。六少爷，北塘沿河地价，已经涨了几十倍啦！”

施嘉珉兴奋：“哦！我的冒险计划实现得比预想的要快得多！赵伯夫怎么样？”

冯无胆：“赵伯夫产业太多，动迁很难。少夫的钢磨粉厂投进去二三十万，怎么迁？米店不迁，没有生意。赵伯夫在打主意想要把出手的三百亩地要回去……”

施嘉珉：“哈哈哈……这个老狐狸也有失算的时候！”

冯无胆：“信盛分行股金已上升一倍多，在无锡很有信誉。赵氏父子跟我合作得还不错，所以他们更没想到……那三百亩与我们有关。”

施嘉珉：“聪明一世，糊涂一时。等他醒过来，已经晚了……”

冯无胆：“赵伯夫想先买回三里桥三十亩，可这三十亩就比他原来卖出三百亩的价还贵……”

施嘉珉：“他会不顾一切的。这只笑面虎，快要朝我们扑过来了。”

李福臣从外面进来：

“二爷，什么时候喝你的喜酒呀？”

冯无胆：“李总管，你怎么也开起玩笑来了？”

李福臣：“月明来了多日，这不六爷又回来了，正好操办一下，这事也就好跟夏夫人交代啦！”

冯无胆：“六爷，李总管，这喜事是断然不能办的。我深谢夏夫人对我的关心和厚爱，可是六爷，恕我直言，你们小看了我冯无胆！”

施嘉珉：“无胆，这话该从何说起？”

冯无胆：“我冯无胆闯荡江湖多年，为人处世讲的是一个义字。六爷，难道我连朋友之妻不可欺的道理都不懂吗？更何况夏夫人对我恩重如山。现在，你们不问青红皂白把花月明推进我的家门，岂不是把我当作跟赵伯夫之辈一样不仁不义欺主霸妻的宵小之徒？今后我冯无胆以何面目面对家乡父老，这些，你们替我想过吗？”

施嘉珉大为震动：

“无胆，我怎么听不懂你的话？”

冯无胆向施嘉珉投去一瞥：

“你会懂的。无胆告辞了！”施礼退下。

李福臣与施嘉珉面面相觑。

冯无胆家。

花月明听到敲门声便去开门。

门外站着施嘉珉：

“无胆在家吗？”

两人对视少顷，花月明才让在一边：

“六爷请进来吧，他快要回来了。”

花月明引施嘉珉进客厅坐下，给他泡了茶：

“六爷今天来寒舍，有何见教？”

施嘉珉：“月明，你为啥用这种口气说话？”

花月明：“下人跟主子该怎么说话？”

施嘉珉：“月明，我办了一件糊涂事，伤了你的心。我不知道怎么挽回我的过错……”

花月明：“六爷，你做惯了大少爷，对女人，招之即来，挥之即去，从来没有设身处地为别人着想过。那天，你看到冯无胆睡在我床上，都没容我解释，就把我送给了他。我成了你们施家手里的一着棋。我花月明听了你几年卿卿我我海誓山盟的话，到头来，你把我当作一件微不足道的物品，随随便便地就送给了别人……”

眼圈红了，起身，走到窗前。

施嘉珉看着花月明的背影，油然生出怜惜之心：

“月明，委屈你了。”

他轻抚她的肩膀，把她拥在怀里。

花月明感到一阵晕眩，在施嘉珉的嘴唇将要与她相接的时候，她猛然推开施嘉珉：

“六爷，请放尊重一点，花月明已经是冯家的人了！”转过身去，泪水潸潸而落。

施嘉珉扑通一声跪在花月明身后：

“月明，我错了。你就给我一个改过的机会吧！”

花月明：“我的心已经冷了，冷得变成一块冰，一块千年化不开的冰。六爷，请你把我忘掉吧！昨天的花月明已经死了……死了！死了……”冲进内室，关上了房门。

积余堂赵府。

赵伯夫请薛南苓在客厅坐下。仆人上茶，赵少夫也坐到一旁。

赵伯夫：“买地事进展如何？那三百亩倘能买回，十倍的价，我也认了。否则，北门没有我米业大王的立锥之地了。”

薛南苓：“赵老先生，情况不妙哇！不仅那三百亩买不到手，就是买回沿河三十亩也比登天还难哪！”

赵少夫：“那是我们换给薛家的，还给我们十分之一，价钱加十倍，这点面子他都不给？”

薛南苓：“少夫，我已打听明白，那三百亩地不属薛家，是在一个叫‘方人也’的名下。”

赵少夫：“方人也？这是谁呀？”

赵伯夫把水烟筒往桌上一蹾：

“谁？冯无胆！你的好朋友！”

赵少夫：“不会吧？前几天我们还在信盛商业银行，一起商议扩大招股和筹建董事会的事哩！”

赵伯夫：“知人知面不知心。此人侠肝义胆，名声在外。可我看，他冯无胆还有没给人看到过的一面……”

信盛商业银行无锡分行经理室。

冯无胆忙着看账，听到门声，一抬眼，立即起身：“小先生，我正要找你。招股的事进展很快……”

赵少夫一屁股坐下：“先不谈这个，那‘方人也’是你吗？”

冯无胆：“不，是六公子。”

赵少夫：“方、人、也……施——施嘉珉，原来如此！这么说，我家北门三里桥三百亩地，全落在他手里了？”

冯无胆：“是的。不仅府上三百亩，六公子在北塘还有大量地产。”

赵少夫：“啊！……”冷笑，“施嘉珉开坝、造桥，十万两银子他拿出一半，原来是醉翁之意不在酒！好！兄弟领教了。那么……仁兄在里边是个什么角色？”

冯无照：“施家的产业归我全权经理。”

赵少夫：“如此说来，我们可以谈谈啦。”

冯无胆给他续茶：“小先生请。”

赵少夫：“家父要在北塘开设新店，想从三百亩荒地中要回三十亩。物归原主，价格上总归可以通融些吧？”

冯无胆：“小先生，我们是朋友，又合开了这爿银行。可是讲生意，桥归桥，路归路。施家不缺银钱，地产只租赁，不出售。”

赵少夫压住火：“是这样！租金呢？开个价吧！”

冯无胆喝了口茶，悠悠地："施家在北塘——三里桥的地产，分了三个等级。沿河筑了驳岸码头的地皮，每亩年租金一千元。"

赵少夫被惊呆了："……你说什么？我没听错吧？三年前我卖出三百亩，你们才给了一万二，现在我租其中的十分之一，每年租金就要三万！"

冯无胆："朱礼甲说过，风水变了，北门的地价当然见风涨。"

赵少夫打量冯无胆："冯二爷，这不太黑了吗？"

冯无胆："小先生，话不能这么说。生意人，除了犯法的事不能做，其余都是正当的。机会，有人看得见，抓得住。有的人视而不见，失之交臂。这是个有没有眼光的区别，哪里谈得上黑的、白的呢？"

赵少夫又吃惊又气愤，他像打量陌生人似地看了看冯无胆，拂袖而去了。

积余堂赵府。

赵伯夫把烟筒往桌上一掼，水花四溅：

"好一个花花公子，披着慈善家外衣，做了这么大的投机买卖！这个鲜衣华服的黄口乳儿，居然瞒过了程中丞，瞒过了朱县令，还愚弄到老夫头上，拿我的地皮去发洋财……可叹我无锡的全体士农工商竟给这个合肥小儿搞得地覆天翻……不，我要找程翰翁，我要发动全城绅士，即使倾家荡产，也要跟施嘉珉把官司打到底！"

废园。

李福臣陪着施嘉珉走进已初具规模的花厅。

两个木匠一高一低，一在上一在下，锯着一根巨木。

李福臣："花厅的一应家具，由外面两位工匠打制，都是无锡城的高手呢！”

施嘉珉问李福臣：“家具可有图样？”

李福臣向木匠要来图样。

施嘉珉：“这太一般了。要古雅，超凡脱俗。”

李福臣：“请六爷明示。”

施嘉珉：“花厅的桌、椅、花架，一应摆设全部用老树根做。让人从树根看到历史，也看到文化……”

藏书楼。

他们登上空荡荡的藏书楼。

施嘉珉：“这里面的书架要西式的，通风好，不易霉蛀，还要避开阳光……”

李福臣：“无锡恐怕不容易找到西式书架图样。”

施嘉珉：“那不怕，我来画。”

李福臣笑了：“侍奉六爷多年，处处事必躬亲，这还是开天辟地头一回哪！”

施嘉珉：“哦？是吗？”

下了藏书楼，看到工匠正把一块太湖石搬到轩窗后，构一角小景。

施嘉珉：“喂，停下来！这块太湖石太大，怎么能营造出轩窗小景的情趣？这种地方的太湖石，要选灵秀飘逸的，不要蛮直高大的。福臣，以后庭院布置湖石假山，都要由我一手安排。”

李福臣：“六爷果能如此，奴才倒觉得担子轻多了。”

施嘉珉：“唉，你们不懂……整个建筑，是一件大艺术品，总体意趣之外，细微处稍不假意，就会少了许多情韵……这是无法言传的，只有用心去感受。既是我的梦想，看来只有用我的心去感受了。”

家人带来程府家人。

家人：“六爷，程府来人啦！”

程府家人：“施六爷，程老爷请你马上过去一下，他在退思堂等你。”

施嘉珉：“好，我等会儿就去。”

程府家人退下。

李福臣：“六爷！程老爷可从来没差人来请过你呀！”

施嘉珉转身望着李福臣：

“是不是出事了？”

第十三回

程府退思堂。

施嘉珉面对愤然作色的程木翰，轻松一笑：

“老叔，赵伯夫讲的差不多都是事实。”

程木翰：“什么？！你！？”陡然站起来，又颓然坐到椅子星，气喘吁吁，半晌说不出话来。

施嘉珉：“老叔，我错了吗？开坝，是公益事业。买地，也在法度之内，并没有强买强卖。”

程木翰：“可是你把老夫我……也拿去做了你的筹码。开梁公坝，是我看在你父亲托付了我，又是一桩善举，我才不顾伯渎商民的反对，支持了你。你却背着我，在开坝的掩盖下做地产投机。无锡人会认为我是出于私情，出卖了地方利益。你，你，你这不是要把我一世清名毁于一旦吗？”

施嘉珉：“老叔，小侄绝无此意，决无……”

程木翰：“好了好了，你既然把我愚弄了，我也不能做哑巴。从今天起，我不再是你的老师，你也不再是我的学生。你请便吧！”

画面转而变成无锡士绅在退思堂集议。

程木翰老泪纵横："老夫痛心疾首，无颜面对乡绅父老。只有引咎辞去首席绅董之职。然老朽仍当随诸公之后，挞伐施嘉珉。诉讼不胜，老夫决不瞑目。"

赵伯夫："翰翁之言过了，过了！我们都被施嘉珉蒙住了眼睛。这是无锡士绅的耻辱。我们要立即派人到常州府、江苏巡抚和两江总督三个衙门去告状。我已让犬子少夫，去苏州江苏巡抚衙门面见顾师爷……"

立即有绅士站起来，愿到常州府和两江总督府告状，显出一派同仇敌忾殊死一战的决心。

施嘉珉心烦意乱，信步走出西门，又沿城墙向北，朝绿娘的小院走去……

他的心声："娘的预言是对的。无锡人总有一天会从梦中惊醒。是的，这一天到了。"

施嘉珉偶一转身，发现何一鸣远远跟着他，

"嗯？谁叫你跟着我？"

"我师父，让我给您……保驾。"

施嘉珉："你们当真以为会有人害我？回去、回去！"

何一鸣站了一会，等施嘉珉朝前走了，又远远跟着他……

绿娘家。

绿娘在清洗茶具。杜若绣着汗巾。

绿娘："花月明在上海藕香院也是个青楼名妓，琴棋书画都来得。她居然嫁给镖客出身的冯无胆，谁能料想得到？"

杜若："那么季子出走呢？你想到了吗？"

绿娘摇头："虽然没想到，那可是情理中的事。到底是外国人呀！"

杜若："六公子孤身一人从上海回来，还没踏过我们家门槛呢！"

绿娘："不是有官司吗？可一个家总得有个女人支撑，六奶奶这个位子总空着，也不是一桩事体呀！"

杜若："姆妈，你看谁有希望？"停下针绣。

绿娘："谁？你！"

杜若："妈——"

绿娘："你想不想？不想就算了。我看六公子还满赏识你呢！"

杜若："是吗？我怎么看不出来？"

绿娘："男人喜欢一个女人，那眼神就不一样……"

有人敲门。绿娘去开门，一见施嘉珉，又惊又喜：

"哎哟六爷！你怎么还一个人出来乱走哇！"

施嘉珉："还真有老虎想把我一口吞了？"

绿娘："就一个人？"

何一鸣冒了出来："还有我呢！"

绿娘："这只小猢狲！这里没你吃食，回去吧！"

何一鸣做了个鬼脸，转身走了。

绿娘："我的爷，城里都闹翻天啦！你倒沉得住气。"

杜若送茶："妈，不要大惊小怪的。天塌不下来的。"

施嘉珉掀开盏碗，吹了吹：

"杜若姑娘临危不乱，上次酒会我已领教了。对目前的事态，想必也有一番见解。我正想听听呐！"

杜若："六公子，说来说去，就是那么几条：第一，开梁公坝坏了风水，败了伯渎米市，那是旧话重提；第二，在北塘——三里桥强购民田，巧取豪夺，这是无中生有；第三，逼死张寡妇，人命关天，其实是栽赃陷害；第四，贿赂洋人，篡改铁路路线。这一条根本不要理它！”

施嘉珉笑了：“叫你这么一说，我倒是可以高枕无忧，稳操胜券了。”

杜若：“那也不是。我这里从情理上讲的。打官司就不同了。这次和上次又不一样，起码有三点……”

绿娘又从门上迎进了朱礼甲。施礼后，大模大样地在靠背椅上落座。

施嘉珉：“这些天城里很热闹，礼甲先生睡得可好？”

朱礼甲接茶：“还好。只是昨夜做了个梦。”

施嘉珉：“不会是好梦吧？”

朱礼甲：“嗯，不好。”盯了施嘉珉一眼，“不过……还是逢凶化吉、遇难呈祥了。”意味深长笑了笑。

杜若：“礼甲先生可以道破天机吗？”

朱礼甲：“且慢，我倒要听听杜若姑娘的高见。这三点不同是……”

杜若：“我就放肆了。反对开梁公坝的，主要是伯渎人。全城商界缙绅，事不关己，并未参与。而这次地产官司，全城商贾士绅都已连成一片，这是第一。开坝有朱县令做主，背后还有个程老爷。现在朱良正走了，程木翰也变了，阵势就不大一样了，这是二。北塘——三里桥地主终于发现卖地吃了大亏，虽有契约为凭，如今利益攸关，当然要出来拼命。”

朱礼甲一拍手掌：“果然是女中须眉，讲得十分透彻！”转对施嘉珉，“现在全城已形成了一股绅商联合势力，既有官势，又有财势，他们分三路去找三个老头子，让常州府、江苏巡抚、两江总督对施家形成泰山压顶之势。光是上下打点的费用就带了十万两银子，这还不包括给主事大员的馈赠。最可虑的是江苏巡抚瑞征，他的亲信顾师爷是赵伯夫的老朋友。赵少夫已经带着大宗银两找他去了……”

施嘉珉：“那么……怎么才能……逢凶化吉、遇难呈祥呢？”

朱礼甲：“程木翰那里，没有回旋余地了？”

施嘉珉：“我想是的。”

朱礼甲：“令尊大人会出面干预吗？”

施嘉珉：“不会。老爷子从来怕事，我的所作所为，他不以为然。”

朱礼甲：“那么，局势是够严重了。……可是……有一个人可以化解。”

施嘉珉：“谁？”

朱礼甲：“袁宫保！”

施嘉珉：“袁世凯？”

朱礼甲：“两江几位总督，都与袁公有关。现任江督张人骏，同袁公是儿女亲家。六公子你不乏官势、财势，如果能假袁公之手，抓住这个举足轻重的老爷子，督抚起码不会干预这场官司，其结果仍将是不了了之。”

施嘉珉：“袁世凯远在彰德，家父虽与袁公同属北洋出身，却并无深交，再说……”

朱礼甲：“唉！公子是个聪明人，怎么也迂啦？”

杜若叫起来：“是啊！六公子！寒云馆主不是你的至交吗？”

施嘉珉陡然兴奋起来：“袁克文！？等等，我想想……今天是八月初六……有法子把官司拖延一个月吗？”

朱礼甲眯着眼盘算："一个月……很难。关键是巡抚衙门，如果发交按院提审，就讨厌了……"

施嘉珉："我们也破点财，你带十万两银子去！"

朱礼甲："这就好办些了。那么，一个月之后呢？"

施嘉珉："一个月后是重阳佳节，'经纬堂'落成，我要大办一下，再花十万银子，把寒云请来，唱一台戏！"

朱礼甲："好！一定是台好戏！无锡多年没这么热闹过啦！"起身告辞。

施嘉珉也要走。

绿娘："天黑了，这里又偏，你就不怕意外？"

施嘉珉看着她，又瞟一眼杜若。

绿娘："我可从来没留过你，今朝是为你安全。我家杜若，还守身如玉呢……"

施嘉珉："杜若是好姑娘……我晓得。"

绿娘："六公子，你说，杜若在等谁呀？"

杜若面颊绯红，转身进了里间。

施嘉珉："绿娘，杜若很纯净，有胆有识，不能委屈她。"

绿娘："六公子的意思是……"

施嘉珉："杜若不同于青楼女子，要对她一辈子负责。你说是吗？"

绿娘："六公子的话倒叫我添了几分尊敬。那么……小女的事……"

杜若在隔壁门后侧身倾听。

施嘉珉："改日再议吧！"

绿娘："也好。"

施嘉珉："我还要赶到上海去！再会。"

冯无胆家。

冯无胆从外面回来。

花月明从内间迎出来，端出小菜，摆好筷子、酒盅：

"无胆，你能陪我喝一杯吗？"

冯无胆："今天是什么日子？"

花月明："不是什么好日子。我有话要跟你说，能屈尊陪陪我吗？"

冯无胆坐下，花月明斟酒。

花月明："无胆，我在你家，不是奶妈，也不是佣人，一个人住着这个小院子，你每天睡在茶馆里……这种局面不要再继续下去了。"

冯无胆："月明，有什么打算吗？"

花月明："打算是早就有的，不过失算了。"

冯无胆："我不明白你的意思。"

花月明："夏夫人打发我来，我答应了。是因为你是个有血性的男人，一个知道疼爱女人的丈夫。我呢，粗通文墨，又能抚琴弄曲，不算俗气，至少是个能让男人动心的女人。施嘉珉又让我寒了心，因此我决心嫁给你过日子。"

冯无胆："嗯？……"不无尴尬地望着她。

花月明："我知道你喜欢我，说不定还动了心。冯无胆，我说的可是实情？"

冯无胆："月明，你叫我如何说？"

花月明："无胆，不要怕，花月明有点反常是吧？"饮干一杯酒，

“我一肚子话，不吐不快，你就让我说完吧！”

冯无胆无奈，点点头，也饮干一杯酒。

花月明：“现在看来，不仅夏夫人看错了你，施嘉珉看错了你，我花月明也看错了你。尽管我眼前出现过许许多多多情和薄情的男子……”

冯无胆举在半空的杯子停了下来，呆呆地看着花月明。

花月明：“你是个深谙进退取舍之道的男子。这是我当初忽略了的。你喜欢我，但横下一条心不要我，为了什么？”

冯无胆：“月明，你简直是在拷问我。无胆平生还是第一次被女人问得不知所措。”

花月明笑了：“其实，那答案在你心里像明镜似的。为了取一个义字，你断然舍弃了我。不是吗？”

冯无胆为花月明斟酒：

“月明，你一向温柔贤淑，没想到你还这么有心计，这么善于言辞……无胆领教了，领教……”

花月明又饮一杯：

“花月明也领教了。先是施家为了他们的利益舍弃了我，接下来，你为了一个义字又舍弃了我。花月明跟前只剩下一条路……”

冯无胆：“回藕香院？”

花月明：“再去靠卖笑为生？那还不如下地狱……”

冯无胆：“月明，你可不能寻短见哪？”

花月明笑：“我要是有勇气寻短见倒好，可惜我连死的勇气都没有……”泪下，“无胆，明天，你可以搬回来住了。”

冯无胆：“你要走？去哪里？”

花月明：“无胆，你就那么关心我的下场？”

冯无胆：“月明，听你一席话，我心里非常难过。如果是我逼着你走上绝路，我会一辈子不得安生的。”

花月明：“那么，你娶我？准备择吉日完婚？”

冯无胆：“月明，你？”

花月明：“不，你不值得为了一个青楼女子舍弃大义。否则，那就不是你冯无胆了。那么，无胆，我们就此话别？”举杯。

冯无胆：“不，你不说明到哪里去，我不放你走！”

花月明：“那又何必？喝了这杯，为了阿青在天之灵……”

上海韵楼。

情韵楼正在给袁克文剪去披肩长发，手中的剪刀忽然停下来：“六公子！”

“嘉珉！？”袁克文喜出望外。

施嘉珉：“寒云，什么时候来上海的？”

袁克文：“去年我在这里剪了辫子回到彰德，老爷子气得半死，把我关在养寿园，一定要等留起辫子才准出门见人。上个月才逃出来，这不，又自由了！”

施嘉珉：“韵楼，你把寒云的头发一剪，那辫子何年何月才能留起来？”

韵楼：“我才不要他那根辫子呐！”

寒云：“嘉珉，你该明白是何用心了吧？”

施嘉珉：“头发长不出来，就得永远留在韵楼！好厉害的主意！哈哈哈……”

寒云：“哎，你那‘经纬堂’造得怎么样了？”

施嘉珉：“重阳节落成。”

寒云：“哦，那我们可要去瞧瞧！”

施嘉珉：“好！我正是来请你们的。”

韵楼：“到无锡登惠山游太湖，太好啦！”

施嘉珉：“不光请你们去玩，还要延请上海名伶名票去唱一台戏。”瞟了一眼寒云。

袁克文戏瘾上来了：“有没有我的角色？”

施嘉珉笑笑：“哈！我娘还要跟你同台演出呐！”

袁克文几乎跳起来：“跟红豆馆主一起唱戏？哦！那可是我多年以来梦寐以求的事情。嘉珉，你真是个有心人！”

施嘉珉：“这不，有心人来请有情人啦！”

袁克文：“那我明天得去拜访红豆馆主，商议一下，拿一台真正的拿手好戏，省得到无锡丢丑哇！”

苏州顾公馆。

江苏巡抚藩司师爷顾青卫正在请赵少夫吃饭。

顾师爷：“诉状、禀帖，我都看了。施家做的事，的确过分。”

赵少夫：“巡抚大人发话了吗？”

顾师爷呷了口酒：

“唉，府上与瑞大人老交情了。我与令尊是换过帖子的。府上的事就是顾某的事。可是小老兄对官场还是知之不深噢！”

赵少夫：“这正是小侄要向顾师爷讨教的了。”

顾师爷：“你知道！巡抚以下有藩司，管民事纠纷；还有个臬司，管刑事案件。你们这件事，恰在两可之间。当事双方又都有势力，谁接管谁烫手。可案件有油水可捞，藩臬两司都想插手。小世兄明白我的意思了吧？所以，无论哪头办，两边关系都得走通。不然，藩司做文章，臬司唱反调；臬司承办，藩司作梗。好比一锅饭，水火不济，烧夹生了，就不好办啦！”

赵少夫明白是银子问题：“顾老爷德高望重，各衙门间的周旋，一切拜托了。”

顾师爷淡淡一笑：“还有一层：苏州有江苏藩司、江苏臬司；南京有江宁藩司、江宁臬司。后者隶属两江总督，与江苏藩臬职权界限不清。同一桩案子，江苏可办，江宁也可办。小世兄明白我的意思了吧？”

赵少夫：“师爷是说，无论哪一头办，两头门路都得走通？”

顾师爷点头：“否则，江苏衙门的结论，江宁可以推翻；江宁衙门的处置，江苏也可以顶着不办。比如叫花子在火堆上烧鸡，只烧熟一半，另半边是生的，还是吃不得呀！”

赵少夫：“顾师爷一番议论，极为透彻。小侄茅塞顿开，今日方知官场内幕。”

顾师爷：“不然。方才只是泛泛之谈。再深说一点……”呷一口酒。

赵少夫倒吸一口冷气。

顾师爷：“小世侄可知两江总督张人骏何许人？与施裕同、袁世凯有何关系？”

赵少夫一筷子鱼挟到嘴边又放下来：

“施裕同曾做过李中堂幕僚……”

顾师爷：“张人骏那时也在李鸿章手下，是同辈，都属北洋系统。张人骏跟袁世凯又是儿女亲家。小世兄明白我的意思了吧！”

赵少夫神情黯淡。

顾师爷：“如果此案交给江宁藩臬，张人骏一发话，岂不就棘手啦！因此，此事不做则已，要做就要抢在江宁前头！”

赵少夫：“顾老爷说得极是，小侄一定抓紧。但不知打通这几家衙门，共需多少银两？”

顾青卫郑重伸出右手掌翻一翻。

赵少夫："十万两？"

顾青卫："恐怕少不了这个数。哦，还有……"

赵少夫："只要能打赢官司，顾师爷只管说。"

顾师爷："呃，这个……一件私事，与官司嘛……并无直接关系。"

赵少夫："请讲。"

顾师爷："贱内过世三年多了，我想要个填房。不知船娘杜若……可曾许配人家？"

赵少夫："顾师爷，请放心，十万两银子，我立即回去筹措；至于杜若那里，以家父在无锡的影响，去提个亲，恐怕是不会驳他的面子的。"

顾青卫："那当然！请小世兄向老先生致意，赵家的事就是我的事，也请转告老先生放宽心，我顾青卫办过的案子不少了，还从未有过闪失呢！"

这几句话使少夫精神振足些了，将杯中酒一饮而尽，给顾师爷递上一个红封套："不成敬意的。"

顾师爷从封套里抽出一张一万两银票："小世兄，你太客气啦！"

上海雨园听雨阁。

袁克文兴冲冲走进听雨阁。夏雨、施嘉珉正在等候。

施嘉珉做了个请坐的手势。

夏雨欠了欠身："寒云，近来可好？"

袁克文："馆主好。"

夏雨："怎么？今儿袁二爷不给我磕头啦？"

三个人都笑了。

袁克文：“我不是说过，也把往后的礼数一总付了吗！”

施嘉珉：“到无锡唱什么戏？我娘想听听你的意见。”

袁克文：“当然是《游园惊梦》了！那是昆曲中久演不衰的剧目，而且生旦并重。我演柳梦梅，红豆馆主演杜丽娘。我可以想见那种珠联璧合的情景哩！”

施嘉珉：“哈哈哈，一想到戏，寒云多冲动！”

夏雨却笑了：“寒云好不通！要唱全本戏，该唱《牡丹亭》才是。不过我是学武旦的，虽唱过文科戏，《游园惊梦》太重，拿不下来。”

袁克文：“红豆馆主是有幼功的，文武昆乱不挡。不似我们这些半路出家的，您不唱《惊梦》，就有推托之嫌了。”

施嘉珉出来圆场：“《游园惊梦》当然是好的，但鄙人新屋落成，红豆与寒云在台上悲悲切切，哭哭啼啼，总归不妥。我倒有个主意，唱李笠翁的《风筝误》，生旦并重，净丑齐全，还是一出热热闹闹的喜剧。”

袁克文一拍手：

“施嘉珉到底是施嘉珉！好，就这么办！”

苏州府。

何一鸣：“礼甲先生请文案先生到松鹤楼便饭。”

向王文案捧上请柬。

王文案：“哦！礼甲先生来苏州了。我一定赴约。”

何一鸣走了。王文案从信封中抽出请柬，原来是一百两银票。

松鹤楼。

朱礼甲、王文案在堂倌带领下登楼、落座。

王文案：“礼甲先生难得到苏州。我是主，你是客，今天理当由我做东。”从怀中取出红封套，“你我老交情了，用得着王某处，一定照办。银子务必收回，否则见外了。”

朱礼甲：“这顿饭不客气，叨扰了。那一点小意思，贤弟无妨收下。我也是受人之托。这样，才好接着讲话。”

王文案收起封套。堂倌送来冷盘热酒。

王文案：“赵家小先生前脚走，礼甲先生后脚到。看来，仁兄是为施家办事？”

朱礼甲笑笑：“赵少夫必定是来走顾师爷门路的，不知可得要领？”

王文案：“这还不清楚。顾师爷是瑞征手下第一大红人。他同赵家交情很深，仁兄不可不防啊！”

朱礼甲：“是的，要防。”呷酒，吃鸡，压低嗓门，“王贤弟，你阿晓得施嘉珉是什么来头吗？”

王文案：“贵州巡抚施裕同的六少爷，红豆馆主夏夫人所生，不错吧？”

朱礼甲：“施六公子与袁二公子克文是莫逆之交。袁世凯与江督张人骏又是亲家。这几层关系，在朝在野，势力大哩！贤弟阿曾听说，重阳佳节是施家‘经纬堂’落成之喜，届时，袁二公子要与夏夫人一起到无锡同台唱戏哪！”

王文案：“哟！寒云馆主与红豆馆主同台演出，这倒是一大盛事！”

朱礼甲：“此事由我操办，届时一定请贤弟光临观赏。”

王文案：“多承盛情，不胜荣幸！”

气氛顿时活跃，堂倌送来松鼠鳜鱼。

王文案：“苏州松鹤楼的松鼠鳜鱼，尚可吃得。来来，请尝尝。”

朱礼甲挟了一块松鼠鳜鱼吃：

“嗯，松鹤楼的松鼠鳜鱼，果然名不虚传！”

王文案忽然停箸：“哎，有一件新闻，仁兄可晓得？”

朱礼甲：“与案子有关吗？”

王文案：“江苏巡抚要升迁了。”

朱礼甲：“喔！瑞征要升迁？调往何处？看到廷寄了吗？”

王文案：“还没有看到廷寄，可消息是从京城传来的。”

朱礼甲：“此事十分要紧，可否得到确信？”

王文案：“府衙有个小顾师爷，是顾青卫的侄子，我们处得不错，也许可以从他那里探得点消息。”

朱礼甲取出五百两银票，交给王文案：

“小顾师爷那里的打点。”

王文案：“这倒不必，会使他起疑心的。”

朱礼甲：“皇帝不差饿兵。如何出手，请贤弟斟酌便是。”

冯无胆家。

冯无胆开门：“六爷这么快就从上海回来啦？”

施嘉珉进门，在客厅坐下，冯无胆给他泡茶。

施嘉珉：“月明呢？”

冯无胆：“走了。”

施嘉珉：“走了？去哪里了？”

冯无胆：“忍草庵。”

施嘉珉：“忍草庵？烧香去了？”

冯无胆：“遁入空门了。”

施嘉珉：“什么？去做尼姑了？”蓦然站起来，愣了一阵子，“无胆是不是你把她逼走的？”

冯无胆：“六爷，这话该从何说起呢？”

施嘉珉拂袖而去。

忍草庵。

花月明长发披肩，闭眼合十，准备接受剃度。

忍草庵外。

施嘉珉向尼庵奔来，用拳头敲击庵门。

庵门打开，一老尼掩立门前：

“这位施主，有何贵干？”

施嘉珉：“我要见一个人。”

“谁？”

“花月明。”

“她正要削发剃度，此刻不能见人。”

“请让我进去！我一定要在剃度之前见到她！”

老尼突然关上庵门。

“施主有什么话，我可以带给花月明。”

施嘉珉：“请告诉她，有一个叫施嘉珉的，请她不要剃度，千万不要剃度！”

老尼：“好吧！我一定转告。”

老尼走进佛堂，在花月明耳边说了几句什么。

花月明的面部似乎抽搐了一下，皱皱眉头，缓缓地摇摇头。

老尼来到门口，启开一条门缝：

“施主，老尼万分抱歉，花月明已万念俱灰，决心永离俗界，皈依佛门。”

施嘉珉：“不，我要见她！我要见她！”

老尼：“缘分本是天定的。你们今世无缘，又何必强求？还是期盼来世吧！”

施嘉珉突然推开老尼，冲进尼庵，奔向佛堂：

“月明！不要剃度！不要剃度！嘉珉向你认罪来了！”

花月明深闭双唇，颤颤地说：“剃度吧！”

一把剪刀剪断了她黑色的长发……

施嘉珉冲进来：“不！不！！”

他被两名尼姑阻拦。

“施主，你怎么可以擅闯佛堂？”

黑色的长发哗哗落地……

施嘉珉挣开阻拦的尼姑，却又被拽住。

剃度完毕，花月明起身，悄然离去，消失在佛堂后门的庭院中…

绿娘家。

一乘暖轿停在绿娘家门口，上面下来个赵伯夫。

绿娘把赵伯夫引进客厅坐下，泡了茶水：

“赵老先生光降寒舍，真正叫蓬荜生辉啦！”

赵伯夫：“杜若呢？”

绿娘眼睛一转：“洗衣裳去了。”

内室。

杜若在绣花，侧耳倾听。

客厅。

赵伯夫：“杜若聪慧灵秀，颇有才情，要许配个好人家哟！”

绿娘：“哟，老先生日理万机，还牵记我家杜若？”

赵伯夫：“老夫做了一世生意，还从未当过月下老人哪！哈哈哈……我给杜若做个大媒如何？”

绿娘：“赵老先生，这可不敢当！万万不敢当！”

赵伯夫：“哎，我还没讲出子午卯酉来，你就左一个不敢当，右一个不敢当。不瞒你说，这门亲事，多少人想攀，还攀不上哪！”

杜若在隔壁绣花的手停了下来……

绿娘：“攀不上的，我们从不想入非非。再说，我们杜若见的多了，多少人提亲都回掉了！”

赵伯夫：“好！有眼光！这个，她就不会回掉了！绿娘，江苏巡抚衙门大不大？那师爷顾青卫权势、门第又如何？顾师爷丧妻三载，上次乘‘芳洲’游湖，杜若姑娘一曲吴歌，让他如痴如醉，至今难忘，口口声声要娶杜若做填房。绿娘！这门亲事成了，你后半世可以丢掉‘芳洲’坐享清福啰！”

杜若的绣花针刺了手，忙用嘴吮吸手指。

绿娘：“多谢老先生美意，可惜杜若没有这福分啦！”

赵伯夫：“嗨！这你就不必过谦啦！”

绿娘：“老先生，不是过谦，实在是女儿已经有人家啦！”

赵伯夫：“什么？已经许配了？哎，绿娘，顾师爷这门亲事可是不能回头的！”

绿娘：“老先生，我们这门亲事也是很难回头的呀！”

赵伯夫：“绿娘，不怕。你不好回头，我去。顾师爷的事一定要办成！”

绿娘：“只怕老先生遇到了软硬不吃的对手。”

赵伯夫："谁家？说！"

绿娘："施家。"

赵伯夫："施嘉珉？！"

绿娘含笑点头："老先生，不晓得你阿有啥个好办法？"

无锡废园。

杜若拎着一只红漆竹幢跨进废园。

斜刺里闪出个何一鸣：

"杜若姑娘到废园，少见得很。"

杜若瞟了他一眼，径自朝里走。

何一鸣："是不是来看施公子的？还带来了好吃的？阿能给我开开眼？"欲掀竹幢盖子。

杜若："喂，都说你是赛时迁，你还真是贼性难改噢！"

何一鸣："哎哟，这就叫我难为情了。其实，我早就改邪归正啦！"

说话间，已经来到客厅外。

李福臣已闻声出来：

"噢，杜若姑娘来啦！一鸣，没你的事了。"

何一鸣做了个鬼脸，退下。

李福臣："是不是来望望施公子的？"

杜若："姆妈做了几只青团子，让我送给他换换口味的。"

李福臣："噢，朱礼甲正在谈打官司的事，好像还满吃紧的。姑娘是不是有事要跟六爷讲？"

杜若欲语又止："他正忙，那就……改天吧，就说我姆妈望望他，请他空下来过去坐坐。"

李福臣："唉，六爷那天从忍草庵回来，一连睡了几天，饭也不吃，人也不见。要不是朱礼甲硬闯……”

杜若：“李总管，忍草庵怎么回事？”

李福臣：“你不晓得？花月明到那里削发为尼了呀！”

杜若：“什么？她做了尼姑？这是为啥？”

李福臣：“必定是滚滚红尘里，没有她想要找的东西了……”

杜若：“唔！……”沉思，“李总管，我走了。”送过红漆竹幢。

李福臣：“多谢姑娘的青团子。六爷从小就喜欢吃，说是有一股特别的清香……”

杜若向废园外走去……

绿娘家。

杜若径自回到自己房里，从墙上取下洞箫，幽幽地吹起来。

绿娘跟进来，看着她的一举一动：

“哎，见到施公子了吗？你怎么不讲？你倒是说话呀！”

杜若顾自吹箫，神情惆怅……

绿娘：“哎，在米蛀虫面前牛皮已经吹出去了！这可不能寻开心的！你看，我把当年的嫁妆都从箱底翻出来啦！”

杜若陡然停止吹箫：

“姆妈，季子回了日本，花月明做了尼姑，我要是进了施家，会是什么下场？”

第十四回

苏州火车站。

赵少夫从火车站出来。

何一鸣发现了他，便远远地跟在后面。

赵少夫登上一辆马车。车夫驱车而去。

何一鸣叫了一辆黄包车，尾随其后。

烟馆里。

杨德明、朱礼甲相对而卧，边抽边谈。四周烟雾缭绕、晦暗窒闷。

杨德明：“顾青卫这个绍兴师爷真正是只老狐狸……”

朱礼甲：“你可找到了对付老狐狸的办法？没有消息，我们没办法下手呀……”

杨德明：“唉，巡抚、藩司都是老狐狸的一统天下，案子进展情况一点都打听不出来，竟给那老东西搞得点水不漏……”

朱礼甲：“喔！这可不妙……不妙！”

王文案撩起门帘进来，在朱礼甲背后躺下，点烟泡，似在自言自语：

“……小顾师爷已经去找过老顾师爷……”

朱礼甲转过身来，两个人脸对着脸：

“端征升迁，是否确实？”

王文案：“顾青卫说没听说过此事。”

朱礼甲：“哦？”

王文案：“老师爷还一再追问小师爷，消息从何而来？”

朱礼甲：“嗯……我看老狐狸已经知情，一再追问，不过是怕走漏了风声……”

王文案：“或许吧……”翻过身去，抽了两口烟，起身去了。

何一鸣撩帘近来，直奔朱礼甲，俯身耳语：

“赵少夫又来了。”

朱礼甲：“去了哪里？”

何一鸣：“顾公馆。”

朱礼甲：“哦！一鸣，从现在起，你守在阊门外官道上，一时一刻不能离开，晚上不能睡觉，廷寄一到立即告诉我！知道什么是廷寄吗？”

何一鸣：“在京城见过，是朝廷传递文书用的。要是情况紧急，就用六百里加急，马不停蹄，日夜兼程，在驿站换马都不能有片刻耽搁。”

朱礼甲：“哦，看不出，‘赛时迁’还很见过世面！那么，你去吧！”

顾公馆书房。

顾师爷：“小世兄辛苦啦，老先生身体可好？”端起茶杯，掀开杯盖，吹了吹茶叶，瞥了少夫一眼。

赵少夫欠了欠身："家父经此打击，身体大不如前。但听到有顾老爷在省里主持，精神好了许多。"取出一个红封套，递给顾师爷。

顾师爷抽出一看，是一张五万两的银票。

赵少夫："一时间调度现银有些困难。家父说了，少则十天，多则半月，一定把余数奉上。"

顾师爷："提亲的事进展如何？"

赵少夫面有难色："家父已经去过，没想到那杜若已经许配了人家……"

顾师爷："什么？就这么巧？许了谁家？"

赵少夫："贵州巡抚施裕同施大人的六公子施嘉珉。"

顾师爷："哦？是这样……请转告令尊大人，那五万两银子日内补齐。官司能否打赢，顾某很难打保票，碰碰运气吧！唉！"冷笑，站起身来，"今天还有点公干，少陪了。"

赵少夫额头上津出了汗珠……

烟馆内。

朱礼甲霍地从烟榻上坐起来：

"赵少夫为何来去匆匆？"

杨德明傍他耳边：

"我看是凶多吉少。"

朱礼甲侧目："你讲这话，可有根据么？"

积余堂赵府。

赵少夫灰溜溜地从外面回来：

"爹爹，我回来了。"

赵伯夫：“顾师爷可有什么口风？”

赵少夫颓然坐下：“五万两银票倒是收下了，可是听说提亲未成，面孔就变掉了，让当即补齐十万两，官司输赢只能碰碰运气，整个换了一副腔调。爹爹，我看就是再送五万两银子说不定白白塞了狗洞……”

赵伯夫：“少夫，苏州一行，你竟然这么灰心？”

赵少夫：“世态炎凉人面兽心，爹爹，苏州那里，你就是用棒子打，我也不去了，决不再去了！”

赵伯夫哈哈大笑：“少夫，你毕竟阅历太浅，对商场、官场中间的明争暗斗、尔虞我诈知之甚少。你要他助你一臂之力，光靠朋友交情就行了吗？而今，天下人无利不起早，谁不把实利放在第一位？你有机会领略一下个中滋味，未尝不是件好事。”

赵少夫：“爹爹，一场十拿九稳的官司，现在已是危如累卵了呀！”

赵伯夫：“哦，少夫，在你看来是到了山重水复的绝境，在我看来，倒是柳暗花明，胜算在握了。”

赵少夫：“爹爹，我怎么越听越糊涂啦？”

赵伯夫洋洋得意地举起一封信：

“看了这个，你就不糊涂了。”

赵少夫接过信：

“卜北固从广东写给施嘉珉的信？”

卜北固画外音：

“嘉珉仁兄如晤：梁溪一别，倏忽两载。弟来南方后，耳濡目染，胸襟大开。中山先生倡导的国民革命，已成大潮，澎湃宇内。满清皇朝病入膏肓。望吾兄认清大势，在无锡能联络同志，唤醒民众，鼓吹革命，迎接共和……”

赵少夫大惊："爹，你是怎么弄到手的？"

赵伯夫："带信的人，只要千两银子。少夫，这才叫有钱能使鬼推磨呢！施嘉珉，这下我看你能不能跳出我的手心？"

赵少夫："爹爹，你打算怎么办？"

赵伯夫："把信交给顾师爷呀！"

赵少夫："不！这可不行！"

赵伯夫："为什么？"

赵少夫："这可是几条人命，你千万不能把它交出去！"

赵伯夫："傻儿子，你心肠太软啦！人家倚仗官势财势，明里暗里，文的武的，无所不用其极，为的什么？为的千方百计要我们赵家家破人亡！在这一点上，我倒是佩服合肥小儿施嘉珉的胆识，他懂得什么叫无毒不丈夫！"咕噜咕噜吸过一筒水烟，"儿子，在这方面，你该跟施家六公子好好学一学！"

绿娘家。

两顶暖轿停在绿娘家门前，赵伯夫、顾青卫从轿子上走下来。

绿娘从门里迎出来：

"贵客盈门，有失远迎啦！"把顾师爷、赵伯夫迎到客厅里，泡了茶，"师爷和老先生是不是船菜吃出味道来了，今朝又要办一桌？"

赵伯夫笑了："船菜要吃，小曲要听，好事嘛……也是要办的。"看了看顾青卫，两人嘿嘿地笑了。

顾青卫："怎么没看到杜若姑娘？"

绿娘："受了风寒，在床上睡了好几天了。"

赵伯夫："绿娘，上次我跟你提的那件事，你们母子俩是否重新斟酌过啦？"

绿娘："绿娘寡居多年，身边只有一个小女，又是娇宠惯了的。请老先生宽限些时日，好吗？"

赵伯夫："那么，是杜若姑娘举棋不定，还是施六公子不愿退亲？"

绿娘："这个嘛……"

顾青卫："哦，绿娘，能否请姑娘出来小坐片刻，我有一件东西请她看看。"

杜若从里面出来：

"杜若失敬了。师爷有何见教？"

顾青卫嘿嘿一笑，把卜北固写给施嘉珉的信拿了出来并念出声音。

绿娘大惊，杜若失色。

绿娘："天哪，这是犯杀头罪的呀！"

赵伯夫："施嘉珉已是个难逃死罪的人，杜若姑娘愿为他终身守寡么？"

杜若："老先生的意思是……要我高攀顾师爷？"

顾青卫："何谈高攀？何谈高攀？……"

杜若定了定神，转而面向绿娘：

"姆妈，我嫁给师爷，你看行吗？"

绿娘立即捂女儿额头：

"哎呀，你热度这么高，等烧退了，我们再从长计议吧！"

杜若："姆妈，我烧没退，脑筋还是满清爽的。这婚姻大事，关系女儿的一生，你总该听听我的意见。"

绿娘："等客人走了，我们再慢慢地谈，阿好？"

杜若："不，现在谈。当着老先生和师爷的面，姆妈，我看，就嫁给顾师爷吧！"

赵伯夫、顾青卫大喜。

绿娘瞠目结舌：

“……啊呀，女儿，你烧得烫人！这种话不好信口开河的呀！”

杜若：“不是信口开河。就这么定了。”

赵伯夫：“杜若姑娘爽脆煞啦，果然是女中须眉。顾师爷，恭喜你啦！”

顾青卫乐得合不拢嘴。

绿娘却如遭晴天霹雳。

顾青卫施礼：“晚生拜过泰山！”朝门外喊：“把聘礼送进来！”

早有两个差役手捧红绸覆盖的聘礼从门外进来，将聘礼放在堂屋八仙桌上，随即退下。

赵伯夫抚掌大笑：

“好，好！真是天遂人愿，天遂人愿！”

杜若：“慢。我的话还没讲完。”

赵伯夫：“姑娘请讲。”

杜若：“我有一个条件。”

顾青卫：“十个条件也不为过。青卫照办就是。”

杜若：“照办吗？”

顾青卫：“大丈夫一言既出，驷马难追。”

杜若：“把信给我。”

顾青卫：“喔……那信，一文不值，你要他做什么？改天，我再派人送五千银票给泰山颐养天年，嫁妆所须花费均由我来开销……杜若姑娘，这样安排……你可满意？”

杜若：“这些都不必了。我只要那封信。不然，”拔出匕首，“我是不会跨进你顾家门槛的！”

赵伯夫吓了一跳：“不可不可……”

顾师爷："姑娘，这种玩笑可是开不得的。"

杜若："我说到做到，到时我娘告你个逼死民女，也够老爷消受一阵子的啦！"

赵伯夫："可杜若姑娘，这信给了你……岂不是死无对证啦！"

顾青卫："对杜若姑娘，我们都深信不疑。不过，总要有个两全之策才好。"

杜若："也好，迎亲那天，烧掉那信，我才上花轿。"

顾青卫："一言为定？"

杜若："一言为定。"当的一声将匕首扔在桌上。

绿娘送走客人，关上大门，来到房里，见杜若倚在床上绣着那条汗巾。

绿娘："孩子，你为啥要毁了自己嘛！"心疼地把杜若搂在怀里，泪如雨下。

积余堂赵府。

赵伯夫给顾青卫捧上水烟袋，递过媒子：

"青卫，把信烧掉，那官司输与赢就在两可之间了呀！"

顾青卫吹着媒子，瞟了赵伯夫一眼：

"嗨，我的媒人！有我顾青卫，官司还怕打不赢吗？"

四目相视，会心一笑。

赵伯夫将一张五万两银票递过去：

"五万两，一切拜托。"

顾青卫："世兄尽可放心。藩臬二司已打过招呼，江宁方面，立即派人去打点。你在无锡坐等好消息吧！"

无锡废园。

朱礼甲在即将修缮施工的花厅里找到了施嘉珉。

施嘉珉："礼甲先生，官司吃紧，你怎么不盯在苏州？"

朱礼甲："我已关照何一鸣，日夜盯着六百里廷寄。现在，唯一的希望都寄托在瑞征大人早日升迁。他一走，官司就不了了之了。"

施嘉珉："他不走呢？莫非我们还要坐等吃瘪不成？赵伯夫的银子派用场，我们的银子也不是破铜烂铁啊？"

朱礼甲："六公子有所不知。最近，赵伯夫给顾师爷做了一桩大媒。江苏巡抚那里，有多少银子也塞不进去啦！"

施嘉珉："什么？赵伯夫做媒？顾师爷要娶小妾？"

朱礼甲："不，是续弦。六公子知道那填房是谁吗？"

施嘉珉："谁？"

朱礼甲："远在天边，近在眼前，无锡城太湖边，一个敢做敢当颇具才情的姑娘……"

施嘉珉："到底是谁呢？"

朱礼甲："熟透了的，说出来你会大吃一惊的……"

施嘉珉："礼甲先生，你是说……"

朱礼甲："不错，六公子，朱礼甲本是最能识人的。这次我确确实实看错了这个小小杜若。"

施嘉珉："不！这不可能！肯定是谣传，是有人往杜若身上泼脏水………"

朱礼甲："六公子，迎亲的日子都定下来了。'芳洲'已经不接客了，绿娘正给女儿忙着办嫁妆哪！"

施嘉珉："哼！真是滑天下之大稽！"气呼呼地走出花厅，向废园外走去。

绿娘家。

绿娘开门：“六爷！你在忙大事，怎么有空到寒舍来？”

施嘉珉径自穿过庭院，到客厅坐下：

“绿娘，今天我登门拜访，也是为了大事。”

绿娘敬茶：“唔？啥个大事？”

施嘉珉：“终身大事呀！日前你对我说，杜若为我守身如玉，我十分感动。施嘉珉虽然风流倜傥，还从未动过杜若的脑筋，因为我把她看作太湖的莲荷，清清白白，不是明媒正娶就委屈了姑娘。上次你提及亲事，当时正忙着官司和大庆，商定改日再议。今天，我就来郑重地提出此事，请绿娘给我一个答复。可以吗？”

绿娘：“六公子，这……太突然了。”

施嘉珉：“很突然吗？还是在这几天里，有了什么突然的变故？”

绿娘：“赵伯夫先生两次来提亲，实在却不过情面，就……”

施嘉珉：“就答应了？嫁给谁？”

绿娘：“顾青卫，顾师爷！”

施嘉珉：“那么，我恭喜绿娘要做泰山啦！杜若呢？我也要当面恭贺她呀！”

绿娘：“杜若受了风寒，发烧不退，睡了好几天了……”

施嘉珉：“哦？是卧病不起，还是无颜见我？”

里间。

杜若在床上躺着，眼角的泪已润湿了绣枕。

绿娘：“六爷，事已至此，一切的话都是多余的了。”

施嘉珉：“是吗？哦，是的，是多余了……多余了……。多年来，我把你们母女当作知己，当作可以说说心里话的人。除了没有迈出那步，我把‘芳洲’，把这里，当作是一个家，一个灵魂可以得到休息的去处。杜若对我有情有意，我对杜若也深深依恋，但我不忍心动她一指头。或许，我过于珍惜这种感情了，才一直没有说穿它，就像不愿意把一个美梦在光天化日之下变得很实在、很世俗一样……我心里只保留了这么一座神圣的殿堂，现在，它竟然在一夜之间坍塌了，莫名其妙地坍塌了。绿娘，这是为什么？杜若，你能不能从病床上爬起来告诉我，这到底是为什么？”

里间。

杜若已哭得泪人似的，却不愿放声，用牙齿咬着被头。最后，双手捂住了颤抖不已的嘴唇……

杜若的眼睛冷静而苦涩。

她凝眸不动，望着卜北固给施嘉珉的信，望着它被红烛点燃，烧成灰烬……

然后，她掏出一块绣着白藕、红菱、鸳鸯戏水的汗巾交给绿娘：

“姆妈，过几天你把他交给六公子，就说杜若永远铭记他的一番真情。杜若，也已经力所能及地……回报了他。”

绿娘：“孩子，到了顾家，好比进了虎口，你要自己保重……”泪下。

一阵鞭炮在门前响起。

盛装的杜若被迎出大门，上了花轿。

彩轿前呼后拥，浩浩荡荡，一路鞭炮，穿过无锡城。

妇孺老者争相观看。

彩轿路过废园。

轿帘掀起一角，杜若向那里投去深深的一瞥，放下帘子，从怀里拿出一把剪刀。

鞭炮震天，红色的纸屑纷纷飘落。

苏州城。

鞭炮震天，彩轿穿过大街小巷。

鞭炮的红屑飘飘落下，像红色的雪片。

彩轿下面红色的血滴洒在石砌的路面上……

红屑飘飘……

血滴斑斑……

顾府。

彩轿停在顾府阶下。

轿帘撩开，只见面色苍白如雪的杜若安详地端坐在那里。

“新娘，请下轿了！”

杜若扑面倒下。脚边是一把带血的剪刀。

“新娘寻短见啦！”

看热闹的挤来拥去，顾府门前一片混乱。

废园，夜。

施嘉珉在灯下挥笔疾书一首题为《哭杜若》的长诗。

写到痛处，一滴滴泪水洇湿了诗笺……

太湖。夜。

月照残荷，波光如银。

“芳洲”泊于湖边，湖水轻拍画舫……

施嘉珉一身缟素，把酒洒向太湖，又将《哭杜若》的诗笺点燃，任灰烬随风飘向湖面……

绿娘从船舱里出来，将汗巾捧给施嘉珉：

“这是杜若上轿前留下的，她说，她永远铭记你的情意，她会力所能及地回报你……”

施嘉珉黯然，颤颤地捧起汗巾：

“杜若，你受了满肚子委屈，一句都不肯表白……”

绿娘：“你走后，她哭了一夜，直到天亮。这孩子从小到大没这么痛哭过。”

施嘉珉扑向船舷：“杜若，你如果在天有灵，请你一定要等着我！施嘉珉百年之后，到了冥界，也要找到你，娶你为妻！”伸出双手，少顷，垂下头去，到船舱中拿起洞箫，幽幽地吹起了小曲。湖上似乎又飘起杜若的歌声，似远似近，若有若无：

无锡景顶数太湖好，
鼋头渚飘出小画舫；
昨日仔一夜风卷雪，
今朝里半城梅花香……

绿娘哽咽……

施嘉珉放下洞箫，走到绿娘面前：

“……从今往后，我要像亲生儿子一样侍奉你，给你养老送终。娘，请受儿子一拜！”

施嘉珉长跪不起。

绿娘抖抖地蹲下身抱扶他，两人这才放声痛哭起来……

苏州阊门外官道。

黎明时分，正在打盹的何一鸣被一阵急骤的马蹄声惊醒。

一乘飞骑，通体流汗驰进阊门，直奔巡抚衙门……

客栈里。

何一鸣摇晃正在熟睡的朱礼甲；

“礼甲先生快起，六百里加急廷寄到啦！”

朱礼甲翻身起床：“是六百里加急，你没看错？”

何一鸣：“没错！那马儿通体流汗，进了阊门就直奔巡抚衙门去啦！”

朱礼甲：“快去巡抚衙门探听。有了消息马上告诉我！”

何一鸣刚走，杨德明匆匆进来：

“礼甲先生，革命党举事，南方几省不稳，瑞征升调湖广总督，奉旨即刻起程。”

朱礼甲抚掌大笑：“天助我也！天助我也！”手一挥，“杨德明，带上何一鸣逛逛观前街、玄妙观，明朝回无锡！”

积余堂赵府。

赵伯夫像热锅上的蚂蚁。

“瑞征升迁，顾师爷必走无疑。那十万两银子丢在水里连个水泡都没看见嘛！”

赵少夫：“爹爹，事已至此，你就不要再动肝火了，还是身体要紧。”

赵伯夫：“无锡的天下给施家夺了去，要一副好身体又有何用噢！”颓然坐下。

赵少夫："爹爹，为了官司，钱也花了，人也死了，机关算尽，狗洞塞遍，到头来还是山重水复，茫无头绪。反正坝也开了，地也买了，谁也不能挽狂澜于既倒，不如偃旗息鼓，鸣金收兵吧！"

赵伯夫："唉，你叫我怎么咽得下这口气嘛！"

家人进来："老爷，苏州电报。"

赵少夫接过电报，翻书译电：

"顾青卫留任江苏巡抚藩司首席幕僚。"

赵伯夫蓦然起身，夺过电报，看了一遍："好，好！这一下真正是柳暗花明了，我要亲自到苏州去找顾青卫。换帖弟兄毕竟是换帖弟兄嘛！"

苏州浴室里。

朱礼甲光着身子，下身盖一条浴巾，躺在藤塌上悠闲地喝着茶。

藤塌边，一个中年人坐在凳子上为他修脚。朱礼甲舒舒服服地闭上了眼睛……

何一鸣从外面进来，东张西望，发现了朱礼甲，立即奔过来：

"礼甲先生，事情有点不妙……"

朱礼甲："大局已定，有何不妙的？"

何一鸣："顾师爷没走，留下来做了首席幕僚。"

朱礼甲蓦地坐起来，脚被修脚刀扎了一下：

"呦——喔！"深深皱起了眉头。

何一鸣："礼甲先生，明天还回无锡吗？"

顾府。

赵伯夫一踏进客厅就拱手祝贺：

"恭喜、恭喜！"

顾青卫：“仁兄亲临，不会就是为了恭贺我留在苏州的吧？”

赵伯夫：“当然是为了跟施家的官司。有了你，还怕打不赢吗？”

顾青卫：“可是仁兄，一朝天子一朝臣，瑞征把原来的班子带走了一半，其余作鸟兽散，各奔东西了。这么一来，一切都要从头开始了呀……”

赵伯夫：“那十万两……前功尽弃了。那么从头开始，还须花费多少？”

顾青卫：“新班子面生得很，要打通关节更难了。”

赵伯夫：“哦？请师爷给个数。”

顾青卫将巴掌翻了三番。

赵伯夫的视线被巴掌牵动了几下后呆滞在那里：

“……十、十五万两？”

赵伯夫张开嘴半天也合不拢。

冯无胆家。

冯无胆开门进家，家里空无一人。

八仙桌上没有小菜，厨房灶间没有烟火。

他从碗橱里拿出一盘卤汁豆腐干、一盘烧鸡，切了两只西红柿，抓了一把长生果，便在八仙桌前坐下来准备喝酒。

听到敲门声，他便穿过天井去开门。

赵少夫立在门外：

“冯二爷，我来你家，你没想到吧？”

冯无胆：“是的，我很意外。”把他让进门来后关门。

赵少夫：“我也没想到，可还是来了，而且是瞒着家父来的。”

冯无胆：“小先生请坐。”看着桌上的菜，“我去买点熟菜，请稍候。”

赵少夫：“不必了，这就蛮好。”

冯无胆坐下，斟酒：

“那就剥剥长生果吧……”

目光相遇，都感到有些局促。

赵少夫：“冯二爷，我们虽有些误会，可我一直把你看作朋友，比如这次要回北门的地，其实只是为了建一个加工区，实现我多年来发展粮食工业的抱负。打官司是出于一时激愤。原以为省里有人，结果还是结结实实上了一当。现在我才明白自己太迂了，对官场的黑暗竟一无所知……”

冯无胆：“我们边吃边谈吧！”抓一把长生果放在赵少夫面前，“实在不成敬意……小先生讲的全是推心置腹的话，没把我冯无胆看成外人。说实在话，这场官司打下去对施、赵两家都没有好处。冤家宜解不宜结。这冤已经结下了，还结得很深，解起来就不大容易。这里面一层是地产。总要施家做出点让步才有了结的可能。为了小先生，我可以出面斡旋。但如果伯渎的店家、北塘的地主都要倒算，那就肯定谈不拢。另一层是人情。这在施家并无成见。施家买地，赵家伤了心，丢了面子，非要拼个你死我活，你说是不是呢？”

赵少夫：“二爷，有你这几句明白话，我们干一杯。”

两人一饮而尽，却都不知酒味。

冯无胆：“小先生，你在老先生面前，恐怕还能做得三分主。我呢，身份不同，不是当家做主的人。但不管往后会怎么样，你我都把对方当朋友待，总是有好处的。”

赵少夫：“你说得对呀！我今天就是为这个来的！上台容易下台难，弄得不好，你我也会身不由己地变成生死冤家呢！”

赵少夫杯子举在半空却不喝，苦笑了一下：

“冯无胆，你我都是前台穿袍带靠的杀手呀！”

冯无胆："那就更须刀下留情啦！"

赵少夫："朱礼甲心术不正，你可要防他。"

冯无胆："不妨，我应付得了他。"

两人对视，都在对方眼睛看到了一个"诚"字，笑了笑，一饮而尽，气氛顿觉轻松。

冯无胆："既要找回面子，又要找回地产。本来就不容易。所以一定要讲分寸。这里面，老先生的态度至关重要。眼下，朝廷把兵权交给了袁世凯，袁二公子与施六公子情同手足，这你是有数的。老先生那里，你不妨提一提。经纬堂落成，袁二公子专程来无锡唱戏，个中关系，可以想见，更不可忽视啊！"

赵少夫："其实，家父做了一世生意，这些关系他是一看就懂的。只是上了年纪，又吃了大亏，难免固执些。有一个人跟施家、我家都交往很深，他在父亲面前说句话……肯定是灵的。"

冯无胆："是周介卿吧？对了！打官司用不着他，息事宁人可少不了这位总经理了！小先生，在金融业里，我们是拴在一条绳上的蚂蚱哩！"

赵少夫笑了："是啊，是啊，你我一直合作得很默契，金融方面，我们还可以携起手来，做一篇大文章！"

冯无胆笑而不答。

几艘载着雕花家具、书画古玩的大船鱼贯航行在无锡境内的运河上。最后一艘船上还载着英国制造的发电机。

史密斯立在船头，向北门望去：

"哦，变了，变得完全不像了！造铁路的时候，这里一片荒凉。几年时间，像从地下一下子冒出了一个繁荣的米市……施嘉珉，你可成了个大赢家！"

史密斯的后一句话切入经纬堂大厅，施嘉珉听后大笑：

“史密斯，如果你不告诉我要修建沪宁铁路，如果你不在路线图上示明我，路线将从北门通过，哦，还有一个如果，如果你不到藕香院去领教中国的茶花女，我就不会在短短几年里造就出一个无锡的外滩！”

史密斯：“这么说，你也承认大鼻子到中国来并不都是抢金夺银的喽！”

施嘉珉：“你这个大鼻子就是顶呱呱的。”

史密斯：“我要立即动手，装上发电机，通好线路，在重阳节那天，让你的经纬堂大放光明，在无锡再做一件前无古人的事，让你出尽风头！”

施嘉珉：“史密斯，你真是我的好朋友！经纬堂西侧，我造了一些西式建筑，欢迎你常常到我这里来。走，我们去看看为你准备的房间，好吗？”

史密斯随施嘉珉走出经纬堂。一路上，只见何一鸣、陈子明正指挥搬运家具，李福臣安排一应陈设。

史密斯朝正厅当中挥挥手：

“按你们中国的老规矩，那里是不是还少一块匾额？”

施嘉珉：“留在那里，等程木翰老爷题的。不知他还肯不肯？”

无锡经纬堂大厅。

大厅尚无陈设，显得空荡。飞虹社成员济济一堂，施嘉珉匆匆赶到：

“让各位久候了，恕罪，恕罪！”

薛南苓：“嘉珉，《风筝误》的班底都到了。你安排我演戚友先，戏很重呢！跟红豆、寒云配戏真怕撒汤漏水的……”

施嘉珉：“南苓说得极是。你这个副净演活了，全戏也就活了。跟红豆、寒云配戏，一是要认真，二不能晕场。做到这两条，你的戏就错不了。”

薛南苓：“嘉珉真是切中要害！我一定注意，现在担心的是嘉珉如此俊俏扮一个丑女，不知能否抹得开脸？”

施嘉珉：“那倒没什么！我最近一直在想，爱娟该怎么演。李笠翁给爱娟写的词采和宾白有些媚俗。爱娟貌丑无才，可毕竟是闺阁中人，表演上必须适可而止。不知诸位以为如何？”

潘大：“我出身科班，我以为丑就是丑，观众看戏是来买笑的，如果抹去了苏丑的长处，观众就不喜欢看了。”

施嘉珉：“李渔对净丑的科诨，主张贵在自然。我本无心说笑话，谁知笑话逼人来。这才是科诨的至高境界！”

李福臣小跑步扑进大厅：

“六爷！六爷！革命军揭竿起事，占领了武昌城啊！”

“哦？！”大厅里所有的人都目瞪口呆。

第十五回

无锡经纬堂大厅。

大厅里所有的人目瞪口呆之时，进来个冯无胆。

薛南苓立即赶过去：

“冯二爷从上海回来，可有什么消息？”

冯无胆：“待我慢慢讲。”转对施嘉珉，“六爷，雨园的古玩字画，明日随船运到。另外，我在苏州借了三条华丽画舫，初八赶到。初九游湖一定可以派用场。”

施嘉珉：“好，见到寒云了吗？”

冯无胆：“两位馆主在上海邀集了名伶名票，初七来无锡走戏。另有金融家、实业家、大买办、青帮祖师爷五十人，初八赶到。”

李福臣：“冯二爷还是讲讲南边到了什么程度了！”

朱礼甲进来：“总之一句话：乱了，乱了！乱了也于我无妨。不但无妨，官司恐怕打不下去了。”

施嘉珉会意地笑了。

冯无胆：“我在上海听说：已有十二个省通电独立，半个中国脱离满清朝廷了。看来，小皇帝的宝座是坐不稳了。”

李福臣：“贵州老爷那边可有消息？”

冯无胆：“这倒没有听说。”

朱礼甲：“朝廷可有举措？”

冯无胆：“北洋军走走停停，不肯打仗。朝廷起用袁世凯为湖广总督，并把各路军队交给他节制调遣，袁世凯声称‘足疾未愈，不能督师’，还不肯奉诏呢！”

朱礼甲用右拳一击左掌：

“哈！袁公在讨价还价。诸位看好了，数日之内，朝廷必将以钦差大臣、内阁总理大臣等要职委之袁氏。到那时，袁氏方能出山，叱咤风云，左右天下。”

施嘉珉：“礼甲先生果然料事如神。先生的预言都应验了。”

朱礼甲也颇得意：“既蒙公子夸奖，我就再放肆一下吧！袁世凯绝不是甘为人臣之辈……一旦大权在握，民军束手，定会自立皇朝，面南称帝的！”

语惊四座。

少顷，施嘉珉笑问：

“老袁做皇帝，会选寒云做东宫太子吗？”

朱礼甲：“只要袁克文收收心，就很有可能。”

施嘉珉：“好，到那时我举荐先生做东宫侍读。”

朱礼甲：“惭愧！区区以为，中国能为帝师者，第一数康南海，程木翰也不失为东宫师表。至于鄙人嘛，不过是无锡茅厕里一块石头罢了！”

朱礼甲的自侃，逗得在场者个个捧腹。

何一鸣匆匆进来，汗流满面，气喘吁吁。

朱礼甲：“你怎么回来啦？”

何一鸣："顾青卫顾师爷扣了苏州县令，反水立功，被留在程德全、程都督身边……"

施嘉珉："唔？顾师爷又成了功臣！？礼甲先生，这官司是不是又要打下去啦？"

朱礼甲皱皱眉头，淡淡一笑：

"风波又起，前途未卜，待我回去给六公子再起一卦便是了……"说罢飘然而去。

北门——北塘——三里桥。

朱礼甲着意穿戴了一番，铁灰慕本缎袍子，玄色团花马褂，黑缎瓜皮帽。

他悠悠闲闲地走出北门，穿过刚刚发展起来的北塘新街——这里，新开的米店栉比鳞次，一条条运粮船摩肩接踵，在埠头上装装卸卸。用青石砌的街面尚未完工，却见街边一块新招牌又揭开红绸子，随之响起一片鞭炮声。

在三里桥祝家弄，他找到了蒋三家。

蒋三家。

蒋三正在过烟瘾，朱礼甲走进敞开的门。

到了屋里，蒋三吃了一惊，一骨碌滚下床来：

"礼甲先生，是什么风把你给吹来啦！"

朱礼甲："闲来无事，随便走走，不想走到了三里桥，就顺便过来看看朋友。"

蒋三受宠若惊，立即端茶倒水，坚请礼甲一起上榻吸一筒。

朱礼甲迟疑了一下，还是在榻上躺下了：

"阿三，日脚过得还好吗？"

蒋三："多承礼甲先生和冯二爷关照，还过得下去。"

蒋三在太谷灯下动作灵巧地为朱礼甲打烟泡：他右手掌签，左手握住骨制小砧，边打边卷，转眼闯就打成了"黄、高、松"三字俱全的大烟泡。他旋即将烟泡装到斗门上，转过来，转过去，一面烘，一面捏，随后用热烟签在烟泡中打眼。

朱礼甲接过烟枪，闭着眼对着太谷灯吸了几口，鼓起腮玩味片刻，才深深呼了一口气，睁开眼在蒋三屋里扫视一下，不经意地：

"蒋三，你至今还住这么破的房，我可真没想到……现在倒有个机会，想不想发一笔小财呀！"

蒋三："想！怎么不想？做梦都想啊！"

朱礼甲仍躺在睡榻上抽大烟：

"阿三，我来问你：冯无胆其人，怎么样？"

蒋三："那还用说？义气人！"

朱礼甲："可是，冯二爷遇到麻烦啦。"

蒋三："这我晓得，是惹恼了赵先生。"

朱礼甲："你要是真想帮忙，机会自然有：既可解冯二爷之难，还能发一笔小财……"眼睛盯着蒋三。

蒋三："怎么帮呢？请先生讲出来吧！"

朱礼甲压低声音："冯二爷在马迹山关帝庙，跟高一刀结拜过兄弟。高一刀要是知道兄弟有难……"

蒋三："高一刀？可我……"

朱礼甲："蒋三！这件事除了你我，不会有第三个人知道。只要高一刀把赵伯夫绑了肉票，赵家就得破财，还把人情留给了冯无胆。这岂不是一石两鸟的好事？你清楚冯二爷背后是哪一个？二爷不会忘记你，六公子也领你的情，你蒋三还愁没有好日子过吗？"

蒋三还在愣神，朱礼甲起身整整衣衫，幽灵般地消失了……

崇安寺迎宾楼。

老板送冯无胆下楼。

老板："二爷一句话，又是施家的事，怎能怠慢？"

冯无胆："谢谢张老板！我们就这么定了。"

老板："初八、初九、初十我打烊三天，再找三家大菜馆的厨师，都歇了业去经纬堂掌勺，如何？"

冯无胆："到底是老朋友！我也不会亏你，打烊三天，一应费用，我包了。不让你张老板蒙受一个铜板的损失。"

老板拱手："冯二爷，真君子、真君子！有你这话，张某就是赔进血本也要把事情做得漂漂亮亮！"

经纬堂花厅。

树根做的桌椅几案苍劲古朴，别具韵致。

施嘉珉在李福臣、冯无胆、朱礼甲陪同下看一遭，施公子很满意，朱礼甲啧啧称赏。

一行人坐下后，朱礼甲拱了拱手：

"六公子，落成典礼三天的日程……"

施嘉珉："你可有什么想法？"

朱礼甲："九月初八，外地宾客到锡，光上海就有近六十人，加上苏州、常州、镇江、南京方面近百人。我已与各大客栈打过招呼，现已开始清扫粉刷，务使宾客满意。初九重阳，宾客乘画舫游湖登高。"

施嘉珉："苏州画舫能提前赶到吗？"

冯无胆："六公子放心，那是一定的。"

施嘉珉："初十是落成之喜正日，不能关起门来庆祝，一定要造成夺人的声势。福臣，电灯到时候能亮吗？”

李福臣：“初七电机试机，电线全部接通。初八晚上，史密斯先生就想试开一下……”

施嘉珉：“史密斯先生做事我是放心的。在日本，第一次见到电灯把东京照得亮如白昼，心里真像鲜花竞放……唔，礼甲先生，接下去……”

朱礼甲：“初十大庆，经纬堂正门大开，商民自由参观，一睹豪门风采。正午宴会，由迎宾楼等四大菜馆名厨掌勺。宾客共约三百，三十桌同时开筵，男宾在正厅，女宾在花厅。晚间唱戏，戏台搭在大厅前天井里，其间可容纳近五百人之众。”

施嘉珉：“嗯，这样安排我看已足以向无锡各界显示施家的实力了……各位以为如何？”

李福臣：“这样盛大的活动，不能人人都负责，总要有个牵头的人。”

施嘉珉：“嗯，是要有个总知宾。”

李福臣：“是不是就由冯二爷出任总知宾？”

施嘉珉：“我看还是礼甲先生吧！你和无胆做知宾，由礼甲先生统一安排。知宾不妨多一点。人少了，忙不过来。招待不周，捉襟见肘，就没有大家风范了。总之，场面之大，声势之壮，阵容之强，要在无锡前无古人。不要舍不得银子，都是身外之物，赚来就是为了用的。此时不用更待何日？”

冯无胆家。

女孩睡着了。

冯无胆轻轻为她盖上被，又在额上、脸上吻了两下，坐在床边端量，抬头向杨柳青遗像望去：

“阿青，孩子越来越像你，越来越像……二十年后又是个杨柳青……”

他和衣躺下，默默地望着妻子的相片，蒙胧睡去……

天蒙蒙亮，冯无胆睡得正香，一阵敲门声惊醒了冯无胆，一骨碌下床，出屋去开门。

门口站着赵少夫，脸色铁青，怒气冲冲。

冯无胆：“小先生，你怎么啦？”

赵少夫默然，把一封信递给冯无胆。

冯无胆看信，大吃一惊：

“什么？老先生被高一刀绑了肉票？”继续看信，“十万两银子，五天内赎票，还必须由我出面斡旋！”

赵少夫冷冷地看着冯无胆：

“请问：这是冯二爷的釜底抽薪之计吗？”

冯无胆一愣：“……小先生，你还信得过冯某，就请进来说话。信不过了，就去县衙告发吧，连我也告进去。”把信递过去，“喏，这是证据。”

四目相视，良久无语。

赵少夫没接信，叹了口气，走进客堂，一屁股坐了下来。

冯无胆给赵少夫泡了杯热茶：

“小先生，愿意听我几句话么？”

赵少夫：“请。”

冯无胆：“第一，暂时不要报官。”

赵少夫：“这我有数。第二呢？”

冯无胆：“叮嘱尊府上下，不可张扬出去。”

赵少夫：“这我已经安排过了。”

冯无胆：“这第三件事，就该由我去做了。”

赵少夫："冯二爷，那就多多拜托了。十万两银子，一时确实拿不出来，请先从信盛分行调度吧，兄弟不会赖账。"

冯无胆："这话是怎么讲的？高阔成要是不买面子，冯无胆倾家荡产也不能让你家出钱。"

赵少夫起了疑心："冯二爷，你好像事先已经知道？"

冯无胆："什么？你是说我冯某暗通湖匪，策划绑票，然后又站出来做好人？"

赵少夫自知失言："我……我没有……"

冯无胆呼地站起来，扯大了嗓门：

"你就是这么想的！……小先生，令尊在高一刀手里，也就是在冯无胆手里。我叫你做什么你就得做什么。我可以胁迫你退出诉讼，逼着你破财、破产，让你们赵家今生今世也不敢同我作对。你敢不依？谅你不敢！"

赵少夫跌坐椅子里面如死灰，说不出话来。

冯无胆冷静下来："小先生，府上一定很乱，你先请回吧！老先生目前没有性命之虞，你也不必焦急。至于我冯无胆何许人也，我也不想向你披肝沥胆，你总有一天会明白的。"

赵少夫缓缓站起身："那么……我告辞了。"

火车上。

夏雨望着窗外水乡景色，眉头却并没有舒开。

她眼睛里的光冷冷的，似在沉思，而且想得很深。

突然，对座一位少年启开车窗，风呼地一下吹进来，把小几上的报纸吹得飞了起来。夏雨这才回到现实中来。

无锡街头——经纬堂。

夏雨乘着一辆马车穿过无锡街市。

由青年学生、工人组成的游行队伍拥上大街，举着长条彩色纸旗和横幅标语，不时高喊口号："庆祝武昌起义成功！""拥护江苏民军政府！""共和万岁！"

夏雨冷眼望去，亦喜亦忧。

马车在经纬堂门前停下。李福臣已在门前迎候。

李福臣："夫人一路辛苦了。"

夏雨："你派人叫冯无胆立即来见我。"

走进经纬堂，施嘉珉也出来了。

施嘉珉："娘，原以为你要到端阳节前才来。这下好了，你来看看我们布置得怎么样。不合适的正好还来得及改。还有这块匾额至今还空着，程老爷那里，我不大好再去……"

夏雨："你们去吧，我有话要跟冯二爷讲。"

冯无胆已随李福臣进来，施嘉珉离去。

夏雨："陈子明可在？请他也过来一下。"

夏雨双手在胸前交叉，在厅内来回踱步。

李福臣、冯无胆、陈子明都注视着她。

夏雨："赵伯夫被绑，是非常严重的事情。把老先生接回来，这很要紧，但还不够。"忽然停止踱步，转身看着冯无胆，"必须把高阔成除掉！"

冯无胆吸了一口气。

李福臣、陈子明都惊呆了。

夏雨："我知道镖行的规矩，只要讲义气，盗贼都是朋友。可是无胆，你现在是什么样身份？今后呢？你能把赵伯夫接回来，也能不让赵家出一两银子，这都不难做到。唯其如此，你能洗得清通匪的污名吗？有这个把柄握在人家手里，你在无锡城还能站得住脚吗？”

陈子明：“无胆，夏夫人是对的。吃哪碗饭说哪行话。眼下你不再做镖师，而是代表施家在无锡置产经商，高阔成怎能再做你的朋友？”

李福臣：“用我们的手除掉高一刀，恐怕不妥。”

陈子明：“可今日手软留下后患，来日受害，悔之莫及啦！”

李福臣：“倘若人家说这是杀贼灭口，我们岂不是有口难辩吗？”

夏夫人走到冯无胆面前：

“无胆，你究竟怎么说？”

冯无胆仰起头，遇到了夏雨冷峻的目光。

冯无胆从夏雨的目光里感受到一番寒意，垂下眼睛：

“容我再想想……”

夏雨：“无胆，你一个血性男儿，今天这是怎么了？”

冯无胆：“高阔成没做过对不起我的事。绑架赵伯夫，确是惹了乱子，帮了倒忙，可在高阔成那一边，也是诚心为朋友解围呀！无冤无仇，我该如何下手？杀了他，无胆岂不成了不仁不义的小人了吗？”

夏南：“无胆，走镖的时代已经过去，你自己早已今非昔比。施家对你委以重托，不为今朝还要为明天。这件事非同小可，你不能再糊涂了！”

冯无胆：“我知道夫人的话句句在理，可是……这件事很大，做起来很难，还得……从长计议。”

夏雨：“高一刀限了五天，没有多少时间了。陈师叔，你同无胆一起商量一个万全之计出来。一定要密不透风，干净利落。事情由我们做，功劳留给县衙。这样，官府高高兴兴，邀功请赏；我们清清爽爽，再无后顾之忧了。”

冯无胆望着夏雨，好像从她身上看到了另一个从未见过的女人……

陈子明家。

李福臣、冯无胆、何一鸣、陈子明你一杯我一盏，闷头喝酒，半晌不语。

李福臣：“二爷，讲话呀……事要你来做，主意你也要出。”

冯无胆：“李总管，无胆活了半世，今朝才晓得在世上做个人，真不易！夏夫人的话，道理一点都不错。真要下手……难！可要是不下手……更难。我冯无胆横高竖大一条汉子，第一次这么优柔寡断。”

陈子明：“无胆，当断不断，反受其乱。镖行那套规矩，只为赚钱，不分善恶，原是不足为训的。高阔成横行太湖，恶贯满盈，光这几年就坏了二十八条人命，是该除掉他啦！无胆，你听师叔一句话，夏夫人说得对，大丈夫立身处世，不能糊涂哇！”

冯无胆：“师叔一番话，无胆心里亮堂了许多。”

陈子明：“好，那我们就来商量个万全之策吧！高一刀手下号称一百多人，八十支枪，靠我们几个人，不管力擒，还是智取，都难以做成。”

何一鸣：“那么用官兵的力量，活捉高一刀，岂不省掉我们许多麻烦？”

李福臣：“瞎，眼下这世道，兵匪一家。太湖上官兵年年剿匪，高一刀的队伍还不是越剿越大。”

冯无胆：“高一刀到处都有眼线。衙门一有动静，很快就能得到消息。一怒之下撕了肉票，就前功尽弃啦！不过县衙捕快班头张强还靠得住。他是我举荐的。关键时刻请他出面，照夏夫人讲的，功劳都归他，他既会严守秘密，这件事也就合法了。”

人们纷纷说：“这个主意好。”

李福臣：“可是总要有个做法呀？路数不对，一步错步步错，捉不到高一刀还会反受其害的。”

何一鸣：“哎，有了！我和师兄同去姚湾，接出赵老先生，再邀约高阔成九月初十化妆进城，出席‘经纬堂’落成庆典。只要他们肯来，敢进‘经纬堂’，伏兵四起，就都成了阶下囚、刀下鬼。”

李福臣：“你这出《鸿门宴》很大胆，还可以兵不血刃。可……不能全歼。高一刀不会倾巢而动的。那么，从此湖匪与施家结成死仇，随时都可伺机报复。不可！不能在施家动作。”

何一鸣：“李总管，你总是这也不要那也不成，你也忒仔细了！”

陈子明：“总管是对的。这么大的事，不能掉以轻心，稍有不慎，会功败垂成的。”

冯无胆：“师叔，高阔成自认为是为朋友解难，对我们不会防范的，我们尽可大摇大摆地在大白天进姚湾。送走赵伯夫，他必定挽留我们饮酒作乐。其时，由张强带领人马直发姚湾，在约定的时间，里应外合，发动袭击！”

何一鸣：“嗯，这是个好办法！”

陈子明摇摇头：“还有两处不妥：其一，官兵集结移动，很难严守秘密，一旦败露，前功尽弃。其二，即便里应外合，也有一场恶战，没有全歼把握。我想对这个办法稍加修改……”闭上眼睛，“或许可行，只是太造孽啦！按‘大清律’，强盗不分首从，都是立斩的罪名。这可是上百条人命啊！”

冯无胆家。

冯无胆、张强正在密谈。

冯无胆："老兄，你我这一搭一挡，谁都不能有一丝一毫的闪失呀！"

张强："二爷，你尽管放心，我一定小心从事。"

冯无胆："不仅要小心，还要一网打尽。否则，后患无穷。你我首当其冲。"

张强："等到酒里的药性发散了，我就神不知鬼不觉地包抄姚湾……"

冯无胆："这还不够，你从无锡出动前后，都要神不知鬼不觉才行……"

张强："我事先不透一点风，突然集中人马，先向反方向进发，到天色渐晚，再猛地调转头来……"

冯无胆："好！只要事成了，功劳都记到你头上。"

太湖。

冯无胆、陈子明雇了一条乌篷船向姚湾进发。

过了一湾又一湾。

远见姚湾。这是太湖十八湾中的一个大湾，东西十多里，人家不下五百户。

岸边，陆阿兴等早在那里迎接。

姚家祠堂。

粉墙黑瓦，前后三进，颇有一番气象。

高一刀在祠堂门口兀立等候。

冯无胆、陈子明随着陆阿兴向姚家祠堂走来。

高阔成拱手："陈师叔，无胆贤弟，一路辛苦！"

陈子明连忙拱手："不敢！我们是多年老友，理当以平辈相称。"

高阔成："那怎么行？朋友归朋友，我和无胆已结为兄弟，你当然就是我的师叔啦！"一手握住陈子明，一手握住冯无胆，大步跨进祠堂，直登大厅，落座，"他娘的赵伯夫！竟敢跟我兄弟作对，这两天大哥狠狠教训了他。无胆，赵财神这档子事，用不着你亲自来的。我们几年不见啦，大哥想你，约你来聚聚。陈师叔也来了。那是看得起俺高阔成，太好啦！"

冯无胆："大哥这份情意，不仅兄弟感激，夏夫人与施公子也看得很重，要我向大哥致意呢！"

高阔成："怎么？夏夫人到无锡了？"

冯无胆："是的。经纬堂落成了，重阳佳节要好好热闹一番哩！"

高一刀："他娘的！我还真想去看看热闹。那可是大场面，怪馋人的！可不成呀，我是强盗，不能连累了夏夫人。"

陈子明："小徒一鸣，现在何处？"

高一刀："哈哈！你那徒弟！弟兄们陪他喝了个通宵。现在还没醒呢！师叔！贤弟！难得一聚，多住几日吧！"

陈一明："老弟盛情，我和无胆今天就不走了。不过你我兄弟叙旧，还是不让赵伯夫知道为好。"

高一刀："那就先把赵伯夫送走。"

湖边。

冯无胆把精神委顿不堪的赵伯夫送到湖边，又扶他上了那条乌篷船。

赵伯夫抬起眼睛，深深地看着冯无胆，少顷，才拱拱手：

“冯二爷，承蒙搭救，我既领教，也领情啦！”

冯无胆也变得十分庄肃：

“来日方长。个中关节，老先生日后会清楚的。一路顺风！”下船。

冯无胆望着乌篷船摇橹扬帆，待船儿远去，才离开岸边。

姚家祠堂。

冯无胆走进姚家祠堂，一面走一面装作不经意地看了看前后左右。从表面上看，湖匪对他的到来是不设防的。

他一进一进院子地朝里走，一面观察着动静。

直到第三进院子，他看到一间东厢房的门启开一条缝，便轻轻推开了那扇高高的带纸糊窗格的木门。

里面没有动静。他跨进一步，眼睛左右一瞄，才放心地跨进另一只脚，随手关上了身后的木门。

他一步一步向屋角一张睡着人的大床走去……轻轻掀开蒙着头的被子…是何一鸣。他才松了口气。

他摇醒了何一鸣。何揉着眼睛。

冯无胆：“我和你师父明天回城，你要留在这里。”

何一鸣：“把我留下？”掀开被子跳下床，“让我做土匪？”

冯无胆：“有要紧事给你做，要少喝，更不能烂醉误事！”

何一鸣：“师兄，你当我真醉了？好，我给你练一套醉拳！”

冯无胆猛地拽住他的手腕，狠狠瞪了他一眼：“没醉就好。要装下去，装得像。”把他按倒在床上，重新盖上被，“你要把这里的情况摸清，还要跟高一刀手下的人混熟，特别是厨房里面的人！”

何一鸣：“做啥要跟厨房里的人……混？”

冯无胆："不要问为什么！你照我说的去做……不能出一点差错。"

何一鸣眼珠骨碌碌转了几下：

"二哥，我有点懂啦！"

太阳刚刚偏西，姚家祠堂酒宴已经开场。

高阔成捧起一碗酒："陈师叔、无胆贤弟，俺这里只有粗鱼大肉，酒可是上等的。今晚咱们不醉不散。来，为咱们多年来的友情，干了！"仰脖喝尽，酒汁淋漓。

陈子明："今晚这情景，让我想起在河南走镖那阵子。那我才真领教了老弟的仗义。"捧碗痛饮。

高一刀："好，师叔确是一条好汉！你我在河南狭路相逢，能说不是缘分？再者，我那年要是不绑了那两个盐商做肉票，要是无胆不敢冒死到寨子里来见我，我也无缘领教振远镖局的绝活'夫子三拱手'，也无缘跟无胆义结金兰。二位，谁能说这不是天意？"举碗，"为了咱弟兄们的缘分，喝了它！"又是一饮而尽。

至此，高一刀和手下的小头目们已酒酣耳热。

陈子明借着酒兴站起来：

"着！咱们就来继续这缘分如何？"

高一刀："续缘分？如何续法？师叔请讲！"

陈子明："老弟！重阳佳节你不能去经纬堂共享盛景，愚兄心里很不过意。所以，咱们来选个日子，由我和无胆做东，跟众位兄弟再热闹一场，如何？"

第十六回

姚家祠堂。黄昏。

高一刀："哦？我还不大明白，二位的东，怎么个做法？"

冯无胆："既做东，就要身在太湖，胜似无锡。把我们这里没有的东西搬过来。"

高一刀："贤弟一讲，我越发糊涂了。经纬堂断断搬不过来，无锡四大菜馆也是搬不过来的……"

冯无胆："老兄，你听着，我自有办法。崇安寺有一座菜馆叫迎宾楼，里面两位名厨，跟兄弟交情甚好。我请他们备十桌筵席，一起来此畅快一日，不知老兄和在座各位意下如何？"

小头目们一起欢呼起来：

"迎宾楼名气大得很哪！"

"能吃上迎宾楼的菜，死了也够本啦！"

高一刀："看，看！弟兄们跟我在湖上闯荡，粗鱼大肉早吃腻了，迎宾楼如雷贯耳，还真就无缘享受。今天，咱们可真把缘分又续了一回！正好，我还藏着三坛好酒，就是三年前送夏夫人的那种，如今陈了二十三年了，到时候全部喝光！”

陈子明：“那么……定在哪一天呢？初九是施家大喜的日子，初七客人就陆续到无锡了，我们初六如何？”

高一刀：“初六就初六，定啦！来，干！师叔，你不干，就是心不诚。心不诚，缘分就续不下去啦！”

陈子明：“好，我喝。”一仰脖饮尽一碗。

小头目们一片喝彩声，随即蜂拥而上，向陈子明、冯无胆劝酒。

酒阑人散，时已夜半。

陈子明已醉，冯无胆半醉。

两人飘飘忽忽回到厢房，一头倒在床上。

何一鸣却一骨碌坐起来，到门边、窗口听了听动静，还不放心，又开门出去，哗啦啦在当院尿了一泡，见周围无人，才回到屋里。

三个人的头凑在一边，嗄声说话。

何一鸣：“这里号称一百人枪，实际只有六十人，三十几支枪。祠堂里住二十几个，其余散住在湾子里。八个有家眷的住在百姓家。他们多数是当地人，跟百姓处得不错。官兵捕剿，却到处坑害百姓，所以当地人都不帮官兵的忙。他们处处有眼线，戒备并不严，警觉性蛮高，十天半月就动一次窝……二哥，不能等到初六，他们说不不定会动窝的。”

冯无胆：“要靠一样东西，药。”

何一鸣：“哦，是不是要来它个‘智取生辰纲’？那三坛酒我见过，做手脚最好在夜里……”

冯无胆摇头：“药还没配制，只能初六带过来。药何时下，怎么下，事关成败，这就要看你的啦！”

何一鸣：“我懂。”

陈子明："不能露一丝痕迹！"

何一鸣："这种药我没见过，药性如何，喝起来有没有味道？"

陈子明："量大了，酒会发浑，有一点异味……"

何一鸣："哦！"躺下，望着房梁想他的主意去了。

冯无胆家。夜。

有人敲门。

冯无胆在天井里问："谁？"

"是我。"

冯无胆开门。张强闪身进来。两人到客堂坐下。

张强："我已选了二十个人，一律短枪便衣。明朝黄昏登船，说的是去洛社办差，半夜再从高桥折回，从梁溪河向太湖移动。初六夜里八点钟左右，靠姚湾，我们会合。二爷，你看有没有不妥之处？"

冯无胆："嗯。两位厨师我已到迎宾楼请好。还有两个假厨师可有合适人选？"

张强："有了。一个是我阿弟张德，还有一个是我心腹符顺。这两个人有胆量，能办事，灵得很。我对他们没讲去姚湾，就说跟你走，听你调遣。等开船后，你再讲讲清爽好了。"

冯无胆："老兄果然办得有条有理，十分精细。那么，明天你们先走一步，我们要到夜里再装船出发，天亮前后泊蠡湖，等何一鸣接头。阿强，没想到你我多年后又重新携手，担此重任。只要配合默契，一定会马到成功的。"

张强："二爷，当年你提携了我。我没齿不忘。这次与你呼应，一定万无一失。"站起身告辞。

冯无胆兴奋地在张强胸前捶了一拳。

陈子明家。

陈子明老夫妻俩正在赶制药物。李福臣目不转睛地看着，不时搭把手。

李福臣："你做的……是不是就是老辈人讲的蒙汗药？"

陈子明抬头看了他一眼："差不离吧。我师父一辈子收过十六个徒弟，这东西没传过人。临终时，突然把方子给了我说：你不是惹是生非的人，记住，不轻用，不传播，二十年来我没有对人讲过，也没有用过。"

李福臣："灵吗？"

陈子明："年轻时好奇，我试过。这药服下半个时辰内是不会醒的。唉！六七十条人命，多数是铤而走险的穷苦人哪！"

李福臣："高一刀这帮人图财不说，还要害命，坏了不少人性命啦……为百姓除害，你师父地下有灵，不会怪罪你的……"

有人敲门。陈妻开门。

冯无胆进来："师婶、师叔、李总管，一切就绪，明晚出发。"

陈子明："张强是个能办事的人，成功之后要重重赏他。我最担心的是，高一刀会不会挪窝？"

冯无胆摇头："这时候动窝？那就是对朋友不放心，就有失信义了。"

陈子明又叹了口气："如今这世道，还有几个人讲信义！"瞟了冯无胆一眼，又埋头制他的药了。

太湖上。

一条大船载着冯无胆、陈子明、张德、符顺、迎宾楼两位名厨和一应炊具美食，朝独山门方向驶去。

一名厨："不对，这船怎么没朝苏州方向走？"

另一名厨："苏州我也常去，是不是走错了？"

冯无胆："没错，二位。我们不去苏州了，准备到姚湾走一趟。"

一名厨："姚湾？你不要吓我阿好？你是叫我烧菜呢还是送命呢？"

另一名厨："是啊，你不是说给嫂夫人老娘做寿的吗？"

一名厨："二爷，我跟你老交情，相信你才来的，你可不能坏我性命！我家上有老，下有小哇！"

另一名厨哭起来："现在怎么办？上天无路，入地无门啦……"

冯无胆："二位不要恐慌，无胆保你们性命无虞。"

张德："二爷是高一刀拜把兄弟，前几天刚刚放回了赵伯夫，去答谢一下是礼尚往来，人家没吃过这么好的菜，夸还夸不过来，怎会坏了你们性命？"

符顺："再说有陈大师、冯二爷，还有我们两个假厨子，都不是吃素的。我符顺和张强，一人保一个，还怕啥？"

张强："哎，符顺，这假厨子还真不好当呐！反正总要有打下手的。我们俩，你管烧水煮饭，我管剥葱捣蒜。菜烧好了，弟兄俩再端菜端碗……"

一番话说笑了大家。两个名厨也安定了许多。

冯无胆："独山门到了。船家，停船。我们在这里等人。"

陈子明指指百步外一条快船，"何一鸣会不会在那条船上？"

冯无胆："这么近，他看见了，就会过来的。等等吧！"

月亮东升。

月亮已升到半空。两位名厨已在打盹，张德、符顺却没睡，眼巴巴望着那条没有动静的快船。

冯无胆："船家，直发姚湾。"

陈子明："奇怪，一鸣怎么没来？不会出事吧？"

冯无胆皱紧了眉头。

船刚刚驶出独山门，那条快船就跟上来了。

快船驶近大船，船头出来个陆阿兴，笑着拱拱手：

"小弟陆阿兴奉大哥之命，恭候多时了！"

没等靠岸，轻轻一纵，跳到了大船上。上得船来，东看西看，随手翻翻：

"喔唷！鸡、鸭，鱼、虾，山珍海味，风炉、砂锅，连蒸笼都带来啦！今天弟兄们要大饱口福啦！"临了，吩咐船家，"跟我的船走！"

出了独山门口子，快船往西转舵。

船家："二爷，姚湾在东面，怎么往西转？"

冯无胆："师叔，这不是去姚湾！"

张德、符顺也紧张起来。

张德："要不要开回头？"

符顺："回不了头啦！硬着头皮跟着去吧。到时候见机行事就是啦！"

冯无胆额上冒汗了，喊问：

"阿兴，我师弟怎么没来？"

陆阿兴："何一鸣，那小子忙着哪！"

冯无胆："我们是往哪儿去？"

陆阿兴："畚箕湾。"

冯无胆与陈子明回到舱里。

陈子明："果然动窝了，会不会有诈？"

冯无胆："高一刀这一手真绝！张强带的人马，不知道这里有变，而且也无法通知他……如果他不能及时找到奋箕湾来，我们就成了老虎口里的肉……"

陈子明："何一鸣没来，也很奚巧。假如他出了事，我们到了奋箕湾就不是座上客啦……"

冯无胆吸了一口冷气，搓着两只大手，眼看着大船跟着快船向黑暗深处驶去……

冯无胆把两个捕快招呼进来：

"情况有变，我们要做好一切应变准备。届时，你们都要听从我的安排……"

日上中天。

快船和大船一前一后驶向奋箕湾。

冯无胆引颈遥望，终于看清湖岸上站着的两个人是高一刀和何一鸣。

陈子明："一鸣！"

冯无胆对两个捕快："注意看高一刀附近有没有伏兵？"

张德、符顺先后说："没有。"

两船先后靠岸。

高一刀迎过来："陈师叔！无胆贤弟！俺挪了个窝，你们不要介意。常言道：狡兔三窟。俺高阔成要是没有几十个草窝，就没法在官兵鼻子底下打磨磨啦！"

话音刚落，来了一群喽啰，登上大船抬走了炊具、食品。

高一刀与冯无胆高声谈笑着向山路走去。

陈子明在山路拐弯时滞后两步，在一块山石挡住高一刀身影时，何一鸣碰了陈子明一下，陈子明摸摸衣袋，何一鸣做了个鬼脸，把手掌摊开又合上：

“药在我这了，你放心吧……”

陈子明紧走两步，赶上了高一刀和冯无胆。

山间小村。

一行人来到一个二十多户人家的小村子。

真假厨师立即埋灶升火、备料上锅。转眼间炊烟袅袅，锅铲叮当，诱人的香味把匪徒们都吸引到厨师周围来。

高一刀招呼自家的厨子：

“喂喂，送上门来的师傅，你们还不赶紧去学点手艺，弟兄们往后也能吃几个像模像样的细菜。”

几个厨子立即跑过去一面学艺，一面帮忙。

一个要去帮张德烧火。

张德：“不行不行，我来我来，这烧菜，火候要紧得很呐，你不懂。”

那匪徒还是抢过来烧：

“火大火小，你多指点。”

陆阿兴家。

何一鸣在陆阿兴新造的住宅院内忙里忙外，看了看天井里的四桌，又看了看客堂里的四桌。趁人不备，钻进一侧厢房。

那里放着三坛子酒。

他直奔酒坛，在一坛里下了药，刚封好口，门突然推开。原来是陆阿兴。

陆阿兴：“老弟，闻到这酒的香味了吧？”

何一鸣：“阿兴。”指指没投药的一坛，“你把这坛搬出去。

马上要上菜了，找个弟兄把酒倒好。”

陆阿兴：“好，这是美差。倒着、喝着，不觉得累。”抱起酒坛走了。

何一鸣赶忙掩上门，从门缝里望着陆阿兴把酒坛搬进客堂，开始往吊子里倒酒，边倒边尝，才转身打开另一酒坛，从怀里掏出药来……

高一刀拉着陈子明、冯无胆的手，穿过天井，走进堂屋，让他俩在自己身边坐下。

客堂内外，匪徒们大声喧笑着纷纷入席。

张德、符顺和湖匪的厨子将冷盘端上来。

高一刀啧啧称赏：“到底是大馆子、名厨子，色、香、味，没话可讲！”

冯无胆：“大哥，村外可有人放哨？马虎不得哟！”

高一刀：“贤弟多虑啦，我一动窝，三天之内官兵转不过向来！可他们一撅屁股，我高阔成就知道他要拉什么屎！”

陈子明：“今天，我和无胆做东，那么我就先敬一杯。为了你我弟兄的手足之情，喝了！”

高一刀：“师叔说得对！我们强盗也是人，也讲手足情，这话讲到我心坎上了。喝！”一饮而尽。

何一鸣立即给高一刀、陈子明碗里倒满酒。

冯无胆：“大哥，你我隔湖相望，多年不能相见。喝一杯，为了我们在太湖上结义，从此成了哥们儿弟兄。”

高一刀：“无胆贤弟！那年，你可是让我领教了你的‘夫子三拱手’，要不是看你一身功夫好生了得，一腔正气令我敬佩，你说不定成了我刀下冤鬼哪！哈哈哈……”

冯无胆："这就是你说的缘分，缘分！喝！"

高一刀又一碗下肚，何一鸣又及时上前将酒倒满。

陆阿兴摇摇晃晃过来敬酒：

"陈……大师，高……不不，冯……二爷，我敬你们……一杯！"

他手舞足蹈，唾沫横飞。高一刀觉得奇怪：

"阿兴，你平日酒量不错，今天怎么不中用啦？"

陆阿兴："大哥，这酒就放在我家。我，嘻嘻嘻……我，嘻嘻嘻……偷，偷喝了两碗，好，好酒！可他娘的，真凶！"

冯无胆一惊，向陈子明投以询问的目光。

陈子明会意，当即向何一鸣递了个眼色，嘴向阿兴呶了呶。

何一鸣便走过去拉住阿兴，俯在耳边说了几句话。

阿兴大笑："何一鸣你好大口气！你师父是武当高手，我不敢跟他老人家比试，还怕你这小猢狲？"

何一鸣："先别吹！我可学过内家点穴功，你要吃亏的。"

阿兴："你是不是看我醉了？我用醉拳胜你！小猢狲，你拿猴拳对付我……如，如何？"

匪徒们正想看热闹，一个个吆喝助威，让出一片场子。

阿兴："来！来呀！"

一鸣："来就来！"

两人走进场子，对峙，各转半圈，虎视对方。

阿兴没用醉拳，他用右手出拳，连连向一鸣下三路逼来。

一鸣轻灵似猴，急速闪避，转至阿兴右侧，迅即向右耳后猛出一掌。陆阿兴应声倒地。

匪徒们大吃一惊。

陈子明厉声喝骂："一鸣，怎么如此无礼！"

高一刀哈哈大笑："久闻武当点穴击技法厉害，今天真开了眼界啦！"

匪徒们这才跟着乐起来。

几个人正七手八脚把陆阿兴抬走，高一刀叫住：

"慢！一鸣兄弟，请教了：你方才点的是什么穴？"

何一鸣愣了一下，眼珠一转："晕、晕穴。"

高一刀："既有点穴之功，必有解穴之法。你能给阿兴解了吗？"

何一鸣眨眨眼："不能。小弟只学了点皮毛。解穴之法师父没有教。"

何一鸣把球踢给师父，冯无胆顿觉不安，当即注视陈子明。

高一刀："陈师叔，那就请教啦！"

陈子明："这武当点穴之法，由道家冯一元传给内家拳祖师张三丰，共三十六穴。三十六穴位又分四种：死穴、晕穴、哑穴，咳穴。死穴是不可解的。武林中不是死敌不用。晕穴可解，但须得在一个时辰之后，到时候由我来解，保管阿兴无恙！"

一阵海侃，匪徒们听得兴味十足。

高一刀："各位，我们今天不光吃到了迎宾楼的珍馐美味，还领教了内家拳的功夫。该好生谢谢师叔、师弟，来，再喝一杯！"

第一坛酒已所剩无多。何一鸣将残酒倒在一个吊子里，又搬来第二坛，把每桌的吊子都倒满。

冯无胆离席站起，由何一鸣用第一坛残酒给他倒满，各桌也纷纷给自己斟满酒碗：

冯无胆站到客堂与天井间的台阶上：

"各位头领！各位兄弟！今日我师徒三人略备小酌，有幸与高大哥和众位兄弟开怀畅叙，借高大哥美酒敬各位一碗，看得起我师徒者，务必一饮而尽！"

在一片欢呼声中，冯无胆、陈子明、何一鸣首先喝干了碗中酒。

高一刀随之一饮而尽，又赢来一片欢声。

最后，众家弟兄都不示弱，一齐举碗喝了个淋漓畅快。

这时，真假厨师四人端来了名菜野味五套。

一名厨："这叫野味五套，请。"

高一刀端量："啥叫野味五套？"

一名厨："就是山鸡肚里套斑鸠，斑鸠肚里套鸽子，鸽子肚里套鹌鹑，鹌鹑肚里套麻雀……你从外面看，只不过是一只山鸡，吃了一层又一层，各是各的风味，请各位品尝吧！"

客堂和天井里顿时欢声四起，响彻夜空……

太湖上。

张强率二十人，一色短枪便衣，下船直取姚湾，来到姚湾祠堂外作包围态势。

张强："怎么没有动静？"

率数人越墙而入，里面空空如也。

张强："糟糕！动窝了！"直奔大门边厢房，门欠着个缝。他轻轻推开门，见床上睡着一个老人，扑过去揪起老人衣领，把尖刀对着他脖子。

老人醒来，吓得浑身哆嗦。

张强："高一刀挪到什么地方去了？快说！不说杀了你。"

奋箕湾陆阿兴家。

匪徒们东倒西歪，有的已扑在桌上，有的虽没倒下，却已软得像面条一样，趔趔趄趄地走着，嘴里喊着："酒，我、我要……酒。"

高一刀也觉得头昏脑涨，他看看冯无胆，看看陈子明，又看看还在给没醉倒的人斟酒的何一鸣。

高一刀："师叔……贤弟……海、海量。弟兄们都醉了……只有你们三个……不…不醉。这，这是什么道理？"呼地站起来，虎视陈冯二人。

太湖上。

张强一行正鼓足风帆向畚箕湾驶来。

陆阿兴家院。

高一刀离席，微微摇晃：

"冯无胆，我问你！你到底讲不讲义气？"

冯无胆："这要看你讲的是大义还是小义。"

高一刀："这么说，你是要害了我喽！"举起酒坛向冯无胆砸去。

冯让了一下，坛子从肩侧飞过，落地粉碎。

高一刀："你以为我真喝醉了？从你敬酒开始，我把酒全倒到脖子里啦！来吧！我今天再领教一下你的'夫子三拱手'！"以泰山压顶之势，向冯无胆头、肩频频出击，速度快，爆发力强，很有寸劲。

冯无胆不贴近其身，以迅疾之功，随其势闪避招架，让对方消耗体力。

高一刀见上三路没得手，转即向下三路进击。

高一刀攻势凌厉，冯无胆巧妙防守，竟无一拳打中。

冯无胆见高一刀锐气已挫，药力开始发散，便反守为攻，瞅准对方出击未逞，直拳晃下，猛击高一刀头部。高一刀用手上架，冯转腰闪击对方腹部。高一刀急待闪避，冯抓住时间差，用金丝缠腕法以右手抓住对方左腕，同时紧逼一步，左脚插入对方两腿之间，左掌心撑住了对方下颏……

何一鸣当即上前：“怎么样？我师兄的‘夫子三拱手’货真价实吧？”顺势把高一刀反手捆了个结实。

高一刀：“冯无胆，你要把我怎么样？”

冯无胆：“老兄，无胆不得不为大义舍小义了！”

高一刀：“我高阔成一辈子只做了一件错事，就是交了你这个不讲信义的朋友，我瞎了眼！何一鸣，你把我两只眼剜掉，我不想再想看到冯无胆、陈子明，你们，你们枉为江湖好汉，臭不可闻！臭不可闻！呸！呸！”

这时，张德、符顺把醉作一团的匪徒们一个个像死猪一样捆了起来……

经纬堂。

精心打扮过的夏雨，穿一件紫红礼服呢夹袄，一条玄色长裙，披一袭蓝色细花缎披风，显得华贵又庄重。她从经纬堂走出来，稍定，向周围看了看，才步下台阶，被李福臣扶上轿子。

轿子停在退思堂前。

家人从退思堂前小步趋至轿前：

“夏夫人，程老爷身体欠爽，不见客。”

夏雨从轿子上下来，登上退思堂台阶：

“不见客？我不是客。”指指门上的楹联，对门人，“这对联是啥人写的你们晓得哇？对了，我正是施大人的太太，前来探望程老爷的病体。带路哇！”大大方方步履轻巧地向门里走去。

门上不敢怠慢，紧赶几步，领着夏夫人到了观梅读画轩。

观梅读画轩。

程老形容枯槁，满腔郁闷，正半倚在床前闭目养神。

门人在门口通报："老爷，夏夫人前来探望。"

程木翰眼皮抖了一下，却并没有睁开眼睛。

夏雨走到床前，温婉地：

"程老爷，我是夏雨呀，一来向您问候，二来嘛，替肥子告罪来啦！"

程木翰仍闭着眼："四姨太远道来访，老朽不能迎迓，失敬了！"

一声"四姨太"，夏雨颇受震动。她注视程老须眉皆白的枯瘦脸庞，撅起的下巴，微微颤动的银须，气喘吁吁，呼中不断发出呃逆。她的两眼湿润了，声音低回地：

"我知道，肥子惹您生气了。请您看在他爹的面上，原谅我们娘儿俩吧！"

程木翰突然睁开眼放大嗓门：

"谈什么原谅？裕同在贵州生死不明，你，你竟有心情到无锡来唱戏！"

夏雨被深深触痛了：

"程老爷既然晓得我家老爷生死不明，为啥连裕同死活都不问一声，就把我……"哽咽，饮泣，珠泪双流。

程木翰不知如何是好，挣扎着站起来劝慰：

"不要哭，唉，不要哭嘛！裕同究竟怎么啦？有消息没有？啊？"

夏雨拭着泪："消息倒是有了，裕同不肯附和革命党，民军念他人好，没有加害，已经礼送他离开贵州，正在来上海的路上。"

程木翰松了口气，坐了下来：

“这就好了。这就好了！”不无感慨地，“民军能有这等气度，想不到，真是想不到！”

夏雨：“说到唱戏，我确是喜欢唱戏。可重阳是台什么戏？程老爷就真的就看不出来？肥子惹了祸，无锡的豪门绅商齐着心欺侮一个孩子，你也不帮说句话。我怎么办？挖空心思请袁寒云来，是愿意唱吗？我是强颜欢笑，尽娘的一片心哪！”眼圈又红了，“哼，还赖嘉珉私通湖匪！谢天谢地，赵伯夫回家了，高一刀也剿除了，这一层冤枉总算撇清了！”

程木翰：“通匪之说，老夫只当无稽之谈。可是夏雨，你养得好儿子！”目光直逼夏雨，“小小年纪，竟敢欺瞒长辈，竟会阴谋投机，还会依势压人！”

夏雨放声大笑：“哈哈……哈哈哈……程老爷何出此言，嘉珉这混账小子从小就任性。您是长辈，以我们两家的世谊，肥子做错了事，您可以教训他，可以骂他，还可以打他。”冷笑两声，尖刻地，“好哇，竟发起诉讼，要对薄公堂，还要往死里治罪！不，你听我说完。你是官场中人，又是大名鼎鼎的清官，肥子开坝犯了哪条王法？购买地产又伤了什么天理？只不过抓住了天时地利，瞅准了机会，投进去一大笔资金而已。你们全城绅商，同仇敌忾，到巡抚衙门塞狗洞，找门子，不惜重金，层层贿赂，这讲的是理呢，还是势呢？”

程木翰气得哮喘不止，咳不出痰来，憋得脸膛发紫。夏雨忙扶着他，给他捶背，帮他揉胸，终于“咔哧”吐出一口痰来：

“你……你，你这是存心来……气我呀！”

夏雨：“怎么是气你？我是来向你赔不是的。明天还要带着肥子来给你磕头赔罪呢！”

程木翰：“我不要见他！”

夏雨也轻松了，笑着劝导：

“程老爷，这就是您不对啦！不是我护短，您看看那些公子哥儿，有几个肯上进的。嘉珉不比他们坏！”

程木翰：“……哎，夏雨，你有……四十五了吧？”

夏雨：“四十七啦！”

程木翰：“可一点不见老呢！”

夏雨：“我不像你，爱生闷气！还跟小孩子生气！”给他掖了掖被子，带着动人的浅笑，“不看僧面看佛面，还得求您两样事。”

程老有点紧张：“什么事？”

夏雨：“经纬堂大厅的匾，留着请您写哪！九月初十就是正日子啦。还有，请您赏光，去看我唱戏。”

程木翰叹了口气：“经纬堂的匾，是要写的。我这身子，看戏怕是不成啦……”

火车尖啸着驰过初秋的苏南田野，驶进无锡火车站……

朱礼甲穿着十分体面，胸前佩着“总知宾”的红缎带，风光十足而又礼仪有加地在出站口迎候嘉宾。

他身边还有挂着“知宾”红缎带的李福臣、冯无胆、薛南苓和朱家骥。

天上下着霏霏细雨。

朱礼甲满面笑容拱手寒暄：

“恭迎大驾！一路辛苦！请，请……”

总知宾朱礼甲在前，知宾李福臣、冯无胆在后，引陪贵宾步行至运河码头。

总知宾边走边引导：

“各位嘉宾，前面码头上泊着画舫，请随我登舟休息，观赏雨中湖光山色。”

过街棚下，施嘉珉迎候嘉宾上船。看到前面走着周介卿，施嘉珉迎上前去：

“周总经理光临捧场，实在是不胜荣幸之至！”

周介卿一把拉住他低声说：

“老弟这一招实在是高！寒云可晓得此中用意？”

施嘉珉：“寒云是聪明人。他没问，我也没说。”

周介卿笑了笑：

“听说赵伯夫那里已有松动，愚兄来做个好人如何？”

第十七回

过街棚下。

施嘉琨："那是再好不过了。"

周介卿："那几十亩地，总要给我点方便吧？"

施嘉琨："总经理一句话，小弟一定遵命。"

周介卿重重拍了一下他的肩膀，到夏夫人所在的菱州去了。

接着过来了名票冯萱堂和名伶孙菊仙。

朱礼甲："六公子，孙菊仙老先生还有冯萱堂先生。"

孙菊仙拱手笑道："恭喜恭喜！经纬堂落成，红豆、寒云唱主角，老朽也想凑趣，串演一个角色哩！"

施嘉琨："孙老先生屈尊赏光，正是不胜之幸，登台是决不敢当的了！"

冯萱堂："嘉琨这么说，倒是俗了。菊翁虽是红遍南北的名角儿，也是票友出身，戏瘾大着呢，从不会计较角色的。"

薛南苓："那可真没说的了，这场戏又添彩啦！"

朱家骥："这回飞虹社可要大开眼界啦！"

薛南苓："嘉珉，今天晚上走走台吧！"

施嘉珉："好，请你来安排吧！"

出站口。

袁寒云挽着情韵楼到了。

施嘉珉把袁寒云拉到一边：

"苏州来了专差，说民督程德全明天到。想必是给你捧场来的。"

寒云笑了："喔！这很好玩。我讨厌跟这种人交往，这次为了六哥，咱们就隆重接待，热闹一番吧！"

朱礼甲走过来："袁二公子，请登舟游览。"

袁寒云看看他的总知宾佩带：

"礼甲先生，我要向你讨个差使。"

朱礼甲："二公子，不敢当、不敢当！"

袁寒云："明日大典，放我个知宾如何？"

朱礼甲："二公子是贵客，不可以的！"

寒云一挥手："嗨，嘉珉是我好友，他有喜事，我帮他招待客人，理所当然！"

朱礼甲："若如此，得请二公子任总知宾，小可鞍前马后听公子指派就是。"

寒云："我哪里调度得来？帮你在门里门外恭候来宾罢了！"

在一片谈笑声中，芳洲、菱洲和从苏州来的几艘画舫离岸而去，鱼贯而行。船娘、歌女们在各条画舫上先后开始清唱……

芳洲上，情韵楼不胜感慨地望着冯无胆身边的女孩，拉过来，蹲下去，看了又看，亲了又亲：

“又乖，又俏，不晓得有没有阿青煞辣？告诉我，叫什么名字？”

女孩放大嗓门；“我叫二马蛋！”

引得众人一阵大笑。

寒云拉过女孩的手，问冯无胆：

“冯家取名可有什么规矩？”

冯无胆：“哪有什么规矩？这名字，就是茶馆里朋友瞎叫的。”

寒云：“重新取一个吧！”

冯无胆：“有劳二公子了。”

寒云：“我看，就叫梁胥吧！”

情韵楼：“可有出典？”

寒云：“无胆是无锡人。阿青是苏州人。无锡有条梁溪，苏州有条胥浦，二水交汇，就叫梁胥。”

情韵楼：“这名字不俗，很有意思。”

冯无胆：“真好，真好！多谢二公子！.”拉过女儿，“从现在起，你就叫梁胥，阿晓得？”

女孩点点头，乖巧地：“晓得了。”朝寒云眨眨大眼睛。

施嘉珉朝冯无胆看了一眼：

“今天由我做主，给寒云和七妹收个干女儿。来，磕头，叫干爹、干娘！”

梁胥磕头：“干爹、干娘！”

寒云、情韵楼齐声应道：“哎！”

情韵楼当即从寒云腰间解下一块玉，又从自己手腕上取下一只镯子送给干女儿做见面礼。

情韵楼：“不能再说是二马蛋了！”

梁胥：“不说了。”

客人们都笑起来，称赞这是一段佳话。

这时，厨师送上一道点心：

“桂花米粉糕，是照十二个生肖做的。请各位以自己的生肖各取一盘。”

人们聚过来，兴味极浓地取食桂花糕。

桂花糕取完，人们互相观看，每人手里一份。

厨师：“都有了吧？”

人们惊呼：“正好！一个不多，一个不少。真是绝技！”

船上发出一片欢呼……

画舫在风景如画的蠡湖上，披着绵绵细雨丝悠悠而去……

积余堂。

周介卿在赵少夫陪同下走进积余堂小客厅。

赵伯夫起身相迎：“仁兄这几年又发财又发福哇！”

周介卿：“大家彼此彼此！”

赵伯夫：“哪里哪里，赵家已一败涂地，什么人都可以在我身上踏几脚啦！”

周介卿：“老先生不必颓唐。据我看，今后在无锡商界执牛耳者，除了先生，还能有谁呢？”

赵伯夫：“这是在恭维我啦？”

周介卿：“不，我是认真的。”

赵伯夫：“那么，请坐吧！”坐定后，“那就请教啦！”

周介卿：“施嘉珉有多大财力，老先生可知底牌？”

赵伯夫：“官大财大，又买地又造屋，银子像用不尽哩！”

周介卿：“不然，建造经纬堂的银子是向我借的，三十万两。”

赵伯夫精神一振：“仁兄这把算盘我是晓得的。你就不怕那个浪荡公子把银行拖垮么？”

周介卿笑着摇摇头："此言差矣！且不说我们周施两家是老交情，那北塘——三里桥二千三百八十四亩地契，都押在信盛，我还怕有人使'仙人跳'吗？"

赵少夫："喔！这批房地产时下可是价值几百万啦！照这么说，施嘉珉在做空头生意？"

周介卿："不尽然。施家投入的资金很不少呢！我做梦也没想到，施嘉珉还有这么一手。老先生，这局棋你输了。"

赵伯夫情绪又一落千丈：

"是啊，官势、财势他都占了上风。"

周介卿："所以，你那场官司是打不赢的。更何况，施嘉珉还有袁家这样的背景。武昌革命才二十天，二十二个省多半独立了。满清皇朝得病乱投医，不得不任命袁世凯为钦差大臣，接着又实授总理内阁大臣。可以一战的军队只有北洋，而北洋又唯袁世凯之命是从。袁世凯十六个儿子、十三个女儿，独独偏爱二公子袁克文。经纬堂落成，克文来唱戏，难道不是戏中有戏？小袁一来，民督程德全明日也要赶到，还有顾青卫顾师爷陪同……你这官司跟谁打，怎么打法呢？"

赵伯夫："程德全、顾青卫要参加经纬堂落成庆典？"

周介卿："为小袁捧场，实则巴结老袁呀！"

赵伯夫垂头丧气，摇头叹息：

"如此说来，仁兄的执牛耳说，岂非拿老夫开心？"

周介卿："哈哈！老先生怎么也糊涂啦？施嘉珉前半生只做过一件事，那老兄骨子里仍是个纨绔子弟！他在无锡成功，靠的是什么？自己又做了些什么？他几乎什么都没做，靠的是两个人，一个朱礼甲……"

赵伯夫恨恨地："此人十分可恶！"

周介卿："还有一个冯无胆。施嘉珉平生所好三件事：京昆、女人、书画古董。这两年，在女人身上，倒是收心了。今后他要做的，就是花去大部分家当，搜集书画古玩，填满他的经纬堂。"

赵少夫："可是施家还有冯无胆这么一个精明的经理人呢！"

周介卿："将来的问题就出在这两个人志趣相悖上。"

赵伯夫："对冯无胆这个人，倒是少夫看得准。当初要是把他笼络住，也不会有今天的事态啦！仁兄与冯无胆颇有交情，你看能不能把他……嗯？"

周介卿："只要有夏雨在……"摇头，"这也好。冯无胆不会做伤害老先生的事的。有他在，你们赵施两家更好达成和解。"

赵伯夫："现在就讲和？"

赵少夫："怎么讲法呢？"

周介卿："老先生还是要宽宏大度。比如三里桥的地，原价要回，是不可能的了。如果老先生开店办厂要用地，比方几十亩吧，由我去开口，这点面子还是会给的。老先生已逢凶化吉，施家把地让了，也就十分风光啦！"

赵伯夫吁了口气："仁兄盛情，我领受了。让地不让地，慢慢商量吧！"

周介卿："明晚看戏，老先生毋失良机哟！"

赵伯夫："是要去的，是要去的……"

鼋头渚。

朱礼甲第一个上岸，向几艘画舫频频招呼：

"各位嘉宾，今日因雨，不再登高。请下船小憩，到春涛阁品茗。"

宾客说说笑笑下船，走进春涛阁纷纷落座。

孙菊仙品茗："嗯，果然是好茶，神清气爽，有飘飘欲仙之感。"

人们也啧啧称赞。

朱礼甲早吩咐备好文房四宝。他铺开宣纸，压上镇尺。情韵楼上前研墨。

朱礼甲："请给春涛阁留些墨宝吧！寒云先生才情过人，驰誉南北，请！"

寒云："不敢不敢。前辈在此，寒云怎敢僭越？"

朱礼甲："也好，还是年龄最大的菊翁先请。"

人们纷纷起哄："是啊是啊，菊翁当年是武秀才，还做过三品御都司，题句留诗当不在话下的喽！"

孙菊仙确也不在乎，到案前提笔想了想，写了：

大地少闲人有谁作风流佳宾湖山贤士
神州多故迹唯我爱菱荷世界鸥鸟家乡

人们立即叫好，称赞菊翁大手笔。

寒云若有所思地放眼四望，略略沉吟，提笔一挥而就：

几席三山万顷波涛疑海上
湖天一角满城风雨是江南

又一片喝彩："境界不俗！""才华横溢！""果然是个奇才！"

经纬堂大厅。

"飞虹社"成员云集一堂。加上红豆、寒云、孙菊仙，人们的精神显得异常兴奋。

施嘉珉："今天，我们'飞虹社'做个班底，把《风筝误》中的五折戏走一下场。菊翁是大家，一下火车就说要串个配角。晚生觉得诚惶诚恐，可又盛情难却。而且，菊翁串戏，在无锡是千载难逢的机会，伶界的一大盛事。那么，只好请菊翁屈尊，随意选个角色吧。"

孙菊仙："盛会无前，我的戏瘾上来了。为了不影响大局，我就演个副末吧！"

施嘉珉："那岂不是太委屈……"

孙菊仙："蛮好、蛮好！副末第一个登场，讲讲故事，道道原委，这是最适合客串的角色。哎，乐师们，发什么愣？操家伙呀！哦，开场后那段《蝶恋花》，我要改成京戏，用《七星灯》的二黄慢板来唱。"

薛南苓："哎呀，那是他最拿手的一段啦！"

开场锣中，寒云走向红豆馆主：

"我们俩上场，要不要各唱一段京戏？"

夏雨："这是个好主意。跟菊翁也有个呼应。"

寒云："我那段《园林好》，改成《罗成叫关》里的二黄倒板接原板，可好？"

夏雨："嗯，不错。那么，我的《嘉庆子》就用《霸王别姬》的二六来唱吧！"

寒云："红豆馆主，那我可要一饱耳福啦！"

夏雨用手点点他，笑了。

走场已近尾声。周介卿从外面进来，与施嘉珉耳语几句，两人相视两笑。

正好走场结束，朱礼甲从外面进来：

“各位知宾请留步，请安静。明天大庆，嘉宾如云，此为施家一大盛事，为避免忙中出错，慢待了贵客，鄙人特作如下安排。请夏夫人、施公子纠正。”

施嘉珉：“你是总知宾，不必客气了，我们照你的安排做，礼节上决不能出一点差错。”

朱礼甲：“公子所言极是，稍有差池，便会是为山九仞，功亏一篑。特别是明晚的主宾：省督程德全和苏、常二府官员，请施公子、袁二公子出面接待，由知县作陪，先在大客厅茶叙。上海来宾，凡演戏的，由薛三公子接待，其余由冯二爷、朱公子陪同。赵伯夫先生倘能到场，请周总经理陪老先生到小书房座谈。程老爷如能光降，只有请夏夫人亲自出马了。明日要人云集，安全警卫请冯二爷、张强偏劳，从正门至府前街当置百名精兵端立两侧，以呈森严气象；施府内部，由陈师叔、何一鸣率众徒弟处处关照留意。鄙人既为总知宾，不揣冒昧，做出安排，乞请夏夫人明示。”

夏雨：“礼甲先生心细如发，想得很周到。只要各尽其职，明日盛典，必定会井然有序，十分成功的。”

蒸汽发电机轰隆隆运转起来。

史密斯一推闸，上百盏红红绿绿的电灯，从施府大门到经纬堂正厅，照得一片辉煌。

华灯初上，流光溢彩，成为轰动无锡的奇观。

在学前街，在西溪巷，在施府前门，万头攒动，挤得水泄不通。

经纬堂。

从正门到学前街两侧，百名衙役精兵，穿着崭新的号服一字排开，景象颇为森严。

手持请柬的绅士商贾在军民中昂首而过，喜气洋洋地走进施府大门。

一绅士对另一绅士：

“仁兄，老袁率北洋大军逐鹿中原，小袁粉墨登场到无锡唱戏，你从这两件事中可悟到些什么？”

“不管革命成与不成，中国将是袁氏的天下。”

“那么施家呢？那么全城绅商全力以赴的官司呢？嗯？”

“哈哈哈……”

“哈哈哈哈……”

赵伯夫在周介卿陪同下入场了。

朱礼甲紧赶几步，引导他们在正厅二排就座：

“赵老先生、周总经理，请。”

程木翰由下人搀扶着颤颤巍巍进来了。夏雨帮着扶住老人，在正厅头一排一张软榻上躺下来。随即有人送上一条毛毯，夏雨接过，由膝及胸，为老人盖好。

有身份的人纷纷过来问安。程老连张口招呼都很吃力。

坐在程老身后的赵伯夫，欠身凑到老人耳边：

“程老爷，你身体欠安，以静养为宜，这种热闹场面，不来也罢！”

程木翰答非所问地：

“啊！施年兄勿碍了，勿碍了！”

赵伯夫一怔，伤感地皱了皱眉头，坐正了身子。

这时省督程德全在袁寒云、施嘉珉陪同下到场了，后面随着一大群官员。程德全身穿民军都督大礼服，后面跟随的，则有穿制服的、有穿长袍马褂的、也有顶戴补服的；有的已剪去辫子，有的盘起辫子，有的则还拖着长辫子。

朱礼甲喊了一声：

“江苏民军都督程德全大人到！”

全场起立。顾青卫紧跟着程德全。在一片问候声中，微笑招手，穿过人群。程德全忽见躺着的程老，当即加快步伐，走到榻前拱拱手：

“翰翁，多年不见啦！小弟公事繁杂，未能去府上问候，还望翰翁不怪。”

程老吃力地欠欠身、拱拱手：

“我已是半身入土的人啦，何劳问候！”

“哪里！哪里！”程德全指指大厅上方经纬堂黑底金字匾额，“翰翁依然笔力雄健，十分难得呀！”

待程德全坐定，鼓乐声起。

孙菊仙扮演的副末登场。一曲《蝶恋花》，给他改成了《七星灯》的二黄慢板：

好事从来由错误。
刘阮非差，怎入天台路。

程德全一拍腿：“啊呀，这不是孙菊仙吗？”

场内一阵骚动。随后是一句一个好，一句一阵满堂彩……

若要认真才下步，
更因隐极成颠仆。

更是婚姻拿不住，

欲得娇娃，俯娶丑陋妇。
横竖总来繇定数，
迷人何用求全悟。

周介卿赞叹不已：“孙菊仙果然不同凡响！”

程木翰闭目静听：“《七星灯》里的孔明，在这里是风马牛！”

周介卿哈哈一笑：“看戏嘛，图个高兴！翰翁此论迂了！”

程木翰：“介公所论极是：先帝大婚，孙菊仙在御前唱了一出《捉放曹》。老佛爷十分赞赏，要赏还他因唱戏丢了的三品花翎。你猜他怎么说：‘太后以朝廷官职赏伶人，窃以为不可！’此话出口，把李总管吓出一身汗呢。好在那天老佛爷很高兴，非但没有加罪，还说，‘那就外赏吧！’这就是孙菊仙不同凡响之处呀！”

孙菊仙要下场了，信口唱出两句摇板：

风筝里引出了一本传奇，
愿天下有情人终成眷属！

他摘下髯口，对台下拱手：“献丑！献丑！”引起满堂掌声，满堂欢笑。

冯无胆在后排找到了赵少夫：

“小先生，听说你的钢磨粉厂日进斗金，恭喜你啦！”

赵少夫：“你介绍的史狗大，手艺的确不错。德国机器谁都修不好，他一看就能找出毛病。就是在上海欠了一屁股赌债，对方是老城隍庙驼背阿七。”

冯无胆：“小先生，我可以去上海把阿七请来，摆一桌酒，把话说开来，也就完事啦！”

赵少夫大喜，拉住无胆的手：

“冯二爷如此仗义，我就拜托啦！”

冯无胆：“小先生不必客气，今后我们还要长期共事，需要你关照的地方多着哩！”

张强找走了冯无胆。

在东侧备弄里，张强悄声地：

“二哥，出了点事，高一刀手下的人招出了几条眼线，其中有蒋三。蒋三在刑讯中招供，说绑架赵伯夫是朱礼甲指使的。”

冯无胆吃了一惊：“什么？会不会是蒋三熬不过刑，信口诬陷？”

张强摇头：“不像。”

冯无胆：“说什么也要保住礼甲先生。”

张强：“二哥，你要冷静，私通江洋大盗的要案，想保是保不住的。”

冯无胆转身走出备弄，登上轿厅阁楼，这里现在成了后台。

夏雨在化装。

冯无胆俯身到她耳边讲了朱礼甲的事。

镜中的夏雨，眉毛微微跳了一下：

“此人心术不正，原是早该察觉的，县衙立等要人？”

冯无胆：“是的。”

夏雨不关痛痒地：“叫他们悄悄做，不要砸了戏。”

冯无胆大出意料，倒吸一口气，顿了顿，欲语又止，十分沮丧地退出去了。

正厅里。

朱礼甲正端着一把紫砂茶壶，坐在正厅边上摇头晃脑、有滋有味地看戏。

张强悄然来到他身边，和颜悦色地轻声说了些什么。

朱礼甲点了点头，跟随张强去了。

此间，袁寒云正以大方的台步、潇洒的身段和一曲清柔婉丽的《渔家傲》征服着观众。

随之，施嘉珉上场，俊公子扮丑女詹爱娟引起观众极大的兴趣，场内不断爆出大笑。

情韵楼、绿娘笑得前俯后仰。

红豆馆主夏雨扮的詹淑娟一亮相，就以光艳照人的风采使观众为之一振，她唱一曲《风入松》，席间鸦雀无声：

……借伊宝剑斩伊行，
也只当辟除魍魉……

冯无胆凛然一惊，陷入深思。

周介卿赞不绝口：

“好个红豆馆主，演佳人而不带佳人气，高！”

冯无胆凝视周介卿，耳边重复着：

“演佳人而不带佳人气，高！高！高……”

县衙监房。

冯无胆走进县衙监房，突然收住脚步。

朱礼甲身着罪衣，披枷带镣，徐徐向他走来。

“二爷，他们没有动刑。你看，身上没有伤痕……”

冯无胆：“唔？为什么？”

朱礼甲：“我在过堂时全部招认了。”

冯无胆：“你？你怎么？！”

朱礼甲：“招与不招，结果是一样的……冯二爷，承蒙你来探监。我这一生，总算交了一个真朋友！”

冯无胆：“礼甲先生，你不要绝望。你跟高一刀素无往来，这次的案情也并不……”

朱礼甲摇摇头：“不。一部《大清律》，我熟透熟透。强盗不分首从，都是立斩的罪名。其实，与六公子第一次晤面后，我就为自己起过一卦，占得是蒙卦。这卦象是极凶的。我背了天意，险而不止，利击寇而未击。足下险而止，利击寇，你做对了。故而我要死，你活下来，是不可强求的。”

冯无胆喟然长叹：“……宝眷有无胆照料，先生不必牵挂。”

朱礼甲：“无儿无女，只有一个老太婆，给碗粗茶淡饭，不使沿街行乞，我就知足了……”

朱礼甲合上眯缝的双眼不再说话了。

冯无胆转身离去。

朱礼甲睁开眼睛，双目精光闪闪。他的声音仿佛自天外飘来：

“冯无胆！绑架赵伯夫，是我为你设下的陷阱，你不恨我？”

冯无胆一怔：“恨过。不恨了。”

冯无胆家。

冯无胆在喝闷酒。

张强进来：“死刑七人。”

冯无胆：“礼甲先生怎么样？”

张强：“今日问斩。”

冯无胆垂下头去，有顷，抬起头来，眼中含着泪水：

“……张强，你说，礼甲先生该不该死？”

张强："这……"

冯无胆："我晓得你不敢说。"

张强："事到如今，说有何用？朱礼甲是搬起石头砸了自己的脚。私通盗匪，按《大清律》是必死无疑的。正好，赵伯夫又用一万两银子买朱礼甲的头……"

冯无胆霍地站起来：

"那么施家呢？施家的人都死光了吗？他们要肯，还救不了朱礼甲一命？"

张强："这件事，施家的人是不大地道……"

冯无胆："不地道？不，很地道！朱礼甲，本来就是施家套在磨盘上的驴！现在，磨拉完了……磨拉完了，磨拉完了！"

他忽地把杯盘碗盏推到桌下，哗啦一下掀翻了桌子……

囚车在街市上缓缓通过。

万人空巷，拥向行刑处看热闹。

囚车上，高阔成遍体鳞伤，面色潮红，看上去毫无惧色。朱礼甲黧黑的脸色中透着苍白。他眯缝双眼，嘴角有一丝难以察觉的讥诮的微笑。

茶园底层，老茶客议论纷纷：

"朱礼甲，太逞能。蹦跶半天，施家发了，他把命送了。"

"那米蛀虫赵伯夫也狠，不管花多少银子，也要买下这颗人头。朱礼甲不亏，这头还值几文！"

茶园二楼单间。

施嘉珉一身素服，伫立窗前，但只能看到他的背影。

街口上。

高阔成、陆阿兴、朱礼甲、蒋三等七人被解下囚车。

屠刀寒光闪闪。

高阔成睖了一眼刽子手：

“喂，兄弟，刀磨快了吗？给我痛快点！嗯？”

炮响三声。

刽子手举刀。

朱礼甲忽然睁开眯缝的双眼，眼中精光四射。

茶楼上。

施嘉珉关上茶园的楼窗。

他黑色的背影。

冯无胆冲进来，撕心裂肺地大喊：

“下一个该轮到我了吧？该轮到我了吧！”

少顷，施嘉珉转过身来，苍白的脸上泪水纵横……

忍草庵。

冯无胆敲庵门，无人回应。再敲，门里才有动静。

花月明站在庵门内的背影。她并不开门：

“外面的施主为何敲门！”

冯无胆：“我来探望花月明。”

“你是哪一位？”

“我叫冯无胆。”

“花月明落发后，从不见人。施主请回吧！”

冯无胆听出了花月明声音：

“月明？是你？请开开门，我一直想来看看你。”

花月明背影：“我已离开俗界，断绝尘缘，你不必再牵记我了……”

冯无胆：“唉，难道我连几句心里话都无处可讲了么？”回头欲走，又转向庵门，“月明，施家为了利，断然舍弃了你；我为了义，不得不舍弃你。结果呢？我还是屡屡陷于不仁不义的境地。”

花月明声音：“参透了世间百态，才会顿悟。”

冯无胆：“顿悟之后，我万分内疚。月明，我对不住你！伤了你……阿青在九泉之下，也不会原谅我对你如此无情无义的……”

花月明蓦地伏在门上，努力克制自己：

“无胆，一切都过去了……我们出家人，只修来世，从不……回首……往事。”

冯无胆：“可我是个俗人，往事不堪回首，不堪回首哇！”

花月明：“你终究还是明白了……明白了好，明白了好……”

冯无胆：“明白了，义士冯无胆，在这个世界上，也就不复存在了……”痛心疾首，“月明，你不想见无情无义的冯无胆，阿青的孩子，你也不见上一面？”

花月明打开庵门。

一个面容平静冷寂的花月明，出现在冯无胆面前。

冯无胆百感交集，把身后的梁胥搂过来，推向庵门。

花月明：“天哪！这不是梦吧？……活脱脱一个阿青再世……”

经纬堂客厅。

夏雨打量着从外面进来的冯无胆：

“无胆，随便坐吧！”

冯无胆神情冷漠，并没有落座：

“夫人有何见教？”

夏雨：“……关于产权的事，我想跟你重新磋商一下。”

冯无胆警觉地：“夫人什么意思？”

夏雨：“我想来想去，施家的产业给你十分之一……不太公平。”

冯无胆：“唔？请夫人讲讲清楚。”

夏雨：“无胆，你是施家第一功臣。没有你，也就没有施家的今天。给你那么一点，是不是太少了？现在，大局已定。嘉珉呢，有了这经纬堂他就不会再在置产经商上动脑筋了。所以我想，把施家全部产业都交给你掌管。今天请你过来，就是想听听你的意见。这件事定下来，我就可以放心地回上海去颐养天年了。”

冯无胆：“谢谢夫人器重，无胆并无奢望，只要那十分之一产权。至于掌管产权，夫人还是另请高明吧！”

夏雨震动，转而笑了笑：

“……唔，是不是怕我那公子哥把家给败了？”

冯无胆：“不，施家的事业如日之升，前途无可限量。无胆到了功成身退的时候了。不然，就会被人当作是贪心不足心怀叵测的宵小之辈了。”

夏雨大为困惑：

“无胆，你怎么了？我怎么看不明白你啦？”

李福臣满头大汗地从外面进来：

“施、施老爷客死湖南途中……”捧着电报呜呜地痛哭起来。

丧乐骤起……

经纬堂一片雪白，一片哭声。

施家大出殡。

白衣、白幡从街的一头延伸到街的尽头……

纸钱飘飘，像漫天大雪。

学前街口。

在学前街口，遇上了程府为程木翰出殡的浩大队伍……

旁白："在高一刀、朱礼甲问斩的第二天，传来施裕同的噩耗。当天晚上，一代大儒、名臣程木翰溘然长逝……无锡城一片白色。"

经纬堂。

从高天俯看经纬堂，那气势宏大的建筑黯淡无光。空落落的院子里站着一身孝服的施嘉珉和两个带重孝的孩子。他们看去显得很小……

旁白："施嘉珉从合肥逃出了经纬堂，在告别了短暂的冒险生涯之后，又回到了自己构筑的经纬堂……他终于完成了一个圆，一个完美无瑕的圆……

全剧终

一九九三年六月初稿于桃花涧

一九九四年六月二稿于连云港

江苏电视台授权

根据杨旭同名小说改编

跋：漂移的意义

——《半个冒险家》从小说到电视连续剧

小说与屏幕，相互间究竟能给予些什么？这个问题，是电视艺术蔚成景观以来就始终存在着的。众多的小说作品由于某种机缘，在荧屏上成为采取了空间形式的时间艺术，却没有将问题的答案留给电视的观赏者。据说有些小说便是借助屏幕，才确立了它们对于读者的意义。或许是这样，但问题不在这里。人们习惯于由此及彼，却很少将“此”与“彼”作为一个整体加以系统思考。但是只要从小说到电视剧这种改编方式存在一日，思考和解答这类问题的意义就将伴随一日。而我们对于这一问题的介入，是从《半个冒险家》开始的。

央视及数十家省市电视台，新近相继播出了这部与小说同名的17集电视连续剧。它的小说作者杨旭与改编者周维先，恰巧都是江苏的作家与剧作家，并且是第一次联袂。这引起了我们的兴趣。

《半个冒险家》，是杨旭《经纬堂遗事》的第一部。第二部《一对败家子》，我们只在《钟山》杂志上读到部分章节。书中林林总总的人物，都生活在沪、苏、锡一带吴越风情浓郁的地方。杨旭小说中吴越文化的质感很强。但《半个冒险家》引人注目的，却是作家对清末民初那段历史的透视，特别是对世家子弟作为历史中人特殊的文化性格与心理的观照；施嘉珉作为濡染过西方文化的士子，在传统中令人深思的进一步退两步的表现。这是作家在同类作品中开掘深刻的地方。应该看到，作为事业的“冒险”行为，周介卿、赵氏父子，甚至那位史密斯都不得不承认，施嘉珉是成功了的。他的运河攻略在冯无胆、朱礼甲的辅佐下，历经险涛恶浪，终于得以实施：梁公坝开挖了，梁公桥也造成了，瞒天过海的地产谋略，使这位公子哥儿几年之间就成为百万富翁，以至他再造“经纬堂”的梦想也变成了现实。但是，问题也正出在这里。这这位世家子弟究竟在干什么？他不是在合肥“经纬堂”中不堪其苦，表现了极大的叛逆性以至只身逃往上海去的吗？他不是还在日本留学并剪了辫子、不顾乃父震怒娶了个日本妻子返回故国的吗？原来，他的“冒险”不是他反抗传统文化的继续，甚至根本不是合目的性的东西，而只是一个过程，其指向是建造一座“经纬堂”！“这也是我父亲多年的夙愿呢。”这位世家子弟说。而且，深究下去，真是他本人“冒险”成功了吗？“买地的事由你做主，用银子找我娘去要。”他对冯无胆说。那么他干什么去了？他找无锡船娘吟诗唱曲，找上海名妓缱绻情怀去了。真是“半个冒险家”！这是杨旭以严肃的态度审视历史、察及生活中施嘉珉之类的人物性情所必然要得出的结论。因为有了施嘉珉，《半个冒险家》就成为文学射入历史生活中的一枚有力的箭镞；它迫使这段历史的创口昭示了产生施嘉珉这类人物的症结——究竟是中国传统文化的吸附力太大，还是施嘉珉本人就是传统文化中的一个因子（所谓反传统也包含在传统之内）？面对作品的这一重大意旨，《半个冒险家》的犀利深刻，甚至可以遮没它还透析了古运河畔现代工商业起步时的艰难与困惑和塑造了众多人物的出色之处。

自然，小说毕竟是小说。《半个冒险家》以其意旨开掘的深刻，生活质感的强硬，人物个性的独特，是否就取得了它成为电视艺术的入门证？这又是另外一个问题了。但这一问题却与我们开篇的问题密切相关。显然，作为小说作品的《半个冒险家》，具备了改编为电视连续剧的基础；而作为电视连续剧的《半个冒险家》，却在小说与电视连续剧的相互关系上，将我们的视线引了向另外一片空间。

这片空间，姑且可以称之为艺术哲学的空间。在这里，我们发现，小说与电视剧，就像隔山对歌的情人，彼此情意绵绵，心灵早已沟通，但要想有合卺之喜，难度还大得很。为什么？小说是通过叙述来表现的；而电视，则是通过表现来叙述的。就像弗雷里赫说的那样，文学的情节在银幕上是通过画面来再现的，画面给予形象的是具体可感，有时候，还能强化它的感染力。在叙述艺术中，后花园的一口井，在《妻妾成群》里占尽风流。它使人看到了封建宗法制吞噬人性、毁灭美好人生的黑暗本质。一口井成了一个妙不可言的象征。但是到了电影里，一口井怎么使用？它黑咕隆咚的，算怎么回事儿？即使加上旁白或字幕，终究还是缺乏应有的表现力。在这个问题上，张艺谋找到了属于他个人的电影语言——大红灯笼。这种红艳艳的强刺激，却是那个时候的张艺谋乐于寻找和使用的色彩。红灯笼而至于“封灯”之后的黑灯笼，这一红一黑的转化，解决了小说原作的思想内涵表达的问题，而它的手段却是电影化的。这是说的电影。而电视剧，更甚者，电视“连续”剧，就不仅要找到属于视听艺术的语言手段，更要让人乐此不疲地看下去。看来，仅是情人隔山对歌还不行；还必须由编剧来寻找和架设云梯。

情况差不多就是这样。我们将问题割成几个面来看。

首先，作品意旨虽未改变，但剧作家周维先将表现的重心移易了。本来，在小说作品中，“运河攻略”是全书结构的经脉，是第一动作线。围绕施嘉珉“冒险”谋略的实施过程，众多的人物随风起舞，演绎出各自的悲欢离合来。但是在电视连续剧中，这一经脉却降为副线了。人物的情感纠葛上升为第一动作线，男女主人公的情感历程甚至命运变化成为全剧的表现重心。这显然是服从于电视“连续”剧艺术规律的需要。的确，要想使观众一集接一集地看下去，怎样筹银、开坝、造桥、买地、盖房恐怕不行。“运河攻略”再重要，恐怕也只有社会经济学家、地方志研究者感兴趣。电视观众要看的，依然是施嘉珉与几个女人的情感关系如何发展，命运将他们推向何处。接下来，人物关系、人物命运，甚至人物性格，连续剧中也发展甚至改变了。由于小说是以施嘉珉“冒险”为主线，他与季子、花月明、杜若母女的关系，在作品中仅是皴擦点染，未及浓墨重彩地加以表现。但在电视剧中，这些女子与施的关系，不仅都被推到了前台，而且出现了大的发展与变化。在小说中，花月明仅仅是在施嘉珉情感落寞时抚慰他的一个由作家调剂的砝码，而在电视剧中，赎身之后的另租房住，变成了施不惜靡费巨资为她装修小公馆；周维先还较小说又推进一步，让施嘉珉误会花月明与冯无胆的关系，并进而与其母夏雨合力将花推向冯无胆的怀抱，导致了施嘉珉在上海痛不欲生、纵火焚烧他为花月明装修的小公馆一幕戏。烈火熊熊。这种视觉效果上的刺激与震撼，对于揭示施嘉珉内心深处的痛苦和他初为游戏终为游戏所伤的心理特质，作用是巨大的，对观众心理上的冲击力，亦不可谓小。同时，化为灰烬的“空空如也”，为花月明最终遁入空门削发为尼，也埋下了伏笔。小说中的船娘杜若，在电视剧中代换了女儿翠翠。翠翠在小说中有两笔颇有光彩。一是临危不乱，道出高一刀前来送酒；二是诉讼情急，她又代施分析出子丑寅卯，令人刮目相看。但是结末一笔，却很黯淡：她由施嘉珉做主嫁于朱良骥。而这位一向很有见地与主心骨的船娘，这位对施嘉珉情有独钟的女子，竟答应得无波无澜，而且要在“经纬堂”落成日出阁，为施嘉珉喜上加喜。这是十分可惜和不可思议的。电视剧沿着小说中前两笔光彩照人的思路又朝前迈了一步：小姑娘爱施嘉珉愈深，反而从季子、花月明身上看到了自己假如成为“六奶奶”以后的命运：一个出走、一个为尼，我又能怎么样呢？竟立意不嫁！这使她前面的临危不乱和颇有头脑都落到了实处。但是，这个纯洁的小姑娘毕竟是爱着施嘉珉的呀！这样，当她石破天惊地突然宣布要嫁顾师爷，以换回密信救下施嘉珉，并殉情死在婚礼当天时，这贞烈女子的动人形象真可称得上是光芒四射了。剧作家不是反映一种可能性，而是沿着杜若（翠翠）的性格逻辑，找到了一种必然性。就以结局变动不大的季子而言，连续剧与小说在人物性格上也作了重大调整。在小说中，施嘉珉的移情别恋，盖因卜北固的出现，欧阳季子为实现自身的人生价值应聘作了产科大夫所致。施公子忙碌了一天回家，甚至发出了这样的叹息：“都夜里十一点多了，季子怎么还不回来？”他成了独守空房的痴情汉。电视剧对此作了有意义的颠倒。来自日本的季子，受过高等教育自不待说，她还努力适应和学习中国文化风俗习惯，努力使自己成为施家的合格儿媳妇，努力做一个贤妻良母。她甚至还迎合施嘉珉，扮作中国优伶的模样。但就是这样，生性风流的施嘉珉还是耽于声色，在花月明、杜若处乐不思蜀，使季子空房独守，秋水望穿。这个敢于行动的女子看到了杜若为施嘉珉绣汗巾，也到花月明的藕香院探望过丈夫的情人。恰是这种情形使她在妇科事业上，在卜北固对她的人生价值的开发和肯定上，找回了自我。她走出了类似夏雨处境的“太太的家”，走向了医院，进而走上泛舟东渡的归途。那枚象征着爱情的不可移易性的戒指，传了三代的定情物，最终还是被她决绝地褪下，并进而退还了施嘉珉。这样，与施关系密切的三个女子，一个出走（很可能还改嫁卜北固），一个出家，一个殉情。在这个风流多情的公子哥儿身上，剧作家周维先结结实实地给他打上了三个永不愈合的伤口。这是电视剧的贡献，也是剧作家沿原小说人物走向所做的出色发挥。

除了表现重心改变，人物关系、命运乃至性格上的发展变化，电视连续剧还从视听艺术内部规律出发，对原小说的人物、事件、时序及疏漏之处，作了重新的调整和处理，并且利用电视艺术的优势，重新组合了情节与事件的时空，演绎了小说中交代简单、甚至一笔笔带过的情节、细节和关目，删除了在小说中堪称精彩而与电视艺术表现无益的内容。观众都不会忘记在迎宾楼前楼与后楼有这样一幕：朱礼甲与冯无胆唇枪舌剑，朱良正与赵伯夫拍案而起。前楼与后楼实乃所为一事：开梁公坝。我们可以回想起在小说中这两幕景象不是在同一时空，朱礼甲大概是在冯无胆的小茶园里被后者说动就范的。电视剧的调整无疑增强了它的戏剧性和观赏性。就人物而言，杨柳青的产后去世与冯无胆的追回所得十分之一不动产，均是必要而得力的一笔。前者是为了将季子心理依据进一步拓宽、将花月明与冯无胆联系起来以便使冯更清楚地认识夏雨母子，后者则是在冯无胆近于无奈诱杀高一刀和在知道夏雨能救朱礼甲而不救的情况下完整此人的性格的点睛之笔。小说以“运河改略”为主线，所以入笔便是施嘉珉拜访程木翰；而电视剧以情感为主线，所以略去片头不计，开篇即是施嘉珉携季子自东洋归来。蓝天丽日下，白轮船款款驶过，谁能想到他们的未来竟会是“同床异梦”呢！小说侧重于施嘉珉的冒险事业，所以花月明一类人物，一直到第8章第

33节才出场；而电视连续剧在施的冒险计划之前，第二集里便让花月明与施嘉珉眉目传情了。自然还有那个更加浪荡的寒云馆主袁克文，在小说中第10章才登堂入室，而在电视剧中他第一集便已粉墨亮相。小说中施嘉珉小小年纪从合肥逃到上海，作家叙述时可以一笔带过；这对于剧作家却是绕不过去的火焰山，周维先不得不以李福臣追赶、施在无锡乡下受冯无胆照顾后并由后者在走镖途中带至上海来完善它。您瞧，这要用多少画面来使其合理化！真是小说家动动嘴，剧作家跑断腿！但是，电视剧是以画面来叙述的，稍有疏漏，便铸成“遗憾的艺术”了。小说中交代季子有一半是中国血统，“会一口流利的北方话”，到了电视剧中这位女子就成了纯粹的日本姑娘。因为这样，由文化和语言上的差异所招至的情感冲突才激烈可信。小说中夏雨出面成全杨柳青和冯无胆使这对鸳鸯渡过难关，叙述轻描淡写；在电视剧中可就花费了大量篇幅来表现上述纠葛。小说中点到施嘉珉从小在夏雨的怀抱中长大，“去日本留学的第二年就同季子结合，虽不是多情公子类型的人物，但骨子里却有着对女性很强的依赖性。”到了电视剧中，这位世家子弟可就干脆彻底地成了“多情公子类型的人物”。小说中冯无胆进赵宅说服伯渎帮，有一段堪称精彩的述说“镖行规矩”如此这般的讲演，这内容到了电视剧中可能就成为废话因此索性略去。小说中史狗大对塑造赵少夫不可或缺，电视剧中赵少夫退居三线，史狗大也只好永远留在原作里。小说中如何除掉高一刀意会即可，电视剧中为了将冯无胆推到风口浪尖上就一定要他面对高一刀的诘问：“你这个人还讲不讲义气？！”当然我们知道冯无胆是个义士形象，他即使良心不安、汗流浃背也还要勉强应对：“有大义，有小义……”无需再堆砌和罗列了。为了铺设《半个冒险家》从小说走向屏幕的云梯，使这对隔山对歌的情人终成眷属，周维先所做的，还远不止这些。

从改编的意义上讲，我们将从小说到电视剧的过程，视为一种漂移。这情形有点类似大陆板块的漂移，虽然形状变化甚大，但细加核对，还能像找出大西洋两岸的对应关系那样，找出小说与电视剧之间的关系。这两者之间，究竟相互能够给予些什么，从我们对于《半个冒险家》的上述剖析中，不难看得清楚。显然，小说能够提供给电视剧的，只是漂移的板块，比如风情特色浓郁的人文背景，基本的事件与人物，情节的大致走向与作品的意旨，而这五种因素所构成的浑然一体的小说，与电视剧则完全是两码事。它要想走进荧屏，还必须转换一种表意的手段，即获得属于或者符合电视艺术规律的视听语言。人们所熟悉的《静静的顿河》中埋葬阿克西妮娅的情节，小说是以葛里高里出色的主观感觉结束的：他好像是从一场噩梦中醒了过来，抬起脑袋，看见自己头顶上是一片黑色的天空和一轮耀眼的黑色太阳。但是导演格拉西莫夫没有机械地重复文学形象，而是避开了这一诱人的想法，以茂密的树冠与粗大的树干为衬托，将葛里高里哀戚的身影表现在永恒大自然的背景上。而这也正是肖洛霍夫的思想与风格。电影之于小说与电视之于小说，自有其相通之处。《半个冒险家》从小说到电视连续剧，所做的也正是这种漂移性的转换。它要求后者在意旨上与前者相通，背景与前者共有，人物、事件及走向与前者不悖，而在表现手段上，则完全有赖于剧作家的再创造。电视屏幕有其优势：它生动具体可感，化无形为有形；但是，它也有它的劣势：失去了联想空间与纵深感，将丰富的可能性变为单一的现实性。读者心目中千姿百态的夏雨与施嘉珉，变成了由向梅和孙松饰演的夏雨与施嘉珉。如果表演是成功的，则有望变成“这一个”被接受下来。有时候为了抓住观众，电视剧会因情感戏过重而牺牲原小说的文化色彩以为代价——显然，如果《半个冒险家》的小说对于情感纠葛的处理像电视剧中那样，则有可能类似琼瑶的某些作品。归根结底，由于小说与电视剧的语言手段不同，图式节奏不同，造型结构不同，只能是各有千秋，谁也替代不了谁。这样，漂移的过程带来的意义，也只能是指向它们自身，而不是叠加在对方的意义上。读者永远不会因为读了小说而不去看电视剧，反之亦然。

李惊涛

1996.10

（原载《艺术百家》）